古典詩學叢刊

古典海戰詩學研究

顏智英　著

目次

導論 　視角下的古典海戰詩發展譜系 ················· 1

海戰詩學的發展──南宋至南明 ················· 1

中國海戰詩學發展探論──南宋至南明的考察 ················· 3

明代抗倭海戰詩敘事析論 ················· 19

明代抗女真陸戰詩敘事析論 ················· 73

南明抗清海戰詩敘事探論 ················· 89

海戰詩家的書寫──歸有光、文天祥、張煌言 ················· 111

論歸有光詩中的海戰書寫──兼述其古文中的禦寇思想 ············ 113

末世孤臣的海戰詩比較析論──文天祥、張煌言 ················· 151

論南宋文天祥與南明張煌言詩海戰「他者」的形象 ················· 203

參考文獻 ················· 223

後記 ················· 233

出處一覽 ················· 235

導 論

——視角下的古典海戰詩發展譜系

一 南宋——戰士視角的開端／敗於元軍他者的悲歌

　　論及古典海戰詩歌的發展，唐詩中雖有「手中電曳倚天劍，直斬長鯨海水開」[1]的海戰畫面描寫，卻僅是以海中「長鯨」喻亂臣賊子的滅敵想像，而非對某一戰事的紀實；北宋詩中雖有蘇軾「斬蛟將軍飛上天，十年海水生紅烟。驚濤怒浪盡壁立，樓櫓萬艘屯戰船」[2]等描繪將軍與戰事之語，卻只是著重於海軍聲威的誇飾，非實寫某一戰爭場景。至於南宋陸游「穩駕滄溟萬斛舟」[3]、「常憶航巨海，銀山卷濤頭」[4]等搭乘戰船的航海經驗，抑或以「赤手騎怒鯨，橫身當渴龍」[5]等征戰海族之夢境來表現其抗金殺敵之壯志，亦非真實的海戰書寫，僅能視之為「海洋征服意識的先驅」[6]。

　　詩歌海戰書寫的開山始祖，朱雙一先生認為是明代俞大猷的〈舟

1　〔唐〕李白：〈司馬將軍歌〉，〔清〕清聖祖：《全唐詩》（臺北市：文史哲出版社，1987年），卷163，頁1694。

2　〔宋〕蘇軾：〈送馮判官之昌國〉，〔宋〕蘇軾撰，〔清〕王文誥輯注、孔凡禮點校：《蘇軾詩集》（北京市：中華書局，1999年），卷48，頁2667。

3　〔宋〕陸游：〈感昔〉，〔宋〕陸游撰，錢仲聯校注：《劍南詩稿校注》（上海市：上海古籍出版社，1985年），卷59，頁3399。

4　〔宋〕陸游：〈步出萬里橋門至江上〉，同前注，卷8，頁619。

5　〔宋〕陸游：〈我夢〉，同前注，卷20，頁1573。

6　顏智英：〈中國海戰詩學發展探論——南宋至南明的考察〉，《南海學刊》第2卷第1期（2016年3月），頁11。

師〉，且謂「在此之前，……這樣直接描寫海戰的，似乎很難找到先例」[7]，然而，據廖肇亨先生的說法，應為文天祥〈二月六日海上大戰，國事不濟，孤臣天祥坐北舟中，向南慟哭，為之詩曰〉，云：

> 或許對於文天祥而言，國破家亡的感嘆與傷懷是他寫作此詩最重要的動因，但從「古來何代無戰爭，未有鋒蝟交滄溟」一句來看，在文天祥的歷史知識當中，雖然各家勢力逐鹿中原無代無之，但以浪裏濤間為朝代更迭的舞臺卻是前所未見。因為這首詩，文天祥在中國詩學傳統中有意無意之間開創了海戰書寫此一主題。……文天祥此一作品不僅是當時史事紀實，同時也是一個勝國孤臣心頭滴血的傳神寫照。從文學史的角度來看，此作為海戰詩的濫觴之作殆無可疑。[8]

主張文天祥這首詩作，以海洋為決戰的舞臺，乃宋元海戰史事之紀實，無疑是中國海戰詩的濫觴。筆者也針對文天祥該詩中海戰書寫的特徵再加以具體分析，認為該詩採取「戰士」的觀看視角，展現出：（一）實際記錄宋元兩軍在廣東崖海的交戰過程，（二）描繪海戰正負面的人物形象，（三）側重戰敗結果的書寫與詠懷，（四）對海戰失敗原因加以反省等關於海戰過程、人物、結果、反省之書寫內容與特質，透顯出詩人親睹國家滅亡卻無法有所作為的抑鬱的愛國心緒，可印證、補充廖先生的論點。[9]

7　朱雙一：《閩臺文學的文化親緣》（福州市：福建人民出版社，2003年），頁30。

8　廖肇亨：〈浪裏挑燈看劍：中國海戰詩之書寫特質與價值信念初探〉，《中國文學研究》第11輯（上海市：復旦大學古典文學研究中心，2008年6月），頁285。

9　參顏智英：〈論歸有光詩中的海戰書寫——兼述其古文中的禦寇思想〉，《成大中文學報》第43期（2013年12月），頁93；以及顏智英：〈一山還一水，無國又無家——文天祥海洋詩歌文化意涵探析〉，《漢學研究》第34卷第3期（2016年9月），頁306-310。

　　文天祥與海戰相關的詩篇約有二十三首，[10]多運用歷史人物以形塑英雄的意象；結構上以記事為主，往往卒章顯志；體製多七古（敘述式詩題）、多近體組詩；風格則透顯出淒苦鬱結的亡國之音。

二　元代──戰士視角為主／戰勝倭寇他者的凱歌

　　到了元代，詩歌的海戰書寫，則有進一步的發展與轉變。由於倭寇開始侵擾東南沿海，因此元代海戰詩雖仍維持文天祥詩中「戰士視角」的觀看方式，但詩中的他者卻已由元軍改為日本海盜；且在民族主義的驅使下，詩人較少書寫戰敗的結果，而多發為戰勝的凱歌；同時，在凱歌聲中多偏向對抗倭戰士英勇形象的塑造，較少對戰爭場景的實繪與對戰後的反省，詩中洋溢的是詩人高昂的愛國情緒。例如：

> 日本狂奴擾浙東，將軍聞變氣如虹。沙頭列陣烽烟黑，夜半鏖兵海水紅。髑簫按歌吹落月，髑髏盛酒醉西風。何時盡伐南山竹，細寫當年殺賊功。[11]

除了「沙頭列陣烽烟黑，夜半鏖兵海水紅」的實繪海上爭戰場景外，詩歌的重點放在剿倭戰士英雄「完者都元帥」的形塑上：以「氣如貫虹」寫其英勇蓋世，以「髑簫按歌」、「髑髏盛酒」（漆倭寇頭顱為飲器）寫其戰勝後的自得情狀，以「伐竹記功」寫其戰功的彪炳。詩人從「戰士」的氣勢、戰後自得、戰功等多面向書寫剿倭英雄，生動而多元。

10　顏智英：〈末世孤臣的海戰詩比較析論：文天祥、張煌言〉，《海洋文化學刊》第18期（2015年6月），頁65。

11　〔元〕納新：〈送慈上人歸雪竇追挽浙東完者都元帥二首〉其一，《金臺集》，收入《四庫全書珍本》十一集第173冊，卷1，頁32。

元代與海戰相關的詩篇並不多，但在有限的作品中，仍可見其藝術表現多借景寫情的手法，體製多為五、七言的律詩，且多以誇飾、對比法展現出慷慨激昂的風格。

三　明代嘉靖前
──戰士視角為主／面對倭寇他者的無畏與意志力

明代初期（洪武1368年～正德1521年）的倭患是元朝倭寇入侵的延續，而其發生的主要原因，據鄭樑生的說法，在於「經濟上的欲望，及高麗的衰弱，明朝的海禁」[12]。此時的倭寇主要來自日本的薩摩、肥后、長門、筑前、博多、鹿兒島等南部地區，多沿自古以來中日交往熟悉的航道來華，因此，以遼東、山東，以及浙江等地區倭禍較為嚴重。但是，由於明初擁有強大的陸軍和水軍，所以倭寇侵犯中國並未如入侵高麗那樣順遂，經常受到打擊而無法得逞，也因此，明初倭患並不會太嚴重。

這樣的史實與情境，在明初詩歌中也有所反映。筆者觀察一百四十多首抗倭海戰相關詩作中，書寫明初倭亂者僅占全體數量的百分之六左右，而中期（僅嘉靖四十五年之間）倭亂的書寫作品卻高達百分之五十九，顯見明代初期倭亂並不嚴重，詩中以倭寇為他者的海戰書寫亦未蔚為風潮。但是，在這些為數不多的詩作中，無論是對戰況與戰地的略述，抑或是對抗倭名將無畏姿態的歌詠，皆能符應當時的現實，從而見出詩人承傳統「戰士視角」觀看的焦點所在。例如敘江浙抗倭海戰詩：

---

12 鄭樑生：《明代中日關係研究》（臺北市：文史哲出版社，1985年），頁278。

> 裔夷倭奴氏，僻分帶方東。頑嚚罔率化，不與中國通。椎結斑斕
> 衣，習俗相剽攻。輕生蹈巨浸，出沒如飄風。爰止崇明里，掠虜
> 肆奸凶。桓桓張將軍，擐甲登蒙衝。手中三尺劍，紫電明霜鋒。
> 追北海門右，殺戮無遺踪。執俘仍獻馘，錫爵酬厥功。……[13]

作者藉友人前往之地（明州衛）興發對當地擊倭英雄張將軍的嚮往之
情。縱使倭寇輕生蹈海、出沒無常，英勇無懼的張將軍仍擐甲登艦、
追亡逐北，一路從崇明島追擊倭寇至海門右，終於執俘獻馘、天子賜
爵。詩採「戰士視角」略述江浙等地抗倭戰事的過程與結果，又以英
雄「手中三尺劍，紫電明霜鋒」的逼人殺氣、「追北海門右，殺戮無
遺踪」的艱苦執著，見出抗倭將領面對「出沒如飄風」的他者時無懼
無畏的勇氣與姿態。

四　明代嘉靖時期──加入百姓視角

　　值得注意的是，嘉靖時期（1521-1566）的海戰詩人另有發展出
從普羅大眾觀看、為人民發聲的「百姓視角」，更多地關注到百姓在
戰爭中的遭遇與苦難，其中的原因與書寫價值頗可探討。

　　嘉靖時期，由於日本國內武士集團的增強、各大名間爭奪激烈而
使倭寇隊伍更壯大，明朝商品經濟的發展、政治的黑暗而使海盜和依
附海盜的「小民」人數更多且與倭寇合流，明朝皇帝昏庸、政治腐
敗、海防廢弛而使防倭剿倭力量大減，[14]因此，這時期的倭患最為嚴
重，詩中相關的敘事書寫也最多，占筆者觀察數量的百分之五十九；

---

13 〔明〕袁華：〈送友人之明州衛〉，《耕學齋詩集》卷4，「中國基本古籍庫」數位資料
　　庫。
14 參范中義、仝晰綱：《明代倭寇史略》，頁207。

同時，在「戰士」視角之外，也因而新加入了「百姓」視角，以更完整地反映該時期的倭患實況與作者情志。

（一）戰士視角──戰士個人的強硬姿態與忠貞信念

與元代和明初相較，嘉靖時期詩歌的海戰書寫雖仍以倭寇為主要他者，亦多書寫勝利的凱歌，且對戰後的反省著墨不多，但由於此期的倭患更烈，武臣多能作詩，[15]文人談兵之風盛行，[16]在作者泰半為親臨抗倭海戰的武將（包括文人領兵），或兼與軍務擘畫的文人之情況下，雖亦承繼傳統以「戰士視角」為主的觀看方式，但篇什更形繁盛，書寫的內容與面向也更趨細膩、多樣，處處展現出戰士個人面對他者時的強硬姿態與對國家的忠貞信念。

在戰士英雄的形塑上，有繼承傳統對抗倭英雄個人勇氣之形塑者，如俞大猷〈贈武河湯將軍擢鎮狼山短歌行〉、唐順之〈海上凱歌九首贈湯將軍〉其六等；另有突破傳統而對抗倭英雄個人謀略與意志力之形塑者，如歸有光〈頌任公四首〉具寫任環的「大略」智謀與意志力，又如寫英雄謀略者還有：戚繼光〈寧德平〉寫戚繼光、黎民表〈鄒將軍平寇歌〉寫鄒將軍、莫如忠〈贈胡總督平倭一首〉寫胡宗憲、徐學詩〈贈雷別駕禱雨有應〉寫雷別駕等；又如描繪英雄意志力者還有：朱曰藩〈松陵楊明府殲倭卷〉寫楊明府、皇甫汸〈海波平〉寫胡宗憲等。[17]

---

15 參廖肇亨：〈詩法即其兵法：明代中後期武將詩學義蘊探詮〉，《明代研究》第16期（2011年6月），頁31。

16 參馮玉榮：〈晚明幾社文人論兵探析〉，《軍事歷史研究》第2期（2004年），頁155-160；以及趙園：〈談兵〉，《制度‧言論‧心態──《明清之際士大夫研究》續編》（北京市：北京大學出版社，2006年），頁79-161。

17 詳參顏智英：〈明代抗倭海戰詩敘事析論〉，《海洋文化學刊》第21期（2016年12月），頁47-50。

　　在海戰事件的實錄上，較前期的僅僅略述海戰過程者亦有極大的開拓：其一，寫明代將士戰前的自信；其二，對明軍戰前「軟戰力」[18]的分析；其三，寫海戰過程的慘烈；其四，寫明軍戰勝後的自得之狀；其五，倭患以浙江最為嚴重；其六，賜倭、殘倭的書寫；其七，戰前倭警頻傳的緊張，徵兵備倭的辛苦；其八，戰敗原因的反省（官員怯懦無能之諷刺、招撫政策不當之批評）；其九，抗倭對策的提出（攘外安內並重、速戰速決為上）。

　　無論是歌詠英雄，抑或實錄戰事，處處透顯著明代戰士面對倭寇他者時，勇猛、善謀、意志堅強的強硬姿態與一心為國的忠貞信念，令人動容。

（二）百姓視角——悲憫生民的情懷

　　明朝實行嚴厲的海禁政策，禁止民間的私人海上貿易活動，只允許保留有限制的官方朝貢貿易。然而，海上貿易是沿海民眾維持生計的重要手段，於是產生了大量的海上走私貿易者。他們和地方富豪階層（鄉紳、官僚）勾結，形成強大勢力；葡萄牙人因為得不到明政府正式貿易的許可，也不得不加入走私貿易；日本的商船則以國內豐富的銀生產為背景與之合流。中國的官員將這些人一概當作倭寇，當浙江省的雙嶼和瀝港作為走私貿易基地而遭致中國官軍的攻擊、毀滅殆盡後，這些走私者就成為海盜群。嘉靖二十七年（1548），浙江巡撫朱紈派遣都指揮盧鏜等突襲雙嶼港，一舉覆滅所謂海賊的老巢，生擒賊首李光頭、許棟，而徽州鹽商出身的王（本姓汪）直則收集餘黨，重振勢力，把老巢移到金塘山（定海縣西八十里海中）的烈港（瀝港），

18　「軟戰力」是相對於傳統邊塞詩中將士長於騎馬射箭、身手矯健雄壯之「剛硬戰鬥力」而言，側重在水軍的精通風候、諳習水性等新視角。參張慧瓊：〈論唐順之的邊防詩〉，《商丘職業技術學院學報》第6期（2011年12月），頁48。

直到嘉靖三十六年（1557）被胡宗憲擒捕以前，東南海上全由王直獨
占。嘉靖三十一年（1552）時，王直吞併了另一海上走私集團，成為
東南沿海的領袖，因向政府請求通商遭拒，遂劫掠浙東沿海，開展了
嘉靖時期所謂的禦倭戰爭。[19]

　　因此，嘉靖年間是倭患最為嚴重的時期，尤其是嘉靖三十一年以
後，倭寇入侵中國的頻率極高，從浙江、直隸，到福建、廣東的沿海
地區，都遭到嚴重的侵擾與破壞。海戰詩人的目光，也由戰士移轉到
百姓，著重表現倭患對黎民的傷害。

　　在筆者所觀察嘉靖時期的海戰相關詩作中，採百姓視角者高達三
成之多，且在明代各期海戰詩作中，僅中期（嘉靖時期）的敘事書寫
採此視角，足以說明在嘉靖這四十多年間，黎民所遭受倭亂之害特別
嚴重。這些傷害包括了倭寇殺戮燒掠、官守怯懦愛財、民兵被迫徵
調、有司無情催科等方面，詩人透過文字，書寫其所目睹或親歷的倭
難，充分顯現對生民苦難的悲憫情懷。

　　有鑑於黎民因倭患所遭致的苦難，明世宗嘉靖年間任都察院右僉
都御史的趙時春有詩云：「民瘼日紛逼，淳風漸陸沉」、「吾忝大夫
後，鍼慚尸素多」[20]，對於無法拯民於水火之中表達了深切的愧疚之
意。這些海戰詩人中，尤以歸有光的書寫最為突出，相關詩作也最
多，他以在野文士的身分與民胞物與的儒者胸懷，特別側重百姓苦難
的書寫，並從人民角度出發對整個海戰事件予以深切的針砭、反省與
提出「速戰速決」的禦倭建議，堪稱此時期海戰書寫的代表詩人。[21]

---

19 詳參樊樹志：〈「倭寇」新論——以「嘉靖大倭寇」為中心〉，《復旦學報（社會科學
　　版）》第1期（2000年），頁39-43。

20 〔明〕趙時春：〈人日感懷三首〉之一、二，《濬谷集》，詩集卷5，「中國基本古籍
　　庫」數位資料庫。

21 以上關於嘉靖時期海戰詩「百姓視角」的論述，詳參顏智英：〈論歸有光詩中的海戰

五　明代嘉靖後——重回戰士視角／面對多種他者的勇氣

從隆慶到萬曆初期，倭寇的勢力不大，危害較輕；到了萬曆中期，更由於明朝軍隊援助朝鮮驅走日軍、粉碎豐臣秀吉侵略中國之夢而改採鎖國政策，再加上嘉靖三十八年（1559）王直被處死、勾引倭寇的漢奸頭目已所剩無幾，在政治、經濟、軍事上又有徐階、高拱、張居正等有才幹的政治家整頓與改革，使得明朝國內沿海的倭寇基本絕跡。[22]這些倭患逐漸減少的史實，具體反映在筆者所觀察的明代海戰詩中，展現出幾個書寫特徵：（一）作品數量較嘉靖時期減少（由百分之五十九減至三十五），（二）「百姓視角」的詩作幾乎不見，詩人重回「戰士視角」，（三）主要書寫萬曆中期（二十至二十七年，1592-1599）的兩次援朝戰爭，以及萬曆後期的閩海戰役（東沙大捷、征東夷、退荷蘭），（四）重視朝鮮戰略地位與海上防衛、跨海征戰的凱歌。

（一）海戰事件的實錄——重視朝鮮戰略地位與海上防衛的海洋經理思維

此期詩歌所記錄的海戰事件，雖與前期一樣多奏凱歌，但由於戰場從國內轉移至朝鮮、日本等海外地區或東沙、臺灣、澎湖等東南海域的島嶼，且規模更大、範圍更廣，不僅耗費時日、糧食，也犧牲慘重，[23]是以詩人對於戰後的反省有不少議論之處，呈顯出重視朝鮮戰略地位與海上防衛等海洋經理觀點。如實錄第一次援朝戰爭之詩：

書寫——兼述其古文中的禦寇思想〉，《成大中文學報》第43期（2013年12月），頁110-118。

22 參范中義、仝晰綱：《明代倭寇史略》，頁308、320-321。

23 〔明〕袁宏道〈送劉都諫左遷遼東苑馬寺簿〉：「倭奴逼朝鮮，虛費百億萬。竭盡中國膏，不聞蹶卤箭。」（《袁中郎全集》，卷27，「中國基本古籍庫」數位資料庫）

> 戰平壤，倭人北。戰碧蹄，漢兵泣。宋公請封天子疑，倭人釜
> 山猶駐師。[24]

日本豐臣秀吉完成國內統一後，為了打通與朝鮮和明朝的貿易渠道，
更為了成為東亞的最高統治者，對外發動侵略戰爭。萬曆二十年
（1592）進攻朝鮮，不到兩個月，漢城、平壤即相繼失陷；朝鮮向明
朝請援，明廷出兵應援，可惜因大雨不止、日軍設伏平壤城內，以致
明軍初戰失利。此後，日軍更加猖獗，朝鮮「請援之使，絡繹於路」
[25]，翌年正月，李如松率明軍約三萬五千人收復平壤，可惜因過於驕
傲、眾寡懸殊，在碧蹄之戰失利，無法收復漢城。而後經略宋應昌派
人到漢城與日軍議和，於萬曆二十四年九月冊封豐臣秀吉為「日本國
王」，日軍答應從朝鮮撤退並送還朝鮮二王子與大臣，但日軍撤退緩
慢，還留一部分駐於釜山等地，和談僅是日本的緩兵之計。上述鄭明
選詩即記錄此一史實，詩人對於明軍在碧蹄失利、又未能趁日軍撤退
之際殲滅日軍，使其得以安全退到釜山感到惋惜。

東北海防之外，此期詩歌亦反映了明廷對東南海疆防備的重視。
例如宋應昇〈蓮頭寨閱操作〉詩中新增的閱兵內容，顯示出經歷嘉靖
倭患後明廷更加重視海疆的防備。

到了萬曆中期，雖抗倭戰場在朝鮮不在中國，但明廷對於大陸沿
海海防仍不敢掉以輕心，北起渤海、黃海，南迄東海閩浙，皆有加
強，例如：將熟悉島情的廣西總兵童元鎮調往浙江。[26]胡維霖〈仝莊
沈二遊戎下營閱武〉、祝以豳〈觀察車公閱兵秦駐山十絕句依韻奉

---

24 〔明〕鄭明選：〈戰平壤〉，《鄭侯升集》，卷7，「中國基本古籍庫」數位資料
   庫。

25 〔清〕谷應泰：《明史紀事本末》（臺北市：臺灣商務印書館，1965年），卷62〈援朝
   鮮〉，頁45。

26 《明實錄校勘記》，神宗，卷318，頁5919。

和〉之一、二、十等詩,即記錄詩人親臨浙江閱兵現場的所見所感,在觀看完軍事演練後,身為浙江右布政使的胡維霖提醒:「倭夷似犬豕」,切勿勇突躁進如彼,而應如孔明運籌帷幄、慎參兵機;至於曾在日本入侵朝鮮時堅決主張出兵援助的詩人祝以豳則在詩末對四方夷酋心戰喊話:「天限華夷萬里遙」,警其不可輕動干戈。

(二)戰士英雄的形塑——跨海長征、面對多種他者的勇氣

萬曆以來的詩人形塑海戰英雄時,在與嘉靖詩人類似的勇猛、富謀略、意志力堅強等形象的刻劃中,特別以長篇的形式突出其跨海長征、面對多樣他者的勇猛形象。如馮琦〈邢司馬經略朝鮮〉、〈邢太保破倭功成以大司馬笕留鑰過家省覲太夫人〉寫結束長達七年援朝戰爭的功臣邢玠:不僅歌詠邢玠殺敵的勇猛氣勢、破倭的神策、軍陣的威武,更強調他經歲營屯海外、連宵轉戰,橫戈絕域、跨海長征的勇氣與堅持。

又如董應舉〈沈將軍歌〉、周之夔〈俘東沙二章倭聚東沙,將軍以計俘渠師以下六十九,作俘東沙〉,寫面對多種他者而屢建戰功的將領沈有容:歌詠沈有容跨海遠征馬祖東沙擊倭的功勞,也連帶頌讚其於萬曆三十年率廿四艘軍艦越過黑水溝前往臺灣大破倭寇、焚沉倭船六艘、斬首十五級、奪回被擄三百餘人,以及萬曆三十二年親率五十艘大船抵澎湖諭退荷蘭將領韋麻郎之占澎湖的事蹟。面對女真人、蒙古人、倭寇、荷蘭人等多樣的他者,沈有容的勇氣與戰功,由大陸東北綿延至東南沿海,再橫越臺灣海峽,遠及於澎湖、臺灣。

由明代整體海戰詩的藝術表現來看,體製上以五、七言律詩為主,間有樂府詩體,且常以組詩形式出現;借景寫情、敘事為主的書寫方式最常見;風格上,慷慨激昂(戰士視角)、淒涼悲傷(百姓視角)兼而有之。

六　南明時期──戰士與百姓視角並重

詩歌的海戰書寫發展至南明，戰士與百姓兩種視角皆受到詩人重視，在書寫特徵上亦各有突破性的發展，其所展現之史學、詩學與思想等價值亦不容小覷。

南明時期，海戰的主要他者轉而為擁有中原政權的女真人，是異於抗倭的主動之戰，發動者為南明義師，因此，詩中的海戰書寫兼重「戰士」與「百姓」視角，不僅展現戰士群體的愛國精神，亦實質反映清廷對百姓的迫害之甚。

（一）戰士視角──主動出擊

由於戰爭他者的不同，明詩中抗女真海戰是主動出擊之戰，與被動的抗倭海戰相較，雖戰事範圍較小（多集中東南閩浙沿海，抗倭戰則由東北至東南沿海皆有）、軍隊來源較少（僅仗義之師，抗倭戰則有編制內的兵士及從各地徵調的民兵），但由於南明義師更熟悉舟船水戰，所用的武器更見新意，除了抗倭戰中常見的刀劍、弓矢、戈矛、砲、火箭等之外，還有前者未見的火毬、火輪、鐵鎖、燧象、連發的巨砲等，因此，較抗倭戰更具殺傷力；同樣地，所運用的作戰方式，也在抗倭沿海戰的基礎上，另發展出海島作戰的獨特方式，如：海島孤城的騎兵戰、雲梯登城戰、巷間戈戰等，以及由海入江的水犀飛渡、海上游擊戰、突破夾岸火砲陣、衝破水流層層鐵鎖線等多元戰法。如此作戰條件，反清復明仍是可以期待的。

1　戰士英雄的形塑──舟師群體的高昂鬥志

由於抗倭戰事多捷報，因此明代抗倭詩中歌詠勇猛、富謀略、建事功等海戰英雄的作品，遠多於對忠貞死節的悲劇英雄的刻劃與謳

歌。至於抗女真戰事，則有勝有負，是以謳歌具戰功與勇氣的海戰英雄者，以及哀悼殉國義士者皆有相當的分量。

其實，明代抗女真海戰詩的人物書寫最大的特色，並不在於上述將士個別的殊相書寫，而是在於對整體南明舟師膽氣雄、鬥志高等共相的描繪與塑造，有寫膽氣雄者，如徐孚遠〈風號連日夕〉；有寫鬥志高者，如夏完淳〈軍宴二首〉其一。這些對舟師共相的特寫，反映出「水師」在抗女真戰鬥中扮演著極重要的角色，也透顯出南明義師長年在海上作戰的備極辛苦。

2　海戰事件的實錄——先盛後衰，開放的海洋經理思維與國際觀

明詩抗女真海戰敘事，與抗倭海戰詩一樣，皆承杜甫、文天祥以詩存史的精神，以實錄方式記載海戰過程。但是，抗倭詩詩題多以「人」為主，如：徐有貞〈賀廣寧伯劉公安襲封分韻得英字〉、湛若水〈送黑翠峯參戎赴留都不覺發江湖廊廟之惘〉、朱曰藩〈松陵楊明府殲倭卷〉、莫如忠〈少林僧月空嘗以剿倭有功松郡追賦之〉、莫如忠〈贈胡總督平倭一首〉、胡應麟〈萬伯修中丞東巡歌十首〉、張鳳翼〈太守林公以西山之捷蒙金帛之錫〉等，側重人物形象或遭遇的描繪；而抗女真詩則多以地名為主，表現出以「地」繫事的敘事特徵，以強調戰場的方式，深化戰爭事件的記憶，鐫刻由戰事生發的情感深度。[27]例如張煌言的相關詩題：〈我師圍漳郡，余過覘之，賦以志慨〉、〈和定西侯張侯服留題金山原韻六首〉、〈舟次圖山、再入長江〉、〈師次燕子磯〉、〈會師東甌漫成〉、〈師次觀音門〉等等，若將其中的「地點＋敘事」依時間順序組合起來，即成一部具體的南明時期

27　參張柏恩：〈時代苦難——論甲午戰爭詩〉，《靜宜中文學報》第5期（2014年6月），頁151。

東南地區抗清海戰歷史的系統性紀錄，也在收復地名的高密度呈現中透顯出詩人對於戰事順利的高昂情緒。

其實，南明對抗女真的戰事，本來進行得頗為順利，尤其是張煌言所領導的戰役，可惜，勝利未能持續，由於鄭成功不聽從煌言據鎮江以斷清南援之軍，使南京坐困之計，再加上攻南京時又輕敵縱酒，終為清軍所敗，退回廈門，移師東取臺灣。這些鄭成功與清軍交戰的戰爭歷程，盧若騰〈金陵城〉詩中有具體記載。

對比於抗倭戰爭的最終勝利，南明義師的抗女真戰事乃由先前的捷報連連，終而轉為出師不利、功敗垂成。南明諸王朝，最後難免於步上逐一滅亡的道路。然而，在戰事失利後，詩人們除了悲吟戰敗結果外，對於戰敗原因亦多有反省（抗倭書寫對戰後的反省著墨不多），主要歸咎於用人不當（陳子龍指出如：變節投降者、不學無術者、驕傲跋扈者、貪污腐敗者等），還有朝廷不知採納諫言、在上位者荒淫誤國、南明義軍之間難以合作等因素。最可貴的是，詩人對於戰後建議頗有具體之論，並反映出突破傳統的、開放的海洋經理思維與國際觀。如：

> 獻歲初傳王氣開，孤臣回首重徘徊。中原貔虎今誰在？惟有樓
> 船海上來。[28]
> 樓船將欲上天行，醉倚洪濤揮扇輕。不是前驅蒼兕過，秋風已
> 到石頭城。[29]

女真雖擁有優渥的陸上優勢，而在浙江、福建沿海的南明義師擁有的優勢則是海島、舟船、水師，因此，徐孚遠認為應善用水師及海島制

28　〔明〕徐孚遠：〈北望〉，《釣璜堂存稿》，卷18，頁14。
29　〔明〕徐孚遠：〈崇明沙〉，《釣璜堂存稿》，卷20，頁11。

海權的優勢，由海道北征，尤其是從長江入海口崇明島溯洄而上，可直入長江，收復昔都南京。張煌言、鄭成功等詩人在海洋經理的思維上，也同樣重視海島（如：舟山、金廈）在沿海方面的制海權，因此能連戰皆捷；這種開放性的海洋經理思維，與抗倭戰爭時明廷一味將海島水寨防線內縮、忽視海島防禦的海洋經略思維形成強烈的對比。此外，鄭成功還以臺灣為故土，出發東渡前云：「臺灣，吾家故土也；將往復之，以居迫遷之民」[30]，入臺後還作有〈復臺〉詩，認為「復臺」後可以安置被清廷迫遷之民。同時，他還肯定臺灣地理位置的重要性與物阜民豐，打破了中國傳統以來固有的國際觀，不再以中原本土為中心、以海洋為邊疆的封閉思維，而是重視海洋與海外島嶼發展性的開放的國際觀，而後他隨即出發東渡。[31]他致函荷蘭人交還臺灣，理由是「澎湖島離漳州諸島不遠，固為其所屬，大員亦接近澎湖島，故此地應屬中國之統治」[32]，亦即以「領海權延伸」[33]作為用兵臺灣的根據，率領龐大艦隊跨海遠征，完全突破當時中國人的海洋經理思維，而具有劃時代的思想價值。

（二）百姓視角 —— 悲憫百姓的多重苦難

　　南明詩人與嘉靖詩人一樣，從「百姓視角」書寫生民的苦難，不僅留意到因對抗戰爭他者而使百姓流離、死難，還記錄了海盜對百姓

30　張菼編：《鄭成功紀事編年》（臺北市：臺灣銀行，臺灣文獻叢刊，1977年，第79種），頁130。

31　鄭成功於永曆十五年（1661）復臺議定後，隨即部署出發，三月二十四日次澎湖，四月初二日入鹿耳門，五月初二日以臺灣為東都，以備帝來臨幸，十八日命眾圈地開墾，並作〈復臺〉詩。參張菼：〈鄭成功詩文箋注〉，《臺灣文獻》第34卷第3期（1983年9月），頁6。

32　村上直次郎日譯，程大學中譯：《巴達維亞城日記》（臺中市：臺灣省文獻委員會，1990年），第三冊，頁156。

33　鄭永常：〈鄭成功海洋性格研究〉，《成大歷史學報》第34期（2008年6月），頁85。

的劫掠，並揭露我方軍事集團對人民的欺凌，於悲憫情懷之中寄寓
「興，百姓苦；亡，百姓苦」的反戰思想。其中主要的內容有：

1　兵燹之禍

南明抗女真之戰，多以海外島嶼為基地，作戰範圍亦多在閩浙沿
海一帶；然而，不論誰勝誰負，東南沿海居民無不因飽受兵燹之禍而
死亡枕藉，或流離失所。張煌言憑其一生飄零海上、轉戰海疆的豐富
經驗，對此有深刻的觀察與記錄，詩云：

> 亦有人自重圍來，向余細說令人哀；椒塗玉葉填眢井，甲第珠
> 璫掩劫灰。而今人民已非況城郭，髑髏跳號甯復肉。[34]
> 城頭刁斗寂不聞，惟聞死聲動籌箄。……此時龍戰血玄黃，功
> 成誰念溝中瘠！[35]

前者，詩人以示現法具體地呈顯永曆五年（1651）八月舟山城陷時，
重臣將領的妻妾跳井殉節、宅第珍寶焚於戰火、百姓哀號而終成髑髏
等悲慘的死亡畫面。後者，則以反詰語氣，並以戰士「功成」與百姓
成「溝中瘠」的強烈對比，表達對永曆六年（1652）四月張名振圍攻
漳州城雖然成功，但城內卻因鄭成功圍城久久不下、七十餘萬百姓食
盡而成溝中白骨的無奈與悲憤。

2　海盜之劫

除了戰爭所造成的死難與流離外，百姓的痛苦還包括了因海盜劫
掠以致衣食無著的無助。煌言詩云：

34　〔明〕張煌言：〈翁洲行〉，《張蒼水詩文集》，頁82。
35　〔明〕張煌言：〈閩南行〉，《張蒼水詩文集》，頁90。

乘舴艋、載艅艎，槌鉦撾鼓走風檣。滿船兒郎抹額黃，人言若
輩真鷹揚，飢則攫人飽則颺。江村雞犬絕鳴吠，老稚吞聲泣道
旁：罄我瓶中粟，使我朝無糧；斷我機中苧，使我暮無裳。我
亦遺民事耕織，當身不幸見滄桑。入海畏蛟龍，登山多虎狼；
官軍信威武，何不恢城邑，願輸夏稅貢秋糧。[36]

詩人從百姓的角度發聲，以第一人稱直接道出海盜掠奪粟米衣裳等民
生用品的鷹揚跋扈，以及百姓冀望官軍拯救的企盼。

3 官軍之掠

更可恨的是，原本被百姓視為救星的官軍，竟也成為戕害民生的
劊子手，詩云：

赤羽飛馳露布譁，銅陵西去斷胡笳。橫流錦纜空三楚，出峽霓
旌接九華。歌吹已知來澤國，樵蘇莫遣向田家！前驅要識王師
意，劍躍弓鳴亦漫誇。[37]

由詩人諄諄告誡士兵「樵蘇（日常生計）莫遣向田家」之語可知，明
軍有剽掠擾民的情況，例如全祖望〈明戶部右侍郎都察院右僉都御史
贈戶部尚書崇明沈公神道碑銘〉：「時諸軍無餉，競以剽掠為事，至於
繫累男婦，索錢取贖，肆行淫縱。浙東之張國柱、陳梧為尤甚」[38]，
又如全祖望〈明故權兵部尚書兼翰林院侍講學士鄞長公神道碑銘〉：

---

36 〔明〕張煌言：〈舴艋行〉，《張蒼水詩文集》，頁104-105。

37 〔明〕張煌言：〈驛書至，偏師已復池州府〉，《張蒼水詩文集》，頁142。

38 〔清〕全祖望撰，朱鑄禹校集注：《全祖望集彙校集注·鮚埼亭集外編》，卷4，頁
803。

「公（煌言）乃集義從於上虞之平岡。山寨之起也，因糧於民；民始以其為故國也，共餉之。而其後遂行抄掠，民苦之。其不以橫暴累民者，衹李公長祥東山寨、王公翊大蘭山寨，與公而三；履畝輸賦，餘無及焉」[39]，足見官軍抄掠百姓為常有之事，因此，紀律嚴整，與居民相安的軍隊，才能獲得百姓的尊敬，從而主動輸賦，提供軍需。

七　本書說明

本書收錄相關論文七篇，皆曾發表於有嚴格審查程序的國內或大陸的期刊或專書。依內容大致可分為兩大類：（一）海戰詩學的發展，（二）海戰詩家的書寫。約略說明如下。

前者包括四篇論文。〈中國海戰詩學發展探論——南宋至南明的考察〉一文為總論，旨在探析南宋至南明古典詩歌「海戰書寫」主題的發展脈絡與特徵，重點勾勒出由南宋至南明海戰詩學的發展概況。〈明代抗倭海戰詩敘事析論〉一文則從「敘事」的觀點，結合寫作背景來分期（初期：洪武1368～正德1521，中期：嘉靖1521～1566，晚期：隆慶1566～崇禎1644）探討明代抗倭海戰詩書寫的特徵與特徵形成的原因，具體反映出明代各期倭亂的實務與情境。此外，明朝與女真的戰爭，崇禎以前主要為陸戰，南明諸王時期主要為海戰，〈明代抗女真陸戰詩敘事析論〉一文即針對其中「陸戰」的部分加以探討，從史學角度採以史證詩的方法，以及從文學角度採章法學的「泛具」結構，深入研析其敘事特色及價值所在；至於〈南明抗清海戰詩敘事探論〉一文則針對其中「海戰」的部分予以研究，並與明代抗倭海戰

39　〔清〕全祖望撰，朱鑄禹校集注：《全祖望集彙校集注·鮚埼亭集內編》，卷9，頁181。

詩比較，期能見出其敘事特徵，以及詩人對海洋經理的情感或思想，完成對明代海戰詩的系統研究。

後者包括三篇論文，不僅針對文天祥、歸有光、張煌言三家的海戰詩作深論，還比較析論同為末世孤臣的文天祥、張煌言二家海戰詩之異同。〈論歸有光詩中的海戰書寫——兼述其古文中的禦寇思想〉一文針對歸有光廿四首與抗倭海戰相關的詩篇作深入的探討，以溯源頭、觀流變的研究方式，具體見出其海戰詩以「百姓視角」所書寫的黎民苦難，大別於傳統海戰詩的「戰士視角」下偏重戰士形象、心境與勝利凱歌的書寫內涵，在宋元明海戰詩中顯得獨樹一幟。同時，為了補充歸有光詩中關於禦倭策略的不足，本文一併討論了其古文中的禦寇思想。再者，由於有光海戰詩多方面地投射出他內在的深層心理，因而研究其海戰詩書寫，遂成為探索其心靈世界的另一極佳取徑。至於〈末世孤臣的海戰詩比較析論——文天祥、張煌言〉一文，分別從海戰敘事、抒情與議論三方面考察文天祥、張煌言書寫的異同與原因，從相同處具體看出天祥對煌言詩歌創作的深遠影響；從相異處探知因個人不同遭際與學養所呈顯的不同情意與書寫內涵。最後，從海戰詩學譜系中，確認天祥為開山始祖，而煌言為集前人大成又自有開拓者；大海，對習於鯨波生涯的煌言而言，雖有時與天祥一樣，是慘遭殺戮的戰場、希望毀滅的場域，但更多時候，是揮灑殺敵壯志的生命舞臺、實現報國理想的最佳所在。此外，二人海戰詩中對於戰爭他者（蒙古族的元人、女真族的清人）的形象有豐富而生動的勾勒，也投射了詩人複雜的情志，因此，〈論南宋文天祥與南明張煌言詩海戰「他者」的形象〉一文即專就文、張二人海戰詩作形塑他者之異同與原因深入比較探析，期能透視並具體描繪出二人對家國的情感意識；並對二人形塑他者的特徵略作評論。

八 結語

海戰書寫的開山始祖為文天祥，明代嘉靖以前，詩歌的海戰書寫
一直採取「戰士視角」。嘉靖時期的海戰詩人，還另有從普羅大眾的
「百姓視角」為人民發聲，書寫倭患對黎民的傷害，其中尤以歸有光
的書寫最為突出，他以在野文士的身分與民胞物與的儒者胸懷，特別
側重百姓苦難的書寫，並從人民角度出發對整個海戰事件予以深切的
針砭、反省與建議，堪稱此時期海戰書寫的代表詩人。

隆慶、萬曆以後，由於國內倭亂漸緩，抗倭戰場轉移至海外的朝
鮮、東沙、澎湖、臺灣等，詩人的海戰書寫遂重回「戰士視角」。相
較於前期，此期戰爭的戰火更猛烈、規模更大、範圍更廣、犧牲更
多，戰和爭議不休，戰士的愛國情緒亦更為高昂，詩作的篇幅也更
長。在海洋經理的議題上亦頗見發展，詩人開始重視朝鮮的戰略地
位，也意識到加強東南海疆防衛的必要。此期的海戰詩書寫內容，與
朝廷邊防政策、國防力量強弱的關聯最為密切。

至於南明，海戰的主要他者轉而為擁有中原政權的女真人，戰爭
發動者為南明義師，因此，是異於抗倭（以防禦為主）的主動之戰。
詩中的海戰書寫兼重「戰士」與「百姓」視角，在詩歌海戰書寫發展
史上具有集大成的地位，不僅展現戰士群體的愛國精神，亦實質反映
清廷對百姓的迫害之甚。此期書寫突破傳統之處為：「戰士視角」方
面，以舟師群相的特寫取代傳統對將士個別殊相的描繪，藉以凸顯出
抗女真戰鬥中水師所扮演的重要角色，以及南明義師長年在海上作戰
的備極艱辛卻鬥志高昂；揚棄傳統以「人」為主的形象描繪，而改採
以「地」繫事的方法實錄由盛轉衰的反清復明戰事，成功地以強調戰
場的方式深化戰爭事件的記憶。最可貴的是，詩人張煌言、徐孚遠等
能善用水師與海島制海權的優勢，展現開放性的海洋經理思維；鄭成

功更以「領海權延伸」作為用兵臺灣的根據，是國際觀的展現，突破了當時中國人的海洋經理思維，具劃時代的思想價值。「百姓視角」方面，南明詩人不僅留意到戰爭他者對百姓的燒掠，還揭露海盜、我方軍事集團對人民的欺凌，於悲憫情懷之中寄寓「興，百姓苦；亡，百姓苦」的反戰思想。

從「戰士」與「百姓」視角觀看古典詩歌的海戰書寫，不僅肯定其可補史闕的史學價值；更由詩人採取的「百姓」視角體察出詩人苦民所苦的仁愛襟懷，「戰士」視角透視出詩人面對他者的無畏姿態與謀略、意志，對國家的忠貞不二與開放性海洋經理思維，面對世界的開拓性格局等多樣而動人的精神樣貌，從而肯定其詩學與思想之價值。

海戰詩學的發展
──南宋至南明

中國海戰詩學發展探論
——南宋至南明的考察

一　前言

　　海洋，原本只是大自然的一部分；然而，若增加了人文的活動與書寫於其上，則可以成為多樣情感的載體。南宋，因政權南移（定都杭州）、經濟重心轉向南方發展的結果，江蘇、浙江、福建等東南沿海地區的人口遽增、港市繁榮、海洋活動蓬勃，使得海洋詩家大增，海洋相關書寫的詩作數量亦急遽上昇，海洋書寫的主題更是繽紛多樣。在這些主題中，又由於南宋以降，從海路而來的「他者」威脅日益加劇，詩人的愛國意識亦隨之提高，遂使得海戰主題的書寫別具特色，格外引人注目；因此，本文遂以南宋為起始，選取了南宋至南明在海洋征服或海戰書寫方面較具代表性的詩人如：陸游（約28首）、文天祥（約23首）、歸有光（約24首）、張煌言（約56首）等，從海洋征戰的視角考察其書寫的特色與海戰詩學定位，藉此為中國由宋至明海戰詩學的重點發展，勾勒出一個清晰的輪廓。

　　值得一提的是，本文採用數位人文的研究方法，利用數位資料庫中的「中國基本古籍庫」，以上述詩人陸游、文天祥、歸有光、張煌言等人的姓名為關鍵詞，並結合「海」、「戰」、「倭」、「淚」、「師」等與海戰相關的詞彙為關鍵詞加以檢索，因此，相較於紙本的蒐羅、翻檢，此數位人文的檢索文本方式，不僅節省了大量的時間，且檢索所得與海相關的詩作更為豐富而周至。

二 海洋征服意識的先驅——南宋初陸游

陸游（1125-1210）詩中雖未有海戰的相關書寫，但是，他卻是表現征服海洋意識的先驅，對於後來海洋征戰主題的書寫，具有啟發的作用。中國傳統詩人對海的觀照，多表現出藉海宣洩情志、人海渾融的物我關係；[1]而陸游在南宋初年特殊的政治環境之下，再加上強烈愛國心的驅使，報國豪情遂成為其生命的基調，詩中對海的觀照，亦多突破前代詩人的視角，而將之視為征服的對象，呈現出人海分離、甚至對立與征服的物我關係。

例如，他在三十五歲甫任福建寧德主簿時，初次航海即藉一己形象的書寫以展現征服海洋的意識，有詩云：

> 我不如列子，神遊御天風。尚應似安石，悠然雲海中。臥看十幅蒲，彎彎若張弓。潮來湧銀山，忽復磨青銅。飢鶻掠船舷，大魚舞虛空。流落何足道，豪氣蕩肺胸。歌罷海動色，詩成天改容。行矣跨鵬背，弭節蓬萊宮。（〈航海〉）[2]

> 行年三十憶南遊，穩駕滄溟萬斛舟。常記早秋雷雨霽，柁師指點說流求。（〈感昔〉，卷59，頁3399）

第一首詩，作者藉謝安自喻，《世說新語》云：「謝太傅盤桓東山，時與孫興公諸人汎海戲。風起浪涌，孫、王諸人色並遽，便唱使還；太

---

1 參王立：〈海意象與中西方民族文化精神略論〉，《大連理工大學學報（社會科學版）》第21卷4期（2000年12月），頁62。
2 〔南宋〕陸游，〈航海〉，收於錢仲聯校注：《劍南詩稿校注》（上海市：上海古籍出版社，1985年），卷1，頁35。以下凡引陸游詩者，皆出此書，為省篇幅，再度徵引陸詩時，將直接於詩後以括號注明卷、頁，不另作注。

傳神情方王，吟嘯不言」[3]，可知謝太傅（安）航行海上時，遇強風湧浪卻能臨危不驚，展現過人勇氣，陸游藉以隱喻自己亦同樣具備此勇於挑戰大海險惡、臨危不亂的鎮定與堅強。詩人征服海洋的意識，還表現在詩末他能自由遨遊海外仙界的想像：陸游想像自己跨坐在大鵬鳥的背上，飛抵心中所嚮往的理想境地——蓬萊仙境，在自由飛昇於海天之際，彷彿也暗示了現實中無法實現政治理想的桎梏與無奈。第二首詩，則進一步以「歌罷海動色」、「詩成天改容」等征服天海的奇想，結合己身「穩駕萬斛舟」的馴海形象，具體而生動地展現潛伏於內在的報國豪氣，這種方式大大突破了蘇軾「天容海色本澄清」、與大海渾然相融的書寫傳統，是詩人征服海洋意識的先驅。

可惜其時的南宋朝廷由主和派當權，作者四度罷官，隱居近海的家鄉山陰（今浙江紹興）長達三十年，只有在四十八歲時短短不到一年的南鄭前線經驗，大多數的時候是苦無實現政治理想機會的。然而，自幼懷有報國壯志、家鄉臨近大海的陸游，雖然無法在陸路或海路實現其上戰場殺敵報國的心願，但在罷官居鄉時卻仍屢藉詩歌來表達征服海洋的意識與堅持抗戰的豪情，詩云：

> 鼇負三山碧海秋，龍驤萬斛放翁遊。少舒我輩胸中氣，一掃群兒分外愁。醉斬長鯨倚天劍，笑凌駭浪濟川舟。悠然高詠平生事，齷齪寧能老故丘。（〈泛三江海浦〉，卷17，頁1317）

> 厭逐紛紛兒女曹，挂帆江海寄吾豪。鯨吞鼉作渾閒事，要看秋濤天際高。（〈海上作〉，卷46，頁2804）

3　〔南朝宋〕劉義慶撰、〔梁〕劉孝標注、楊勇校箋：《世說新語校箋》（臺北市：正文書局，1992年），〈雅量篇〉，頁282。

上述二首詩歌，作者藉己身笑凌駭浪的泛海形象，以展現深蟄於內心
的人海對立、與大海拚搏的勇氣與豪情。他雖暫時退居家鄉、報國無
門，卻仍以「醉斬長鯨倚天劍，笑凌駭浪濟川舟」的征海想像，透顯
報國殺敵的壯志，此二句由李白「安得倚天劍，跨海斬長鯨」轉化而
來，但由於陸游從小就練習劍術、鑽研兵法、[4]廣交劍客等豪傑之士，
因此，更增添了「醉」、「笑」等形象以凸顯他意欲征服海洋、勇猛克
敵的從容與自信。至於「鯨吞鼉作渾閑事，要看秋濤天際高」的豪勇
與寧靜，則恰好呼應了叔本華所說的：主體面對怒海狂濤時，有雙重
意識：「他覺得自己一面是個體，是偶然的意志現象，那些自然力輕
輕一擊就能毀滅這個現象……而與此同時，他又是永遠寧靜的認識的
主體，作為這個主體，它是客觀的條件，也是這整個世界的肩負人，
大自然中可怕的鬥爭只是它的表象，它自身卻在寧靜地把握著理念，
自由而不知有任何欲求和任何需要。這就是完整的壯美印象」[5]，正
因陸游面對大海時，心存的是意欲肩負起整個國家世界的奮進意識，
因而能無視於怒濤的表象而展現出能征服海洋的自信與寧靜。[6]

三　海戰書寫的開山始祖——南宋末文天祥

文天祥（1236-1283），其詩歌的海洋書寫最具開創性之處則為：

4　陸游有〈甲午十一月十三夜夢右臂踊出一小劍長八九寸有光既覺猶微痛也〉詩云：
　　「少年學劍白猿翁，曾破浮生十歲功」（卷6，頁503），又有〈夜讀兵書〉詩云：
　　「窮山讀兵書」（卷1：18）。

5　叔本華著、石沖白譯：《作為意志和表象的世界》（北京市：商務印書館，1982年），
　　頁285-286。

6　關於上述二詩的寫作背景與內容分析，拙著〈論陸游詩的泛海書寫〉（收錄於劉石
　　吉等編，《旅遊文學與地景書寫》，高雄市：國立中山大學人文研究中心，2013年7
　　月，頁79-81）有更深入而具體的分析。

是海戰詩的開山始祖。[7]他與海洋的緣分極深,自四十歲(1276)從鎮江元營逃脫之後,便一路輾轉海道、欲南歸海上行朝,以圖中興南宋;卻不幸於五坡嶺被元軍所俘,且被迫目睹南宋亡於崖海,是以詩中的海戰書寫皆集中在宋元崖海戰役(祥興二年,1279),海戰相關詩作約有二十三首之多。他採取戰士的視角,表現出實際記錄宋元兩軍的交戰過程、描繪海戰正負面的人物形象,抒發戰敗後的悲痛,提出對海戰失敗原因的深切反省等特徵。

例如,特徵一:海戰過程的實錄。天祥《集杜詩》〈自序〉云:「昔人評杜詩為詩史,蓋其以詠歌之辭,寓紀載之實。而抑揚褒貶之意,燦然於其中,雖謂之史可也。予所集杜詩,自余顛沛以來,世變人事,概見於此矣。是非有意於為詩者也,後之良史,尚庶幾有考焉。」[8]可見,他是自覺地以詩存史,有意地藉詩來記錄自己的遭遇與時事。因此,其詩中書寫的崖海戰役亦為實錄,如:

> 長平一坑四十萬,秦人歡欣趙人怨。大風揚沙水不流,為楚者樂為漢愁。兵家勝負常不一,紛紛干戈何時畢。必有天吏將明威,不嗜殺人能一之。我生之初尚無疚,我生之後遭陽九。厥角稽首併二州,正氣掃地山河羞。身為大臣義當死,城下師盟愧牛耳。間關歸國洗日光,白麻重宣不敢當。出師三年勞且苦,咫尺長安不得睹。非無虓虎士如林,一日不戈為人擒。樓船千艘下天角,兩雄相遭爭奮搏。古來何代無戰爭,未有鋒蝟

---

7 詳參廖肇亨:〈浪裏挑燈看劍:中國海戰詩學之書寫特質與價值信念初探〉,收入復旦大學中國古代文學研究中心編:《中國文學研究》第11輯(北京市:中國文聯出版社,2008年),頁285。

8 〔南宋〕文天祥:《文文山全集》(臺北市:世界書局,1956年),頁397。本文所引文天祥作品,皆出自此書,凡再徵引時,將直接以括號標注篇名、頁碼,不另作注。

交滄溟。遊兵日來復日往，相持一月為鷸蚌。南人志欲扶崑崙，北人氣欲黃河吞。一朝天昏風雨惡，炮火雷飛箭星落。誰雌誰雄頃刻分，流屍漂血洋水渾。昨朝南船滿厓海，今朝只有北船在。昨夜兩邊桴鼓鳴，今朝船船鼾睡聲。北兵去家八千里，椎牛釃酒人人喜。惟有孤臣兩淚垂，冥冥不敢向人啼。六龍杳靄知何處，大海茫茫隔煙霧。我欲借劍斬佞臣，黃金橫帶為何人。（〈二月六日，海上大戰，國事不濟，孤臣天祥，坐北舟中，向南慟哭，為之詩曰〉，《指南後錄》，頁349）

上述詩中，「樓船千艘天下角……今朝船船鼾睡聲」共十六句乃對海戰過程的描繪，詩人以超過全詩三分之一的篇幅（全詩共四十四句）來詳述，無論是交戰的雙方（宋軍、元軍），或是戰事的規模（千艘樓船之數）、時間（相持一月）、地點（崖海），還有交戰的場面（矢砲紛飛、戰鼓爭鳴）、交戰的結果（宋軍大敗、屍血漂海），都能從戰士的視角、多面向而客觀地陳述他目睹耳聞的景象。

特徵二：海戰人物的正、負面特寫。正面形象者，有蘇劉義、魯淵子、陸秀夫三人，皆以直敘三人於國家危急存亡之際能持志不失大節，來特寫其忠義與意志堅強的共同形象；[9]負面形象者，主要特寫張世傑的欠缺謀略與意志力，詩云：

南國卷雲水，黃金傾有無。蛟龍亦狼狽，反復乃須臾。（〈張世傑第四十一〉世傑得士卒云，每言北方不可信，故無降志。閩之再造，實賴其力。然其人無遠志，擁重兵厚貲，惟務遠遁。卒以喪敗，哀哉。《集杜詩》，頁406）

9　詳參文天祥：〈蘇劉義第四十三〉、〈魯淵子第四十四〉、〈陸樞密秀夫第五十二〉等詩。

長風駕高浪，偃蹇龍虎姿。蕭條猶在否，寒日出霧遲。(〈張世傑第四十二〉，《集杜詩》，頁406)

「蛟龍」、「龍虎」的威猛形象，從正面譬喻了張世傑擁有「重兵厚貨」的政治姿態與領袖氣質；但天祥也在詩序中直接道出他缺乏「遠志」、「惟務遠遁」[10]的缺點，遂成為導致崖海兵敗、宋室滅亡的致命喪。

特徵三：敗戰之悲的抒發。書寫上的最大特色是以「淚」、「血」寫出英雄失路、報國無門的遺恨，如：

淚如杜宇喉中血。(〈覽鏡見鬚鬢消落為之流涕〉，《指南後錄》，頁373)

吳兒進退尋常事，漢氏存亡頃刻中。諸老丹心付流水，孤臣血淚洒南風。(〈哭崖山〉，《吟嘯集》，頁384)

此外，還以意欲效魯連心、蘇武節、夷齊義，來表達一己拒投異族、為國殉道的決心，如：

可憐大流落，白髮魯連翁。每夜瞻南斗，連年坐北風。三生遭際處，一死笑談中。贏得千年在，丹心射碧空。(〈自歎〉，《吟嘯集》，頁394)

子卿羝羊節，少陵杜鵑心。(〈詠懷〉，《指南後錄》，頁376)

平生管鮑成何事，千古夷齊在一時。(〈睡起〉，《指南後錄》，頁355)

---

10 崖海戰敗後，張世傑久等帝昺不見，遂乘霧暗雨晦，護衛楊太后突圍而出，本欲遁往交趾（占城），遭部下反對而只好再返南恩州（今廣東陽江）海上的螺島，五月某日，於海上遇颶風襲溺。參〔明〕陳邦瞻：《宋史紀事本末》（臺北市：鼎文書局，1978年），卷108〈二王之立〉，頁1182。

魯仲連寧蹈東海、不受秦辱的高義，蘇武牧羊北海、堅不投敵的大節，夷齊采薇、不食周粟的堅持，這些天祥用以自喻的忠義典故頻繁在詩中出現，豐滿而生動地刻劃出自己義不投敵、寧為國家犧牲的忠貞與勇氣。

　　特徵四：敗戰原因的反省。天祥於詩中明白指出，導致宋室滅亡的關鍵戰役（崖海之戰）失敗的主因，應歸咎於主帥張世傑的失籌，云：

> 孤矢暗江海，百萬化為魚。帝子留遺恨，故園莽丘墟。（〈祥興第三十四〉乙卯正月十三日，虜舟直造崖山，世傑不守山門，作一字陣以待之。虜入山門，作長蛇陣對之。二月六日，虜乘潮進攻，半日而破，死溺者數萬人，哀哉。《集杜詩》，頁404）
>
> 六龍忽蹉跎，川廣不可泝。東風吹春水，乾坤莽回互。（〈祥興第三十六〉初，行朝有船千餘艘，內大船極多。張元帥大小船五百，而二百舟失道，久而不至。北人乍登舟，嘔暈執弓矢不支持，又水道生疏，舟工進退失據。使虜初至，行朝乘其未集擊之，蔑不勝矣。行朝依山作一字陣，幫縛不可復動，於是不可以攻人，而專受攻矣。先是，行朝以游舟數出得小捷，他船皆閩浙水手，其心莫不欲南向。若南船摧鋒直前，閩浙水手在北舟中必為變，則有盡殲之理。惜世傑不知合變，專守□法，嗚呼，豈非天哉。《集杜詩》，頁405）

由上列引文可知，天祥認為：未能認清宋軍有戰艦與人員數量上的優勢而怯敵，未能掌握北人不習水性、不善海戰、未完全集結等制敵先機，未能採取正確的戰術；都是張世傑在決策時所犯的錯誤。[11]

---

11 關於文天祥海戰書寫的內涵與藝術手法分析，詳參拙著：〈末世孤臣的海戰詩比較析論：文天祥、張煌言〉，《海洋文化學刊》第18期（2015年6月），頁65-111。

由此可知，海洋對天祥而言，是殺戮的戰場、希望毀滅的場域；也因此，他的海洋意識不同於陸游的征服觀，而是近於傳統的藉海傾訴悲憤與絕望的人海相融觀。

四 海戰書寫新視角的開拓者——明中葉歸有光

元明以來的海戰詩作者，多為親臨戰事的武將（含文人領兵），或兼與軍務擘畫的文人，是以多承天祥以「戰士視角」為主的觀看方式；而明代的歸有光（1506-1571），憑其在野文士的身分，又因曾身受倭寇迫害，且親自參加過崑山守城之戰，其詩中側重嘉靖時期黎民因倭患與抗倭海戰而遭致苦難的「百姓視角」書寫，在元明海戰詩聚焦戰士的勝利書寫潮流中就顯得獨樹一幟，充分透顯出民胞物與的儒者胸懷。[12]

例如，在海戰人物的描寫方面，元、明以來的抗倭海戰詩，多以感官的誇飾、激烈海戰場景的描繪來形塑海戰英雄的過人勇氣；而有光除了以素樸的文字、簡潔的對比，扼要而鮮明地勾勒出英雄任環兼具勇氣、謀略、意志力的戰士英雄形象外，還特重他關愛士卒、百姓的英雄特質，詩云：

> 落日孤城戰尚賒，遙瞻楚幕有棲鴉。將軍真肯分甘苦，士卒何人敢戀家。（〈頌任公四首〉之三）[13]

---

12 參拙著：〈論歸有光詩中的海戰書寫——兼述其古文中的禦寇思想〉，《成大中文學報》第43期（2013年12月），頁119。

13 〔明〕歸有光：《震川先生集》（臺北市：臺灣商務印書館，1965年），《別集》，卷10，頁523。以下凡徵引歸有光作品皆出此書，將隨文以括號注明卷數、頁碼，不另作注。

成山斜轉黑洋通，南北神京一望中。天錫任侯為保障，長城隱
隱按遼東。

血戰鯨波日奏膚，東南處處望來蘇。畫工不解憂勤意，卻作南
溟全勝圖。(〈題周冕贈任別駕卷〉之一、四，《別集》，卷10，
頁521)

任環不僅關懷部屬的起居飲食，肯與他們「分甘苦」，使得士卒們無
人「敢戀家」，都願意為任環效死，還關懷百姓們的生命安危，是人
民的「保障」，也是人民企盼「蘇」解困苦的希望來源。當時的蘇州
知府是尚維持，當賊寇來犯時，有司們個個貪生怕死，「深關固閉，
任其殺掠」[14]，而鄉民們繞城號哭，無所適從，唯有任環獨排眾議，
「盡納之，全活數萬計」[15]。

又如，在戰後抒情方面，元、明以來的抗倭海戰詩，多發為戰勝
的凱歌，而有光則多為人民發聲，聚焦於百姓飽受倭寇劫掠與有司催
科的不幸與痛苦。詩云：

自是吳分有歲災，連年杼軸已堪哀。獨饒此地無戎馬，又見椰
帆海上來。

二百年來只養兵，不教一騎出圍城。民兵殺盡州官走，又下民
間點壯丁。

海上腥膻不可聞，東郊殺氣日氤氳。使君自有金湯固，忍使吾
民餌賊軍。

---

14 〔明〕歸有光：〈備倭事略〉，《震川先生集》，卷3，頁60。

15 〔清〕張廷玉等撰：《明史》(臺北市：鼎文書局，1994年)，卷205〈任環傳〉，頁
5419。

避難家家盡買舟，欲留團聚保鄉州。淮陰市井輕韓信，舉手揶揄笑未休。

大盜睢盱滿國中，伊川久已化為戎。生民膏血供豺虎，莫怪夷兵燒海紅。（〈海上紀事十四首〉之一、二、三、四、五，《別集》，卷10，頁523）

經過兵燹後，焦土遍江村。滿道豺狼跡，誰家雞犬存？寒風吹白日，鬼火亂黃昏。何自征科吏，猶然復到門。（〈甲寅十月紀事二首〉之二，《別集》，卷10，頁520）

前三首，詩人以白描的方式，直陳吳中百姓因倭警而承受的龐大壓力、因官軍龜縮膽怯而感到的無奈心緒、因倭寇燒掠而蒙受的深重苦難，這種明白如話的行文語氣，透顯出詩人無暇雕飾文字的沉痛心情。後三首，則書寫了民眾不得不買舟避難、團聚保鄉的自保行動，可惜最終仍不幸地橫遭殺戮的悲慘下場；以及倭寇呼嘯而去、百姓資產被洗劫一空後，官吏竟然上門欲強徵賦稅，益發加深黎民的困窘與苦難。

再如，在戰後反省議論方面，有光對於因官員的怯懦無能而導致的抗倭失利予以辛辣的諷刺，詩云：

新城斗絕枕東危，甲士千人足指麾。壁外波濤空日月，城頭忽竪海王旗。

海島蠻夷亦愛琛，使君何苦遁逃深。逢倭自有全身策，消得牀頭一萬金。

海潮新染血流霞，白日啾啾萬鬼嗟。官司卻恐君王怒，勘報瘡痍四十家。（〈海上紀事十四首〉之十、十一、十二，《別集》，卷10，頁523）

詩人以指責的口吻具體指出明代官員的怯懦怕死與無能怕事。此外，對於當局招撫政策的不當也直接提出了批評，詩云：

> 海水茫茫到日東，敵來恍惚去無蹤。寶山新見天兵下，百萬貔貅屬總戎。
> 江南今日召倭奴，從此吳民未得蘇。君王自是真堯舜，莫說山東盜已無。（〈海上紀事十四首〉之十三、十四，《別集》，卷10，頁523）

倭寇除了慓悍勇猛外，與他們一起參與劫掠的徒眾，多時可高達幾千人，少時也還有幾百人，同時，還往往和奸商刁民勾結，領頭的人又往往是閩浙人，他們了解地勢人情，善於埋伏，因而常常取勝。面對這類華夷難辨、行踪飄忽不定且刁鑽難治的敵人，歸有光認為當局所採取的招撫倭奴政策，是沒辦法根本解決「吳民」憂患的。雖然他在詩中受限於句式、篇幅、格律，未能對禦倭之策提出具體的建議，但我們可在他諸多文章中看到有關禦倭的謀略，凡此皆可作為其海戰詩作的補充與參考。大抵而言，他禦倭的主張在速戰速決，兼重安內與攘外。[16]

由上述可知，海洋，對關懷民瘼的歸有光而言，不是可以傾訴的對象，也不是可以征服的對象，而是將百姓帶向死亡的黑暗深淵。

五　海戰書寫的集大成者——南明張煌言

南明張煌言（1620-1664），自廿七歲（1646）起便於浙閩海上護

---

16 歸有光古文中的禦寇思想，請參拙著：〈論歸有光詩中的海戰書寫——兼述其古文中的禦寇思想〉，《成大中文學報》第43期（2013年12月），頁113-118。

衛魯王行朝,且與大將張名振三度入江、聯合鄭成功二度北征長江,征戰大海長達十九年。其詩中的海戰書寫兼具戰士、百姓視角,內容豐富多樣又有新創,可謂集前人之大成而又自有其開拓。其戰敗的悲歌同天祥一樣表達出黍離之悲與報國大節,而戰勝的凱歌則展現出克敵致勝、中興明室的希望與信心,因此,海洋對煌言而言,雖有時是希望毀滅的場域,但更多時候是可以征服的對象,是他可以揮灑殺敵壯志、實現報國理想的最佳舞臺。其海戰詩篇約五十六首,所展現的書寫特徵如下:

　　海戰敘事方面,既採傳統海戰詩的戰士視角,又有歸有光的百姓視角。其中,戰士視角的特徵有三:一、海戰過程的真實記錄;二、海戰人物的正、負面特寫;三、敘事內容集前人大成又有新拓,其中:戰前戰士自信、戰前軟實力分析、戰勝後的自得等,乃沿襲前人的內容表現,而戰前乞師、戰後嚴陣以待,則為煌言詩新拓的內容。[17]由於篇幅所限,僅舉書寫海戰過程實錄者為例,詩云:

　　　　橫江樓櫓自雄飛,霜伏雲麾盡國威。夾岸火輪排疊陣,中流鐵鎖鬥重圍。戰餘落日鮫人窟,春到長風燕子磯。指點興亡倍感慨,當年此地是王畿!(〈師次燕子磯〉)[18]

此詩書寫張煌言率師第三度由海入江的戰役,運用示現修辭的手法,生動刻劃了明軍駕樓船自海橫江而渡的雄威,及其突破清人夾岸火砲陣與水流層層鐵鎖等嚴密防線的英勇。至於百姓視角的特徵亦有三:

---

17 本節所述張煌言海戰詩的諸多特徵,詳細論述可參考拙著:〈末世孤臣的海戰詩比較析論:文天祥、張煌言〉,《海洋文化學刊》第18期(2015年6月),頁65-111。

18 〔明〕張煌言:《張蒼水詩文集》(南投縣:臺灣省文獻委員會,1994年),頁111。本文所引張煌言作品皆出自此書,凡再徵引時,將直接以括號標注篇名、頁碼,不另作注。

一、百姓因戰爭所造成的死難與流離；二、百姓因海盜、軍官劫掠以
致衣食無著的無助；三、煌言己身關愛士卒百姓的英雄形象。亦囿於
篇幅，僅舉書寫百姓被劫掠者為例，詩云：

> 乘艀艋、載艅艎，槌鉦撾鼓走風檣。滿船兒郎抹額黃，人言若
> 輩真鷹揚，飢則攫人飽則颺。江村雞犬絕鳴吠，老稚吞聲泣道
> 旁：罄我缾中粟，使我朝無糧；斷我機中苧，使我暮無裳。我
> 亦遺民事耕織，當身不幸見滄桑。入海畏蛟龍，登山多虎狼；
> 官軍信威武，何不恢城邑，願輸夏稅貢秋糧。（〈艀艋行〉，頁
> 104-105）

從百姓的角度發聲，以鷹飢攫人的動作來譬喻海盜因貪婪而掠奪百姓
的跋扈，十分逼真傳神；接著，以第一人稱的口吻道出老稚的心聲：
民生用品已被洗劫一空，只能冀望威武的官軍來恢復秩序，紓解困境。

戰後抒情方面，有悲、有喜。在戰敗之悲的書寫上，既承繼了天
祥欲為死者復仇的義憤、國事難為的悲痛、拒降異族的忠魂、為國殉
道的堅志、視死如歸的勇氣等內涵書寫，又有暫隱以待時、為復明而
奮鬥的堅忍忠毅等異於天祥的新內容；在戰勝之喜的書寫上，除了表
現元明以來戰勝自得的情感外，還新增了克敵的信心、復明的想像等
內涵，例如：

> 雙懸日月旄幢耀，百戰河山帶礪新。從此天聲揚絕漢，還應吳
> 會是臨津。
> 烽靖三湘先得蜀，瘴消五嶺復通閩。……指顧樓蘭堪立馬，肯
> 令胡騎飲江津！（〈和定西侯張侯服留題金山原韻六首〉其一、
> 二，頁108）

中原父老還扶杖，絕塞河山自寢兵。不信封侯皆上將，前茅獨
讓棄繻生。(〈師次觀音門〉，頁141)

第一首記首度由海入江之役，透過旗耀山河、漢聲揚漠的想像，表達
中興明室的企盼，其中，以「日月」暗示明室，更顯詩人對朝廷國家
的悃悃忠誠；第二首則為第二次聯鄭北征之詩，以現實中克敵制勝的
景象、己身憑書生封侯的事功，展現出殺敵復國的信心。可惜，最終
鄭成功軍隊未能克復留都南京，以致反清復明的大業功虧一簣。[19]勝
利之喜，只如曇花一現，未能持久。

　　戰後反省議論方面，煌言與天祥一樣，都將主要敗因歸咎於將領
之失籌；而他對天祥的開拓處，則在進一步地提出恢復的大計，主張
應速戰，反對鄭成功東遷臺灣之議，詩云：

中原方逐鹿，何暇問虹梁。欲攬南溟勝，聊隨北雁翔。鱟帆天
外落，蝦島水中央。應笑清河客，輸君是望洋。
羽書經歲杳，猶說袞衣東。此莫非王土，胡為用遠攻。圍師原
將略，墨守亦夷風。別有芻蕘見，迴戈定犬戎。(〈送羅子木往
臺灣二首〉，頁161-162)

詩中對於鄭成功東渡臺灣，表達反對的立場，深恐時日一久，復明
之心將消磨殆盡；而從士氣與軍威等面向考量，[20]建議成功積極回師
西向。

---

19 參〔明〕張煌言：〈北征得失紀略〉，頁1-4。
20 參〔明〕張煌言：〈上延平王書〉，頁30-31。

六 結語

　　由以上運用「中國基本古籍庫」揀選而出的南宋至南明海戰相關的文本所作的考察可知，南宋初陸游的泛海詩可視為征服海洋意識的先驅；至於南宋末的文天祥，則開啟了詩中海戰主題的正式書寫，且以元軍為他者，採「戰士」的視角書寫戰敗的過程、悲痛，以及原因的反省；到了元明，海戰的他者轉而為倭寇，海戰詩作者多為親臨戰事的武將，雖仍承戰士視角觀看，亦有戰爭過程的實錄，但多戰勝的凱歌，與天祥的情調不同，因而憑布衣身分、採「百姓」視角觀看的歸有光，其詩中開拓性的百姓視角就格外引人注目，他為人民發聲，書寫黎民因倭亂而遭受的苦難，展現仁愛的儒者襟懷；其後，征戰海上長達十九年的南明張煌言，詩中戰爭的他者雖改而為女真人，但在視角上卻兼具了戰士與百姓，書寫內涵更是集宋元明海戰詩以來之大成，而又自有其新拓。總之，本文重點而系列地勾勒出南宋至南明的海戰詩學書寫譜系，未來還可以善用數位人文的研究方法，對更多的海戰詩家與詩作加以觀察、探究，使中國海戰詩學發展史更臻完備。

明代抗倭海戰詩敘事析論

一　前言

　　南倭與北虜，是明代在海洋經理上最棘手的課題，相關的研究雖然不少，卻多著眼於軍事事件（防禦倭寇、對抗女真）的歷史探究，或朝廷對治決策與在野議論時政的經世研討，甚少從詩學的角度切入、研究明代詩人對於海戰的視角、體驗與對治他者之道者。其實，明代詩歌，對於這些海戰的我方與「他者」[1]、時間與地點、過程與結果、規模與武器，有極為客觀的敘事，具有補史料之闕的史學研究價值；同時，其敘事之中又有別於史籍方志的、詩人們對於海戰體驗的主觀情意的抒發，以及經理海洋與對治他者的反省與議論，不僅表現了明人的獨特心靈面貌，也開拓了詩歌的新境界（新內容與新藝術風格）[2]，因而具有思想、文學研究的高度價值。同時，由於明代海

1　廖肇亨：「從明清海戰詩歌發展的軌跡來看，主要集中於兩個時期。一是嘉靖時期的靖海抗倭詩，一是明鄭渡海來臺時期。前者的敵人是倭寇，後者主要記述與女真人武裝抗爭的過程，正是『北虜南倭』的具體呈現。」由此可知，明代海戰詩中最主要的「他者」為倭寇與女真人。見氏著：〈長島怪沫、忠義淵藪、碧水長流——明清海洋詩學中的世界秩序〉，《中國文哲研究集刊》第32期（2008年3月），頁52。

2　蔣鵬舉：「明海防詩是在新的歷史情勢下，明人在邊塞詩內容上的新拓展。這些詩出現了前所未有的新內容。李攀龍〈東光〉詩……指出與倭寇作戰中明軍失利的原因；王世貞〈治兵使者行當雁門太守〉……重彩描繪抗倭英雄任環的壯舉，……。有的詩寫與倭寇作戰取得的大捷，沈明臣著名的樂府詩〈凱歌〉即描述一群健兒深夜出擊的情形」，又云明海防詩表現出審美的新風尚、藝術的新境界，如徐渭的海防詩：「全面深刻地揭示了中國東南沿海防禦體系存在的種種問題，深切真摯的人

戰詩的作者組成不同（有將領、幕僚文士、在野文人等），因而詩中
所採取的敘事視角與內容遂各有所偏重、各有其特色，十分值得作深
入的觀察與研究。

　　本論文先針對明代以「南倭」為他者的海戰詩作觀察，從「中國
基本古籍庫」數位資料庫，以倭寇、海戰相關的關鍵詞如：「倭」、
「寇」、「虜」、「賊」、「盜」、「夷」、「蠻」、「血」、「淚」、「戰」、
「師」、「海警」、「海防」等，對明代詩歌的詩題與詩句進行檢索，再
就檢索所得的明代詩歌予以仔細判讀，篩選出較具代表的詩作約一百
四十二首進行分析。接著，再從「敘事」的觀點、結合寫作背景來探
討其分期（初期：洪武1368～正德1521，中期：嘉靖1521～1566，晚
期：隆慶1566～崇禎1644）書寫的特徵與特徵形成的原因，期能具體
觀出詩歌所反映各期倭亂的實務與情境，並為之在海戰詩史中尋一適
切的定位。

一　明代初期的海戰敘事──戰士視角

（一）戰況略述──倭患較不嚴重，集中遼東、浙江地區

　　明代初期（洪武1368～正德1521）的倭患是元朝倭寇入侵的延
續，其發生的主要原因，據鄭樑生的說法，在於「經濟上的欲望，及
高麗的衰弱，明朝的海禁」[3]。就地理位置而言，明初的沿海以山
東、遼東，以及浙江等地區倭禍較為嚴重，因此時的倭寇主要來自日
本的薩摩、肥后、長門、筑前、博多、鹿兒島等南部地區，遂多沿自

文關懷和嬉笑怒罵式的譏諷批判結合在一起，形成一種獨特的詩風。」見氏著：〈明
代邊防詩的特色簡論〉，《聊城大學學報（社會科學版）》2008年第6期，頁100。

3　鄭樑生：《明代中日關係研究》（臺北市：文史哲出版社，1985年），頁278。

古以來中日交往熟悉的航道來華。[4]但是，由於明初擁有強大的陸軍和水軍，所以倭寇侵犯中國並未如入侵高麗那樣順遂，經常受到打擊而無法得逞，也因此，明初倭患並不會太嚴重。[5]

上述史實與情境，在明初海戰詩中也多有反映。就筆者觀察的一百四十多首相關詩作言，書寫明初倭亂者僅占全體數量的百分之六左右，而中期（僅嘉靖四十五年之間）倭亂的書寫作品卻高達百分之五十九，顯見明代初期倭亂並不嚴重，詩中以倭為他者的海戰書寫亦未蔚為風潮。但是，在這些為數不多的海戰詩中，無論是對戰況與戰地的描述，抑或是對抗倭名將的歌詠，皆能符應當時的現實，從而體察出從詩人之眼觀看的焦點所在。其中，描述戰況與戰地者，有敘遼東抗倭之詩：

> 七歲為官今七十，直從洪武到新年。同時將士皆稀少，贏得兒孫滿眼前。牢落關山百戰中，此生無罪亦無功。於今邊境安如堵，共說君王似太宗。**當時倭寇入遼陽，曾逐偏裨夜伏藏。百舸成灰諸賊盡，傷心和淚說劉剛。**雙鬢蒼蒼臂力微，已教兒子代戎衣。此身雖老猶能射，閒上雕弓去打圍。（張寧〈宿松山，所遇孟玉千戶，老而能言談，開國以來邊事，歷歷可聽。

---

4 山東半島和遼東半島，一直是中日交往的門戶，宋以前日本政府的來華使節和商人，一般都從日本九州的博多出發，經台岐、對馬等島嶼，沿朝鮮半島西海岸北上，先抵遼東半島東岸，然後橫渡渤海灣口，在山東半島的登州一帶登陸。此外，從日本到浙江，也有一條倭寇所熟悉的航道，元朝時浙江等地與日本即保持著貿易往來，即使在元日戰爭期間，這種貿易也未中斷，且元日貿易主要是日商人來元，元在浙江的慶元、澉浦、杭州、溫州等地建設市舶司，專門管理對外貿易，而日本貿易對象不多，加之對中國產品需求量較大，因此，對外貿易主要是到元，因而就特別熟悉通往浙江的航道。詳參范中義、全晰綱：《明代倭寇史略》（北京市：中華書局，2004年），頁19-20。

5 同前注，頁11。

次日早，趨凌河驛道中，述其語為四絕〉，《方洲集》卷12）[6]

詩中借身歷太祖、太宗、宣宗、英宗等朝的老翁口吻，回憶明初洪武
年間倭犯遼陽時，伏藏殺賊，燒毀其百船的海戰往事，並充滿老驥伏
櫪、壯心未已的豪情。此外，還有敘浙江抗倭之詩：

> 裔夷倭奴氏，僻分帶方東。頑嚚罔率化，不與中國通。椎結斑
> 斕衣，習俗相剽攻。**輕生蹈巨浸，出沒如飄風**。爰止崇明里，
> 掠虜肆奸凶。桓桓張將軍，擐甲登蒙衝。手中三尺劍，紫電明
> 霜鋒。追北海門右，殺戮無遺踪。執俘仍獻馘，錫爵酬厥功。
> （袁華〈送友人之明州衛〉，《耕學齋詩集》卷4）

縱使倭寇輕生蹈海、出沒無常，明朝將領仍擐甲登船、追殺寇讎，終
於克敵致勝。上述二詩，前者以直敘方式略述遼陽戰事的過程與結
果，後者雖對主將武器的銳利（「手中三尺劍，紫電明霜鋒」）、由崇
明追至海門右殲滅敵寇的戰功（「追北海門右，殺戮無遺踪。執俘仍
獻馘，錫爵酬厥功」）略加強調，但未就戰事的過程或規模作具體陳
述。可見，明代初期的詩歌，對抗倭海戰主題尚未形成書寫的風潮。

　　本來，明成祖永樂二年（1404）中日勘合貿易確立後，日本幕府
搗毀了對馬、台岐等倭寇巢穴以示好於明廷，對倭患稍有抑制作用；
而後，由於幕府政治生態的改變，永樂九年（1411）至宣德八年
（1433）勘合中斷，足利義持一改其父足利義滿的政策，縱民為寇，
沿海海疆遂又頻遭侵擾；直到義持死後，足利義教對明釋出善意，
在一定程度上對倭寇進行取締，中日間才又恢復勘合貿易的朝貢關

6　本論文所引文本，凡未注明出版項者，概出自「中國基本古籍庫」數位資料庫。

係，[7]再加上明朝建立了防範更嚴密的海防，以及望海堝之捷給予倭寇毀滅性的打擊、倭寇主要基地之一對馬受到朝鮮遠征軍的反襲擊等緣故，[8]是以從英宗正統元年（1436）到武宗正德十六年（1521）的八十多年間，倭患已較洪武至宣德年間大為緩和，如張寧詩云：「於今（正統）邊境安如堵，共說君王似太宗」（前已引），又如憲宗成化年間福建右參政劉大夏詩云：

> 朔風吹雪滿天狂，石磴崎嶇路轉長。五十年來猶作客，七千里外苦思鄉。遙瞻遠岫驚新白，時度重林嗅冷香。**獨喜倭蠻頻入貢，旌旗不用夜招降。**（劉大夏〈是歲十二月羅源道中遇大雪〉，《劉忠宣公遺集》卷2）

羅源是福州的一個深水港灣，詩中提及「獨喜倭蠻頻入貢，旌旗不用夜招降」，描述的正是憲宗成化時期因中日朝貢（日人由羅源灣入貢）而使得倭患緩和的實境。這些由資料庫搜尋而得的明初詩歌，印證了明初倭患較不嚴重的現實，頗具史學價值。

（二）英雄形塑 —— 勇猛、材略

明代初期的海戰詩還承襲了元代以來形塑海戰英雄的書寫傳統，有極寫其追擊海寇之勇猛者，如：

---

7 宣宗宣德八年（1433），明、日雙方訂定《宣德條約》：日本每十年來中國朝貢一次，每次「人毋過三百，舟毋過三艘」，並重申日本應制止倭寇，嚴禁倭船下海。詳參〔明〕張廷玉：《明史》（臺北市：鼎文書局，1994年），卷322〈日本傳〉，頁8347。

8 詳參〔日〕藤家礼之助著，張俊彥、卞立強譯：《日中交流二千年》（北京市：北京大學出版社，1982年），頁167。

> 裔夷倭奴氏，……爰止崇明里，掠虜肆奸兇。桓桓張將軍，擐
> 甲登蒙衝。手中三尺劍，紫電明霜鋒。追北海門右，殺戮無遺
> 踪。執俘仍獻馘，錫爵酬厥功。拜命赤墀下，進秩佐元戎。四
> 明古句章，海水青浮空。山川既佳麗，人物亦豪雄。感別意惻
> 惻，懷古心忡忡。南薰吹旆旌，小隊羅刀弓。長途驛馬疾，遠
> 浦渚蓮紅。勉旃同前烈，策勳銘景鍾。（袁華〈送友人之明州
> 衛〉，《耕學齋詩集》卷4）

袁華（1316-？），字子英，號耕學，昆山人，是元明之際文壇領袖楊
維禎的得意門生。袁詩既深受維禎鐵崖體浸染，有奇崛怪誕之風，又
典雅從容，符合溫柔敦厚的詩教之旨，因此在易代之際詩壇上具有承
前啟後的重要意義。他雖一生仕履不顯，但與名士往來頗多，上引送
別友人之作，即藉友人前往之地（明州，今寧波）興發對當地擊倭英
雄的嚮往之情。「桓桓」，即「威武貌」，《詩經》〈魯頌・泮水〉有
云：「桓桓于征，狄彼東南」[9]，可知「桓桓」最早即用以描繪征討東
南蠻族的將領的威猛情狀，袁華詩中首先以此形容詞彙作英雄形象的
總括，其次再具體以張將軍登戰艦、持利劍，一路從崇明島追擊出沒
無常的倭寇至海門右的敘事，刻劃其英勇無懼之形象；最終，再寫其
殺敵務盡、執俘獻馘、天子賜爵，來頌詠他的戰功彪炳。詩中措詞典
雅有法，形塑英雄的威武生動從容、如在目前。

　　另有書寫抗倭英雄之材略者，例如宣宗宣德八年（1433）的進士
徐有貞，即以詩歌詠永樂十七年（1419）取得望海堝大捷、受封廣寧
伯的劉江的平倭奇略：

9　〔漢〕毛亨注、鄭玄箋，〔唐〕孔穎達疏：《毛詩正義》，收入《重刊宋本十三經注
　　疏附校勘記》（臺北市：藝文印書館，1960年），頁769。

先帝功臣總俊英，廣寧材畧最知名。安父江以武功顯太宗朝始封
廣寧。珪裳雨露承新命，帶礪山河載舊盟。青海猶存戳敵壘，
遼陽曾築受降城。江鎮遼東破倭寇至今人猶稱其功能。亞夫自有前
人烈，好盡丹心事聖明。（徐有貞〈賀廣寧伯劉公安襲封分韻
得英字〉，《武功集》卷5）

明成祖朱棣以武力奪皇位，深諳用將之道。他以李彬為總兵官巡邏海
上，以劉江（本名劉榮，冒父名）守遼東半島設防陸地，可謂知人善
任。永樂十七年，倭寇二千餘名從王家山島（今長海縣廣鹿島）分乘
戰船三十一艘，登陸望海堝，遼東總兵劉江早已料知，先遣部隊待
機，待倭至，再命錢真、徐剛伏於山下，百戶江隆潛燒倭船斷其歸
路，自領步兵誘寇入伏。由於布局有方，遂大敗倭寇，斬倭千餘，生
俘百餘，為明初抗倭首次大捷，劉榮始復其名。成祖不僅封其為廣寧
伯，世祿千二百石，且酬功迅速（六月獲捷，九月即加封），令邊臣
無不「忭舞競勸」[10]。詩中以平鋪直敘的方式，道出劉江以材略破倭
知名於世，人們至今猶稱其功，雖無特殊的寫作技巧，卻能印證史
實，作為史料的補充。

　　此外，還有強調抗倭守將乃身繫一方安危之守護者形象者，如程
敏政（1445-1499）詩序提及廣東按察副使張汝欽云：

廣東凡十郡，七瀕於海，一居海中。環其境，諸蕃相望，而倭
人最慓點難制。朝廷為設按察分司於海上，副使一人，奉璽書
以巡視海道為名，一方安危隱然繫焉。用失其人必且僨事，故

10 〔明〕談遷撰，張宗祥校點：《國榷》（北京市：中華書局，1958年），卷17「永樂十
　七年九月壬子」，頁數1162。

擢任之際，往往慎之。吾友華亭張君汝欽之赴茲役也……汝欽
長身玉立，性敏而志銳，自翰林庶吉士為監察御史，出按滄濟
荊湖之地，不縱不刻，所至莻然有聲焉。海道一事固優為之，
雖然，巨浸排空，戰艦如林，以子然之身，日虞寇至而圖其
成。（程敏政〈贈廣東按察副使張君詩序〉，《篁墩集》卷21）

如前所述，正統元年（1436）到正德十六年（1521）年間，倭患雖較
洪武至宣德年間大為減少，但廣東仍是相對於其他地區受到倭寇侵犯
最嚴重的地區，主要是因為受到海盜的勾引，而廣東環海島嶼與港澳
正好為海盜提供了極佳的生存條件。一如《粵大記》所云：「海寇為
吾粵患，自古記之矣。考之《漢書》，安帝永初三年秋七月，海賊張
伯路等寇略沿邊九郡，遣侍御史龐雄討破之，此用兵靖海寇之始。自
後時常出沒，唐天寶中，有吳令光之亂，宋紹興中，有黎盛之亂，旋
為官軍破滅，莫究其顛末已。入我皇明，申飭海防，綦詳且密，而海
波沸揚，鯨鯢嘯聚，旋討旋發，未有晏然享數十年之安者」[11]，海盜
結合倭寇，「慓點難制」，成為廣東濱海與海上治理的一大難題。因
此，程敏政在詩序中指出，朝廷任命巡視海道副使時「往往慎之」，
因為他是「一方安危隱然繫焉」的人物；而張汝欽果然也不負朝廷重
用他的苦心，能不懼「巨浸排空，戰艦如林」的險惡環境，而「以子
然之身，日虞寇至而圖其成」，展現負責勤敏的治理態度，守護這片
自漢朝以來即苦於賊寇的不靖之海。

---

11 〔明〕郭棐撰，黃國聲、鄧貴忠點校：《粵大記》（廣州市：中山大學出版社，1998
年），卷3〈事紀類・海島澄波〉，頁60。

二 明代中期的海戰敘事——戰士視角、百姓視角

如前節所述，明代以倭寇為他者的海戰詩，初期的敘事書寫僅採戰士視角，且集中在戰時情況的略述與英雄形象的描寫，詩作數量極少；及至中期（嘉靖〔1521-1566〕），由於日本國內武士集團的增強、各大名間爭奪激烈而使倭寇隊伍更壯大，明朝商品經濟的發展、政治的黑暗而使海盜和依附海盜的「小民」人數更多且與倭寇合流，明朝皇帝昏庸、政治腐敗、海防廢弛而使防倭剿倭力量大減，[12]因此，這時期的倭患最為嚴重，詩中相關的敘事書寫也最多，占筆者觀察數量的百分之五十九，且戰士、百姓視角兼具，敘事內容豐富多樣，具體反映出該時期的倭患實況，以下分項詳述之。

（一）戰士視角

在筆者所觀察嘉靖時期的詩作中，採戰士視角者高達七成。其中，承初期戰況實錄、英雄形塑等書寫特徵者又占絕大多數，但在內容上較初期更為詳細而豐富；此時期的書寫特徵，還新增了戰前的倭警、徵兵、誓師等內涵，以及戰後的凱歌、賜倭、殘倭等敘事，在在皆能見出嘉靖時期倭寇侵擾之頻、明軍與倭寇戰火之濃，以及備倭平倭之苦。

1 戰況詳錄——倭患最嚴重，集中浙江地區

如前節所述，明代初期詩歌的戰況書寫內容十分稀少，作戰地點僅集中在遼東、浙江；武器僅提及「三尺劍」；規模與作戰方式亦未明言，僅言將軍登上「蒙衝」（小戰船）追趕倭寇。至於本期詩歌戰

---

12 參范中義、仝晰綱：《明代倭寇史略》，頁207。

況書寫的內容則較前期豐富多樣，例如：戰事發生的範圍，從東北到東南沿海均有提及，在筆者觀察的文本中，戰事地點出現次數較多者分別為：浙江（26次）、福建（11次）、江蘇（10次）、廣東（5次）、遼東（5次）、直隸（3次），反映出浙江是倭患最為嚴重地區的現實，因此，嘉靖進士李開先〈題高秋悵離卷〉歎曰：「倭夷作耗，大江南北，全浙東西，紛然騷動」（《李中麓閑居集》卷3）。至於作戰的武器，刀劍之外，尚有弓箭、戈矛、斧、砲、火箭、鎧甲、水犀等，十分繁複多樣，且更具殺傷力。倭寇來襲的規模則動輒「雄兵數萬」（李開先〈夏日聞倭報〉）、「吳王臺下橫萬艘」（張天復〈送友人從軍〉）；明朝軍隊的來源亦廣，除了編制內的兵士外，還有山東徵調的民兵、[13] 狼兵苗卒、[14] 廣南瓦氏、[15] 象郡精銳、[16] 少林寺僧[17] 等。作戰方式更富於變化，有以巨艦正面對戰倭寇的蒙衝者，如詠嘉靖三十五年胡宗憲繫王直、麻葉、徐海之詩：

> 島夷日本稱最雄，髡首駢拇炯兩瞳。乘舟截險洪濤中，跳梁若蝶聚若蜂。揭竿烈炬耀日紅，攻城掠邑誰嬰鋒。紅女休織田無農，帝命祀海惟司空。授脤秉鉞有胡公，狼兵苗卒集江東。夜縱巨艦突蒙冲，俘海繫直奏虜功。兔窮鳥盡艱厥終。（皇甫汸

---

13 李開先〈聞倭寇殺傷山東民兵二首〉之一：「詔下急徵兵，東方選壯丁」（《李中麓閑居集》卷2）。

14 皇甫汸〈海波平〉：「狼兵苗卒集江東」（《皇甫司勛集》卷9）。

15 莫如忠〈即事用朱邦憲韻賦瓦氏統兵從廣南至松助官軍平倭〉：「少婦提兵出建牙，報恩來自日南賒」（《崇蘭館集》卷6）。

16 黎民表〈鄒將軍平寇歌〉：「荊蠻象郡抽精銳，灘水湟川動蠻鼓」（《瑤石山人稿》卷3）。

17 莫如忠〈少林僧月空嘗以剿倭有功松郡追賦之〉：「鯨海宣威日，僧稠力最雄」（《崇蘭館集》卷8）。

〈海波平海波平者，倭夷間釁，辛壬癸甲殆無寧歲。越丙辰，司馬胡宗憲受命與司空趙文華盪平之，繫王直、俘麻徐等奏功太廟也。當漢將進酒〉，《皇甫司勛集》卷9）

也有先埋伏再發火箭殲倭者，如詠任環之詩序：

公乃集戰艦，部署士卒，先遣伏舟於海口要害，防寇歸路。復以數舟為前鋒，遇寇即戰，**諸伏舟乘之，火箭齊發**。俘其偽王，斬首數百級，餘寇多赴水死。猶有聚南沙作亂者，公亟渡海得其矢，驗之，知其新造易竭也，嚴陣以待，未幾，矢果竭，寇復遁走，追斬百餘級，海濱乃寧。（顧夢圭〈平倭頌德詩序〉，《疣贅錄》卷4）

還有赤身飛步泥戰者，如戚繼光自述平定寧德（在福建）與章灣之役云：

孤城已復愁還劇，草合通衢雜蘚痕。廢屋梁空無社燕，清宵月冷有悲魂。步兵涉海懸夷馘，先是日本夷攻陷寧德，徙巢海島，已三年矣。島去岸十里，潮至則汪洋彌望。潮退則壯洳陷沒。我兵俱**裸體飛步泥中與戰**，一鼓而殲之，飛斾降俘散蟻屯。島岸名章灣，民居數千，悉從倭導之流劫。余兵進擣海島中，恐乘吾後，欲先兵之，復恐倭之備我益堅，乃誓天全釋其罪，投以降旗而散之，軍進無阻遂收全捷焉。且喜丈人在帷幄，願從驥尾報君恩。時閩憲副歙人汪公浙憲副閩人王公俱為監司暢愁軍情余得以張弛自如故首成此捷感卵翼之遇遂定南下之計云。（戚繼光〈寧德平〉，《止止堂集‧橫槊稿》上）

另有在倭寇登岸臨城時的格鬥與短兵相接，如：

> 海水蕩山搖南斗，天吳軒轅回九首。官家戈矛如雲攢，蹲蹲不
> 敢出城口。大夫腰有赤文之寶刀，生平欲伐北潭蛟。一日不殺
> 氣長吼，**寧當開門格鬥死，那能踽踽嬰城守**。猰貐四面重圍
> 列，十蕩不前蛇矛絕。欲移碣石填滄海，滄海茫茫臣力竭。**城
> 中砲鼓聲如雷，不抹城南戰骨折**。天地為我慘澹，壯士為我
> 飲血。義氣高橫狼島孤，英魂暗作潮頭烈。潮頭怒氣如山來，
> 人今戰死不復回。人今戰死可奈何，江東日夜愁洪波。安得戈
> 船將軍豪烈如大夫，斬鯨盡種玉山禾。戰城南，君莫歌。（胡
> 直〈戰城南余邑朱貳守佐揚州，倭寇臨城，獨出鬥死，作此傷之〉，
> 《衡廬精舍藏稿》卷3）

> 倭奴偏水戰，出沒凌蒼波。**短兵慎相接**，長技我瓜哇。銃名覗
> 如弩，輕可繫肩遇。寇萬銃齊發，能穿數重丈。（湛若水〈送
> 黑翠峯參戎赴留都不覺發江湖廊廟之悃〉，《湛甘泉先生文集》
> 卷27）

此外，還有強調戰事不利、晝夜不息的戰況實錄：

> 嘉定新迎戰，東人死者多。**橋危難渡馬，水漲礙揮戈**。言者真
> 無策，授官欲請和。豪雄如季子，無計脫虞羅鎮撫李季子最驍
> 勇，乘勝直逼戰舡。以潮上不能拒敵，死焉。是日共損十四頭領，中多
> 不亞王千斤者，不但季子而已。（李開先〈聞倭寇殺傷山東民兵二
> 首〉之二，《李中麓閑居集》，卷2）

東南正湏洞，忽爾捷書聞。楊僕樓船將，吳子水犀軍。虎林乘
盛氣，鱸鄉掃妖氛。**晝夜十餘戰，水陸百千群。**嬰城自作屏，
擐甲敢言勤。海波稍容裔，烟閣轉氤氳。平生一寶劍，端不負
明君。（朱曰藩〈松陵楊明府殲倭卷〉，《山帶閣集》卷21）

李季子，即李繼孜將軍，驍勇善戰，嘉靖三十三年帶領山東民槍手六
千人至嘉定（上海）抗倭，欲乘勝追擊倭寇，其豪雄英武，令人欽佩；
惜不習水戰，潮漲時無法渡馬、又不諳水性，竟因而犧牲生命。至於
松陵（今江蘇蘇州吳江區）的楊明府，則是擐甲帶劍，率領水犀軍隊
抗倭，從陸地到水上，晝夜交戰十餘回，終而殲滅倭寇，高奏凱歌。

　　上述詩歌，多以第三人稱口吻、旁觀者的視角詳細道出海戰的具
體過程與結果，猶如史料般地敘事，更添臨場之感。然而，其中卻又
運用了文學的句式變化（如：「寧當開門格鬥死，那能踞蹐嬰城守」
為反詰語氣）與修辭技巧（如：「橋危難渡馬，水漲礙揮戈」為對
偶，「猰貐四面重圍列」為譬喻兼示現，「城中砲鼓聲如雷」為譬喻兼
摹寫），使戰況敘事更增感動人心的美學效果。

2　英雄形塑──勇猛、謀略外，新增平倭戰功、忠貞死節等形象

　　嘉靖時期海戰詩人所形塑的海戰英雄，有承繼前期的勇猛、富謀
略等形象，也有新拓的建立平倭戰功的形象；更難能可貴的是，還有
從戰敗的視角塑造為國死節盡忠的悲劇英雄形象，足以見出嘉靖時期
抗倭戰事的砲火之猛與犧牲之烈。為省篇幅，不另徵引詩句，僅分類
表列較具代表性人物形象如下：

（1）勇猛善戰

英雄人物	行事	詩人與詩題
任　環	力與寇戰于松江之華橋，公疽發右肩不復顧，督戰愈銳。 文武衣冠盛府中，輕身殺賊有任公。 任公瘦骨氣蕭蕭，……孤身去國心應折。	顧夢圭〈平倭頌德詩・序〉 歸有光〈海上紀事十四首〉之七 王穉登〈海夷八首〉之七
瓦氏夫人	少婦提兵出建牙，……劫壘宵群穿虎豹，按圖朝陣識龍蛇。	莫如忠〈即事用朱邦憲韻〉
少林月空上人	鯨海宣威日，僧稱力最雄。 一杖橫空鐵騎飛，海濱掊殺幾倭夷。	莫如忠〈少林僧月空嘗以剿倭有功松郡追賦之〉、 孫承恩〈送月空上人四首〉之一
沈開子將軍	揮毫神氣欲爭雄，……大呼電躍綠沉槍。……欲縛倭奴意氣狂。	王伯稠〈追哭沈開子〉
胡宗憲	電逝稜威迅，神藏紀律精。	莫如忠〈贈胡總督平倭一首〉
姚新寧	臨危一轉戰，孤城賴以全。	佘　翔〈讀姚新寧苦竹記有感賦此為贈〉
王鑑川（崇古）	明公熊虎姿，早奮青雲彥。南討倭奴北禦胡，出冠三軍入為殿。	趙時春〈寄寧夏撫臺王鑑川〉

（2）富於謀略

英雄人物	行事	詩人與詩題
鄒將軍	問君謀略何太奇，昔日東吳過倭虜。	黎民表〈鄒將軍平寇歌〉

英雄人物	行事	詩人與詩題
黑翠峰	丈人出奇計，攻守萬無差。	湛若水〈送黑翠峰參戎赴留都不覺發江湖廊廟之悃〉
胡宗憲	奇方六出變，動以萬全成。	莫如忠〈贈胡總督平倭一首〉
雷別駕	懍懍常如對敵營，神機器械羅百工。（練兵備械抗倭）	徐學詩〈贈雷別駕禱雨有應〉

（3）平倭有功

英雄人物	行事	詩人與詩題
胡宗憲	夜縱巨艦突蒙衝，俘海繫直奏膚功。	皇甫汸〈海波平〉
司馬李翁	度遼本屬漁陽道，先縈浪留天討。樓船一夕走倭奴，賴有撫軍襄太保。	李光元〈壽右御史大夫少司馬李翁六十〉
呂東匯	後以平倭有贊畫功，陞通政使。	李開先〈再用前韻懷呂東匯序〉
泉州熊知府（泉州知府）	倭孽留連久，民生糜爛餘。潢池得糞遂，江左仗夷吾。	林希元〈送熊北潭太守報滿二首〉其一
郭成將軍	故將軍郭成平閩倭。	屠　隆〈徐華陽中丞平羌功成書未卻寄〉（詩中注語）
吳成器	名成器，休寧人，時予初出，繫吳勳倭功多，在處有碑。	徐　渭〈寄吳通府以墨見寄序〉
楊明府	東南正潁洞，忽爾捷書聞。楊僕樓船將，吳子水犀軍。	朱曰藩〈松陵楊明府殲倭卷〉

（4）忠貞死節

英雄人物	行事	詩人與詩題
台州知事武君	倭臨台州城，倉卒海波沸。惜哉無制兵，一鼓即成潰。	朱曰藩〈台州知事武君死節詩〉
朱貳守	寧當開門格鬭死，那能跼蹐嬰城守。	胡　直〈戰城南〉
李繼孜	豪雄如李子，無計脫虜羅。	李開先〈聞倭寇殺傷山東民兵二首〉之二
黃少府	百戰膏原臣力盡，千秋遺廟國恩深。	王世懋〈輓黃少府死倭難詩〉
奚仲明	閩海愁雲黯不飛，莆中萬事已全非。丹心一逐旄頭落，白骨甘從馬革歸。（守莆陽、城陷而死）	吳國倫〈輓奚仲明〉
朱紈	提兵靖海湍。功成頻獻捷，怨構卻求瘢。……輕生義不辱，茹苦節仍完。（定浙閩倭有功卻遭構怨輕生）	徐師曾〈題朱公遺烈卷有序〉

　　值得一提的是，詩人們還用呼喚英雄人物的方式來加強對抗倭英雄的形塑，例如朱曰藩〈松陵楊明府殲倭卷〉：「楊僕樓船將，吳子水犀軍」，即以漢武帝時領水軍平越南國的樓船將軍楊僕與戰國初期善水戰的軍事家吳起譬喻楊明府殲倭的勇略與戰功。

3　戰前書寫──倭警、徵兵、誓師

　　南宋文天祥開創了海戰書寫的主題，對海戰場景作實況的記錄；元代以倭寇為他者的海戰詩，卻未沿襲此一書寫特徵，而著重抗倭英

雄的形塑與勝利凱歌的歡唱。[18]到了明代，由於武將多能作詩、文人
談兵之風興盛，海戰詩作者多為抗倭武將、領兵文人或參與軍務的文
士，是以，除了承繼傳統的戰況實錄、英雄形塑、勝利凱歌等內容書
寫外，還另有戰前的倭警、徵兵、誓師，以及戰後的倭寇暫退、賜
倭、殘倭等開拓性的敘事內容，也反映出嘉靖時期是明代倭亂中戰情
最為嚴重、影響範圍最大的時期。就戰前敘事言，以書寫倭警、徵兵
備倭兩種內容的詩作最多，而誓師次之，以下分別言之：

（1）倭警頻傳

　　嘉靖時期倭警頻傳，詩人於敘事之後，多隨之抒發一己情思，或
略述對時事的看法，茲摘錄較重要者表列如下：

詩人與詩題	倭警敘事（倭警地點）	詩人情志
李開先〈夏日聞倭報〉	開封投贈夔明璠，極稱海寇甚猖狂。不但慈谿首被創，雄兵數萬薄蘇杭。震驚瓜渚及淮揚。（江浙）	北兵未練何能當。
李開先〈曉起聞倭夷警報〉	早謝京卿返舊邦（山東）……無數甲兵來日本，何時波浪息風江。	聞警憂心不可降。
李贄〈塞上吟・序〉	時有倭警。（指家鄉泉州）	乘桴欲浮海，又道蛟龍吼。
萬表〈聞海警有感二十首〉其二、三、六、十一	屠城掠邑臨關急，載酒輸糧饋轉頻。……浙中士馬無增數，旌節唯添一暗來。（浙）	百年滄海曾何寇，防杜多虞失漸微。……法網漸疏人漸玩，……海上只今非二賊，更誰欺隱復言倭。豈無智者鐏窺汝，至使飛揚黨漸多。

---

18 詳參拙著：〈論歸有光詩中的海戰書寫——兼述其古文中的禦寇思想〉，《成大中文
　學報》第43期（2013年12月），頁92-95。

詩人與詩題	倭警敘事（倭警地點）	詩人情志
楊巍〈初至海上時有倭警〉	日隱蠻壚將萬里，烟生蜃島忽千尋。（江蘇常州武進港）	潮酣真懼初來客，……于今聖主當中國，海若天吳莫浪侵。
朱日藩〈聞警一首和文石太史〉	海畔孤山烽火明，狂寇蹴臁勾吳城。（蘇州城）	繭絲見說東南盡，抱鼓那堪日夕驚。

由上表可知，倭警發生的地點，從山東到江蘇、浙江，乃至福建都難以倖免。詩人聞倭警後的情志，除了日夕驚恐之外，還有李開先認為北兵未有良好的水戰訓練、難以抵擋長於戰舡的海寇；更有萬表提出倭患加劇之因為：朝廷不能防微杜漸，法網漸疏而人漸冥頑無法，官員欺瞞倭患實況等。整體而言，詩人對於沿海總是處於倭警威脅的情勢是憂心忡忡的。

（2）徵兵備倭

嘉靖進士楊巍〈再登黃臺〉云：「時時防寇盜，處處罷耕桑。老淚不須墮，經綸有廟堂時有備倭之議」（《存家詩稿》卷3），當倭盜寇擾沿海城鎮、沸沸揚揚之際，楊巍對朝廷是頗具信心的。可惜，朝廷的備倭之議，主要是緊急徵派北方不習水戰的邊軍，或招募南方蠻兵、西南土司等來救援，詩人們在敘及這些徵兵、募兵的做法時，有不同的見解或批評，茲臚列較重要者如下：

詩人與詩題	徵兵募兵敘事（兵士來源）	詩人見解
李開先〈聞朝議將調邊軍備倭感而有賦一韻四首〉	平倭徵壯士，韃舍及遼陽。（邊軍）	南北原殊土，馬舟各有長。……邊軍平內寇，國計揔非長。……倭賊俄為亂，戰舡乃所長。休輕撩彼毒，急要厚吾防。

詩人與詩題	徵兵募兵敘事（兵士來源）	詩人見解
李開先〈聞復徵東兵責在無將也感而有賦一韻五首〉	暑月急南征，全徵六道兵。（山東有山陽、東郡、陳留、濟陽、泰山、東平六郡國）	團操原萬眾，留守數千名。南國多殘破，東人亦震驚。他方非不慮，急為築章城。……兵強可遠征，債帥豈知兵。武備先文事，勇功無智名。
歐大任〈聞倭夷漸逼潮州海上徵兵甚急感事書懷因寄玄緯四首〉	士氣酣三戰，夷兵困七奔。……徐吳收戰馬，閩粵遂夷歌。（閩粵）	憂時王景暑，頭白不堪搔。……羽檄紛傳箭，龍驤乍擁旄。……青島頻多事，蒼生今可哀。
歐大任〈夜泊海珠江時蘇松有倭寇部檄纂兵嶺南〉	旅泊江城蠟炬殘，愁聞使者募材官。（募兵嶺南）	秋成百粵誅求盡，亂後三吳戍守難。……誰令白首含毫客，時向霜前把劍看。
歐大任〈群盜二首·序〉	往年三吳不靖，苗兵征倭還，大肆摽掠。嶺外兵士厭募罷歸者，今為吳楚之患。（苗兵）	何處堪高枕，殊方獨掩扉。更愁兵士獷，吳越羽書飛。
莫如忠〈即事用朱邦憲韻賦瓦氏總兵從廣南至松助官軍平倭〉	少婦提兵出建牙，報恩來自日南賒。（廣南瓦氏兵）	勳名肯讓蓬業子，不掃鉏槍不問家。
田藝蘅〈出兵行〉	朝出青徐兵，暮出容美兵。（山東、楚西土司）	出兵防春汛，豈曰事窮征。
孫承恩〈送月空上人四首〉	一杖橫空鐵騎飛，海濱掊殺幾倭夷。……一錫飄然似野雲，禪衣猶似帶征塵。（少林寺）	公家將卒成何用，卻教山僧立戰勳。
皇甫汸〈海波平〉	狼兵苗卒集江東。（狼兵苗卒）	俘海繫直奏膚功。

詩人與詩題	徵兵募兵敘事（兵士來源）	詩人見解
黎民表〈鄒將軍平寇歌〉	荊蠻象郡抽精銳。（象郡）	灩水湟川動鼙鼓。

由上表可知，皇甫汸、黎民表、莫如忠對徵兵募兵皆持肯定態度；而田藝蘅、歐大任則同情兵士南北窮征之苦，歐大任還擔心幫助征倭的苗兵罷歸時反而成為摽掠百姓的劊子手；孫承恩更譏公家將卒之無用。李開先則認為北方邊軍長於馬騎、不善舟船，徵兵無法解決倭患，根本的禦倭方法應是厚實海防；同時，還指出「債帥」[19]之可笑，強調文事應先於武備，智勇合一，方可為帥。

尤其值得一提的是，嘉靖年間福建興化府推官雷禮（1505-1581）對福州備倭的苦狀，有極具體的描寫，詩云：

荒鮁遙臨大海隈，飛沙不見長蒿萊。城邊風浪隨潮入，嶼外蜑烟埭雨來。疲卒難勝投石任，紈童豈稱備倭才。獨餘欠負空屯額，黃放逾時復白催。（雷禮〈清梅花千戶所戍務〉，《鐔墟堂摘稿》卷19）

三衛盤牙列會城，百年玩愒話承平。屯糧積矼無逋戶，戍鎮荒虛不列營。平盜豈知思薛帥，黜貪誰為學真卿。幾回海上空遺恨，目極倭船盡日橫。（雷禮〈清刷福州中左右三衛戍卷〉，《鐔墟堂摘稿》，卷19）

---

19 「債帥」一詞，指行重賄以取得將帥的高位。如〔後晉〕劉昫等《舊唐書》〈高瑀傳〉：「及瑀之拜，以內外公議，搢紳相慶曰：『韋公作相，債帥鮮矣！』」（臺北市：鼎文書局，1985年，頁4250）唐朝大曆以後，即流行此風，凡命一帥，必廣輸重略，若家財不足者，則向人借貸，待升官後再搜括民脂民以還債；至韋處厚、裴度為相後，此風才稍有收斂。

聞說倭奴入寇雄，幾回終夜惜元戎。**頻年遠調兼人敵，萬骨誰成一將功。**人物蕭條城市閉，山河芹淡戍樓空。匡時自昔須群策，悵望南天恨不窮。（雷禮〈聞倭寇〉，《鐔墟堂摘稿》卷20）

嘉靖三十七年（1558）至四十年（1561）間，新倭大舉攻閩，福建成為全國倭禍的重災區域；沿海地區多次全線告警，倭禍遍及沿海各地，是福建倭禍最劇烈的時期。當此之時，戰前的備倭防倭工作就格外吃緊，詩中極言卒疲難勝備倭之任、紈童難為備倭之才、元帥頻年遠調，再對比倭船眾多、舉目皆是，怎不令詩人因盼無良策而憤恨難平？詩人特別援引唐代征遼東的名將薛仁貴、正直忠貞的顏真卿，一方面直指此時盜寇為禍、官員貪婪的亂象，另一方面則形象化地強調了其心對抗倭良將與黜貪忠臣的企盼。

（3）慷慨誓師

戰前誓師也是此時期海戰詩新拓的內容，大致可分為兩種：一是強調自己報國的忠義，如：

萬人一心兮太山可撼，**惟忠與義兮氣衝斗牛。**主將親我兮勝如父母，干犯軍法兮身不自由。號令明兮賞罰信，赴水火兮敢遲留。上報天子兮下救黔首，殺盡倭奴兮覓箇封侯。（戚繼光〈凱歌清秋報夕，鼓角初嚴。余集吏上數百人於庭，擴其實素日授凱歌一章，使眾上歌之，而節以鼓音。一唱三和，聲震林木。興逸起舞，上下同情。抵掌待旦，浩然南征。遂書壁以紀歲月〉，《止止堂集》〈橫槊稿〉上）

在台州、仙居、桃渚等處大勝倭寇，九戰皆捷，又奉調援閩，連破倭

寇巢穴橫嶼、牛田、興化，消滅閩境倭寇主力的平倭大將戚繼光，在出師前帶領軍士歌舞誓師，抵掌待旦，以號令明、賞罰信自栩，並勉戰士秉持忠與義以上報天子、下救黔首為職志，一清倭奴。

另一種是書寫對未來戰事勝利的想像與自信，如：

> 南國駈熊虎，東夷戮犬羊。弓刀千騎合，舳艫萬人降。日月瞻吳越，煙塵靜海洋。春風看振旅，凱奏入明光。（孟思〈大梁出師征倭用洪武韻〉，《孟龍川文集》卷4）

> 宣武兵威天下雄，雲屯風掃定江東。海埏狼聚應無益，終仗中原第一功。
> 精兵半萬不須多，春暮吳天奏凱歌。手馘倭奴生盡獲，從今東海不揚波。（孟思〈大梁出師歌二首〉，《孟龍川文集》卷6）

詩人以示現手法，將敵人投降的情景寫得如在目前，並想像我方精兵手刃倭寇左耳、生擒敵人、高奏凱歌的喜悅心情，十分具有振奮軍心的誓師效果。

4 戰後書寫——凱歌、賜倭、殘倭

對於戰爭結果的敘事，此時期的詩人仍承繼元詩的書寫傳統，多發為戰勝的凱歌，但在表現方式上除了歌詠英雄的戰功[20]外，還新增了一些內容，有：

---

20 例如邵經濟〈贈江奏凱和近山太史韻四首〉之三：「殺氣橫秋出，軍聲動地來。虎符分外閫，王節奠中臺。好仗平倭策，懸知命世才。凱歌俘獻日，封拜九天開。」（《泉厓詩集》卷8）

東山諸老在，六月一筇臨。**白竹清尊暎，蒼霞短觫侵**。三峰松
翠滿，二雨石苔深。攜李驅倭藪，朝來報好音。（林大輅〈六
月五日聞浙報殲倭，餘寇各潰，乃同林壺南廣文攜酒東山，拉
林西谷員外顧頤齋憲副林養齋柱史同飲，情慨今昔，詩志憂喜
十章〉之一，《愧瘖集》卷7）

秉燭情何極，**傳觴樂未央**。眼前擲歲月，世外縱踈狂。倭虜銷
烽燧，清平邁漢唐。明當瞻氣色，喜入靜年芳。（張光孝〈甲
戌除夕〉，《左華丙子集》卷6）

陣雲初散雪霏霏，萬里鐃歌奏凱歸。徐市東來夷戍壘，**庾關南
下卷戎衣**。婼期不待征人喜，**窮秣空餘戰馬肥**。為報單于須欵
塞，倭奴今日已來威。（歐大任〈聞討倭兵回〉，《歐虞部集十
五種》〈思玄堂集〉卷6）

前兩首以飲酒傳觴的動作來志殲倭之喜，而末首則藉戰士捲戎衣、窮
秣有餘戰馬肥的意象來反映戰事平息、討倭兵回的事實。

　　然而，這些捷報，大多只是暫時的勝利，不久之後，倭寇可能復
至，華亭（上海市松江區）人孫承恩〈寇退述懷〉：「聞道倭夷退，貪
殘志已充。官軍猶假息，將帥可言功。天意含糊裏，人心戰惕中。莫
教桑梓地，再見燎烟紅」（《文簡集》卷17），傳達的就是這種擔心，
又嘉靖二十五年舉人張光孝〈讀渭臺詩偶然聞笛〉云：「倭虜雖降憂
制禦，歌騷撰諷心如摧」（《左華丙子集》卷4），也憂心制倭之策；因
此，此時期的海戰詩又有頒賜倭夷、殘倭屯聚等新拓的敘事內容，如：

重譯翩翩欵聖明，仙郎持節賦南征。島夷卉服通炎海，大府金
錢發舊京。木落長淮秋月逈，帆開楊子暮濤生。王程即是寧親

處，羨爾吳趨畫錦行。（莫如忠〈送袁定山員外奉使金陵，發帑錢，頒賜倭夷，便道歸省吳門〉，《崇蘭館集》卷6）

海若誰將一劍當，殘倭猶自戒舟航。東奉未見烽煙淨，道路還看羽檄忙。灞上嵐門終莽莽，莒岡桐嶺更蒼蒼二山倭奴屯處林木欝盤。盡消氛祲知何日，勝筭從來屬廟堂。（李萬實〈感事仍次前韻〉，《崇質堂集》卷8）

嶺南原樂國，此日困徵求。幾處茅茨在，蕭蕭江上秋。島夷棲灣口琉球暹羅娋洼諸夷留住香山之泊頭者且千人掠買男女往來海上不絕，海艦蔽欽州海賊近破欽州。誰為紓長策，毋令藿食憂。
海邑頻遭警，東來消息非時李文彪餘黨未滅。閭閻多戰壘，樵牧半戎衣。何處堪高枕，殊方獨掩扉。更愁兵士獷，吳越羽書飛往年三吳不靖，苗兵征倭還，大肆標掠，嶺外兵士厭募罷歸者，今為吳楚之患。（歐大任〈群盜二首〉，《歐虞部集十五種・思玄堂集》卷5）

由第一首詩題可知，袁定山奉使至南京發帑錢給倭夷作為賞賜，但詩人對於這種作法是否有抑止倭夷再次進犯的效果並未加以評論。其後三首皆針對殘倭、餘黨而發，第二首指出莒岡、桐嶺二山，「林木鬱盤」，仍有殘倭屯居該處；末二首則謂嘉靖四十二年（1563）廣東和平縣民李文彪亂平之後，仍有餘黨未清，再加上征倭還歸的苗兵大肆標掠，以致倭雖暫退、時局仍未平。

（二）百姓視角

如前小節所述，嘉靖年間是倭患最為嚴重的時期，據學者范中

義、仝晰綱的約略統計，從嘉靖十九年至三十年（1540-1551）的十二年間倭寇入侵僅八次，而嘉靖三十一年至三十六年（1552-1557）的六年之內就入侵了一百六十九次之多，其中，廣東二次、山東三次、福建十四次，而浙江六十一次、直隸八十九次，是倭寇入侵最嚴重的二區。[21]而後因明朝加強浙、直的防衛，以及勾引倭寇進犯浙、直的漢奸頭目相繼被殲，倭患遂逐漸南移至福建、廣東，從嘉靖三十七年至四十四年（1558-1565）的八年之內，倭寇入侵直隸六次、浙江七次、廣東十二次、福建六十五次，共計九十次之多。[22]這些數據雖不夠精確，但反映了倭寇入侵的大趨勢：嘉靖三十一年以後入侵中國的頻率極高，從浙江、直隸，到福建、廣東的沿海地區，都遭到嚴重的侵擾與破壞。因此，從百姓視角書寫倭患對黎民的傷害，便成為此時期海戰詩的重要內涵。

在筆者所觀察嘉靖時期的海戰敘事作品中，採百姓視角的詩作高達三成之多，且在明代各期海戰詩作中，僅中期（嘉靖時期）的敘事書寫採此視角，足以說明在嘉靖這四十多年間，黎民所遭受倭亂之害特別嚴重。這些傷害包括了倭寇殺戮燒掠、官守怯懦愛財、民兵被迫徵調、有司無情催科等方方面面，詩人透過文字，書寫其所目睹或親歷的倭難。

1 倭寇殺戮燒掠

倭人入寇，臨城攻擊，「殺遺民，燒遺屋，數十里烟火不絕者」[23]，林希元〈送熊北潭太守報滿二首〉其一詩云：「倭孽留連久，民生糜爛餘」（《林次崖文集》卷18），道出了百姓生存嚴重受到威脅的事實。

---

21 參范中義、仝晰綱：《明代倭寇史略》，頁140-141。

22 同前注，頁158。

23 〔明〕歸有光：〈崑山縣倭寇始末書〉，《震川先生集》（臺北市：臺灣商務印書館，1965年），卷8，頁118。

詩人們對於這些民遭殺戮而或死或傷的慘狀有具體的描述，如記倭寇薄城時所造成的積屍遍地：

老稚紛紛傅溝壑，壯者髡跣稱真倭。……吁嗟乎！古來樂地翻成苦，城郭春生鼓角哀。（張瀚〈江南行〉，《奚囊蠹餘》卷4）

城池初搆難，衣冠盡塗炭。四顧紛戈矛，倉皇何所竄。君自越危城，無人問死生。形骸半摧折，豺虎復縱橫。僵臥坑塹底，自分必死矣。全生仗素交，急難故如此。萬死始歸來，妻子一悲哀。旋復經刀鋸，灑血遍蒿萊。殘生空落魄，世路黃金薄。（佘翔〈讀姚新寧苦竹記有感賦此為贈〉，《薛荔園詩集》卷1）

憶昔溫陵海寇侵，積屍原野總如林。澤枯每及無情地，掩骼常懷不報心。東郭有墦高漢表，北邙無鬼哭天陰。唐林義士堪相並，種得冬青樹幾尋。（徐𤊹〈溫陵顧仰新先生，當嘉靖辛酉倭寇泉城，死者枕藉于道，先生捐貲收骸萬有六千人，起塚而封之時，有歌德篇，其子彥白索賦為題其後〉，《鰲峰集》卷14）

眾生生亦死，爾死死猶生。斜日暨陽道，秋風薤里情。蓋棺時草草，掩骼我悽悽。知爾余英氣，椒漿酹九京。（薛甲〈倭寇薄城，被傷而死者百二十餘人，既買地西門葬之，因弔以詩〉，《藝文類稿》卷14）

又如記倭寇入侵時肆意的縱火燒焚、劫取女色[24]：

---

24 〔明〕歸有光：〈論禦倭書〉：「自倭奴入寇……虜劉我人民，淫污我婦女。」見《震川先生集》，卷8，頁112。

祖屋成**灰爐**，倭夷很毒情。我聞增慨嘆，汝定淚縱橫。已已無
深痛，徐徐可再營。才能年更富，寧患業無成。
世事寧非數，人生合有灾。幾年勞積累，**一日變灰埃**。出谷鶯
非托，遷巢燕亦猜。但看勤植立，天意有安排。（孫承恩〈慰
姪孫友仁昌祖居宅俱罹寇燬二首〉，《文簡集》卷17）

高懸萬炬捍桓城，達旦猶聞刁斗鳴。**已插青苗旋遭火**，流亡何
暇再番耕寇縱火田中延燒新秧。（顧夢圭〈甲寅五月紀事次去年韻八
首〉其三，《疢贅錄》卷9）

我昔遭寇亂，孤城嗟復隍。倭兵猛於虎，**士女驅群羊。皎皎林
家婦，引袂裂衷腸**。玉顏分必死，塵土非我藏。烈氣填胸臆，
捐佩水中央。賊徒俱動魄，按劍赫相望。陰精徹河漢，白日天
蒼涼。人生駒過隙，含垢辱冠裳。豈不柔繞指，化此百煉剛。
吁嗟柯氏女，風與江海長。芙蓉照秋水，歲歲含幽芳。（余翔
〈貞烈篇為林烈婦作〉，《薛荔園詩集》卷1）

姪孫友祖居宅俱燬、倭寇縱火焚秧、林烈婦拒受寇之凌辱而投水死，
都是令人心痛且無奈的敘事畫面。

2 官守怯懦愛財

當倭寇入侵時，官軍原本是百姓希望的所在，卻不料「城頭戍鼓
聲如雷，十城九城門不開」[25]，官軍只會緊閉城門擂擊戰鼓；而官守
更是自私怯懦、棄城而走，有詩云：「嘉靖年間事，倭奴寇海

---

25 〔明〕王問，〈官軍來〉，見〔清〕朱彝尊編：《明詩綜》（臺北市：世界書局，
1962），卷42，頁29。

壇。……官守逃無罪,朝廷政尚寬」[26],「閭閻貧到骨,官府視猶肥。數次平倭寇,敗軍僅潰圍」[27]。崑山詩人顧夢圭更明白地揭發備倭都司梁鳳的失職:

> 聖代掄材設武科,膏粱紈袴眼前多。犒師空有兼金贈,避寇江村似倒戈備倭都司梁鳳索賂于邑,許以策應,乃遠避三十里外,且縱士卒乘機剽掠。
> 晝夜登陴困萬夫,裹瘡枵腹仰天呼。雖然憲府憐凋敝,敗將踉蹌走道途巡按復委梁鳳策應,遇寇,奔潰避入河中。(顧夢圭〈甲寅五月紀事次去年韻八首〉其二、四,《疣贅錄》卷9)

嘉靖三十三年(1554)五月倭攻崑山時,備倭都司梁鳳本應是百姓依倚的長城,竟向邑民索取賄賂,「聲言每名要銀五兩,乃始進兵」[28],無奈百姓已窮極無餘錢,梁竟退兵,且縱士卒沿途剽掠;一旦遇寇,也僅知奔潰入河避難,真是枉為民之父母。

3 民兵被迫徵調

倭寇進逼,許多壯丁被迫從軍以抗倭備倭,也因此許多家庭被迫拆散,造成戍婦的怨懟與征夫的無奈,如:

> 夜中何處吹籛篥,**戍婦聽之芻淚流**。念君此去戍萬里,石城壁立東海頭。男兒出門誓報主,倭奴未滅為國誕。邊頭明日有遠

---

26 〔明〕曹學佺:〈莊豢若翰撰被召還朝枉過山庄以其令先德世罟見示賦此贈行凡二十韻〉,《石倉詩稿》卷28。

27 〔明〕李開先:〈感興疊韻二十四首〉之二十,《李中麓閒居集》,詩卷2。

28 〔明〕歸有光:〈崑山縣倭寇始末書〉,《震川先生集》,卷8,頁118。

> 信，封書更寄金鎖裘。金鎖裘、不勝束，錦字書、不能讀，**樓船戈甲幾時回**，北風忍聽軍中曲。（歐大任〈北風謠〉，《歐虞部集十五種》〈思玄堂集〉卷3）

> 家本東藩六郡良，一朝抽選事戎行。**可憐僨帥原無統**，況乃佳兵最不祥。北備邊方猶自可，**南來水戰本非長**。人言捉象還須象，療瘴檳榔出瘴鄉象風而逸象奴急縱他象捉之舍象更無術也。（李開先〈江南倭夷作亂殺傷山東民兵二首〉其二，《李中麓閑居集》卷3）

被抽中的男丁在短暫的訓練之後，即被迫應付善於水戰的敵寇，再加上統帥若是「僨帥」而來的不擅領兵者，那結果自是有去無回。

4　有司無情催科

倭寇的殺戮燒掠已令黔首痛苦不堪，更可恨的是，明代官吏的催科益甚，使民益發陷入困境，如：

> 里胥如虎卒如狼，十日五日喧我堂。**粉牌朱字催科忙**，不數夏稅并秋糧。均傜未了丁田促，勇士民兵徵不足。紛紛國課殊等閒，種種軍需何陸續。宮殿王府天壽橋，席麻段疋兼翎毛。聖王方惜露臺費，未必會歛窮絲毫。金城湯池不能守，吊橋敵樓復何有。蒺藜竹塹栲殺人，寇去寇來今在否。**嚴刑巧取萬計施**，自謂愚民民不知。蕭墻之禍我獨慮，上策且莫談倭夷。（田藝蘅〈里胥行〉，《香宇集》續集卷12）

> **算緡科兵田**，招兵沿門戶。東南財賦區，中病在肺腑。（顧應祥〈海寇〉，《明詩綜》卷28）

> 經過兵燹後，焦土遍江村。……**何自征科吏，猶然復到門。**
> （歸有光〈甲寅十月紀事二首〉其二，《震川先生集》〈別集〉
> 卷10）

里胥即里長，如虎狼般貪得無厭，向里民催科徵稅，嚴刑巧取，無所
不用其極。在倭掠兵燹之後，官吏征科的行為，讓百姓的生活更為雪
上加霜。

　　有鑑於上述黎民因倭患所遭致的苦難，明世宗嘉靖年間任都察院
右僉都御史的趙時春有詩云：「民瘼日紛逼，淳風漸陸沉」、「吾忝大
夫後，鹹慚尸素多」[29]，對於無法拯民於水火之中表達了深切的愧疚
之意。

三　明代晚期的海戰敘事──戰士視角

　　隆慶到萬曆初期，倭寇的勢力不大，危害較輕；到了萬曆中期，
更由於明朝軍隊援助朝鮮驅走日軍、粉碎豐臣秀吉侵略中國之夢而改
採鎖國政策，再加上嘉靖三十八年（1559）王直被處死、勾引倭寇的
漢奸頭目已所剩無幾，在政治、經濟、軍事上又有徐階、高拱、張居
正等有才幹的政治家整頓與改革，使得明朝沿海的倭寇基本絕跡。[30]
這些倭患逐漸減少的史實，具體反映在筆者所觀察的明代海戰詩中，
即表現出：作品數量較嘉靖時期減少（由百分之五十九減至三十
五），百姓視角的詩作幾乎不見，戰事次數雖較前期大幅減少但規模
卻更大、範圍更廣（較具規模的戰況描述集中在朝鮮戰爭與東沙之

29　〔明〕趙時春：〈人日感懷三首〉之一、二，《浚谷集》，詩集卷5。
30　參范中義、仝晰綱：《明代倭寇史略》，頁308、320-321。

捷），倭警、徵兵詩減少而增閱兵內容，凱歌詩仍有又增悲歌、議和
內容等特徵。

（一）戰況詳錄
——倭患逐漸減少、但戰事範圍更廣、規模更大，集中朝鮮、閩海

東南沿海等地的倭患，在隆慶初年已基本平息，但在隆慶與萬曆
前期仍有小股倭寇在此騷擾，廣東是較閩、浙、直等嚴重的地區，[31]
海盜與倭寇合流為其特徵。萬曆中期（二十至二十七年，1592-
1599）的抗倭，主要是援朝戰爭，明軍獲得勝利，日軍全被趕出朝
鮮。萬曆後期倭寇入侵次數更少，浙江是相對次數較多的地區。[32]然
而，筆者分析的文本中，此時期的抗倭海戰詩雖然對於上述作戰的地
點皆有提及：廣東二首、直隸四首、江浙七首、閩七首、朝鮮十五
首，但對於戰況的詳錄主要集中在萬曆中期的援朝戰爭與後期的閩海
戰役（東沙大捷、征東夷、退荷蘭），因此，作戰範圍比嘉靖時期
（多在中國沿海）更廣，從東北方向言，遠至朝鮮半島之平壤、甚至
跨海到日本之對馬、薩摩，如第一次援朝戰爭：

> 戰平壤，倭人北。戰碧蹄，漢兵泣。宋公請封天子疑，倭人釜
> 山猶駐師。（鄭明選〈戰平壤〉，《鄭侯升集》，卷7）

> 風掃舟師百萬兵，轉憑商舶托殘生。心恢箕子封時國，身陷倭
> 奴破後城。天盡路歸蠻徼遠，月高帆掛鴨江平。纍臣九死干戈

---

31 據范中義、仝晰綱《明代倭寇史略》的統計：直隸一次、浙江五次、福建二次、廣
  東十二次，可見廣東的倭患最為嚴重。（頁315-316）
32 據范中義、仝晰綱《明代倭寇史略》的統計：浙江五次、福建三次、廣東一次。

地，不似當年李少卿。平壤城空戰血枯，艱危臨敵效捐軀。包
胥誓在終存楚，李廣亡歸竟破胡。絕島風波過對馬，隔江烟火
辨玄菟。帛書好寄高麗繭，莫遣遼陽隻雁無。（徐熥〈送魯公
識還朝鮮。萬曆甲午倭奴破朝鮮，公識起兵勤王，全家死之，孤身見
執。至日本，會平酋死，得亡命，附商舶至閩，守臣送歸本國。公識能
詩善書，仕六品官〉，《鼇峰集》卷10）

日本豐臣秀吉完成國內統一後，為了打通與朝鮮和明朝的貿易渠道，
更為了成為東亞的最高統治者，[33]對外發動侵略戰爭。萬曆二十年
（1592）四月十三日，開始進攻朝鮮，不到兩個月，漢城、平壤即相
繼失陷；朝鮮向明朝請求援助，明廷一方面加強海防，另一方面出兵
應援，《明神宗實錄》載其詳情云：「命遼東撫鎮發精兵二枝，應援
朝鮮，仍發銀二萬，解赴彼國犒軍。賜國王大紅紵絲二表裏，慰勞
之」[34]，可惜因大雨不止、日軍設伏平壤城內，以致明軍初戰失利。
此後，日軍更加猖獗，朝鮮「請援之使，絡繹於路」[35]，翌年正月，
李如松率明軍約三萬五千人收復平壤，可惜因過於驕傲、眾寡懸殊，
在碧蹄之戰失利，無法收復漢城。而後經略宋應昌派沈惟敬到漢城與
日軍議和，於萬曆二十四年九月冊封豐臣秀吉為「日本國王」，日軍

33 萬曆六年（1578），豐臣秀吉奉織田信長之命征伐播磨國時曾云：「圖朝鮮，窺視中
　華，此乃臣之素志。」見趙建民、劉予葦主編：《日本通史》（上海市：復旦大學出
　版社，1989年），頁110。萬曆十五年（1587），給愛妾淺野氏的信云：「在我生存之
　年，誓將唐（明）之領土納入我之版圖。」（同前書，頁110）翌年，給小早川隆景
　的信云：「連唐、南蠻各國也要加以征服，九州之事則與五畿內相同。」見鄭樑
　生：《明代中日關係研究》，頁545。

34 臺灣中研院歷史語言研究所編校：《明實錄校勘記》（臺北市：中研院歷史語言研究
　所，2005年），神宗，卷249，萬曆二十年六月庚寅，頁4630-4631。

35 〔清〕谷應泰：《明史紀事本末》（臺北市：臺灣商務印書館，1965年），卷62〈援
　朝鮮〉，頁45。

答應從朝鮮撤退並送還朝鮮二王子與大臣，但日軍撤退緩慢，還留一部分駐於釜山等地，和談僅是日本的緩兵之計。上述鄭明選詩即記錄此一史實，宋公即宋應昌，詩人對於第一次援朝之戰，明軍於碧蹄失利、又未能趁日軍撤退之際殲滅日軍，使其得以安全退到釜山感到惋惜。[36]徐𤊾詩則寫魯公識於平壤勤王之忠與血戰之勇（「平壤城空戰血枯，艱危臨敵效捐軀」），以及被執對馬之不幸、亡命至閩復歸於本國之僥倖；由此見出援朝戰役戰火之猛與影響範圍之廣。

又如第二次援朝戰爭：

> 幾年廟算錯封倭，滄海東來戰艦多。推轂此時思李牧，轉漕終日嘆蕭何。中朝司馬虛金鉞，萬里征夫荷寶戈。聞道南原今已失，憑誰急與救全羅。（鄭明選〈聞報〉，《鄭侯升集》卷9）

> 東夷戈甲耀晴空，海浪冥冥殺氣中。盛世防邊多選士，諸公謀國在和戎。輓輸自益車徒困，間諜誰令賈舶通。司馬未誅軍正出，遼陽戰鬼泣悲風。
> 奉使樓船截海行，頒封符璽撤連營。諸夷畫宴爭雄長，匹馬宵奔緩舊盟。曾列玄菟稱漢郡，幾逢白雉獻周京。臨邊亦自饒疆土，細草春烟廢不耕。
> 傳飧幕府鼓行遲，鴨綠江波浩蕩時。未向前營驅虎豹，早驚巨艦挾蛟螭。天吳似欲存枘島，河伯無端覆六師。淚落秋風悲逝水，回看白骨滿邊陲。

---

36 鄭明選是萬曆十七年的進士，官至南京刑科給事中，尚有二詩道出此時心情：「寺古山門靜，春深野日遲。晴沙浮宿麥，小徑舞游絲。西蜀軍書急，東倭廟算疑。禁中應獨歎，難得外臣知。」（〈春日愁坐〉，鄭侯升集）卷7）「南徼夷難靖，東倭使不通。持杯對親舊，揮涕一時同。」（〈同徐正卿王時立楊叔純嚴稚荊晚坐〉，同前，卷8），身處禁中的他，對於明廷與日軍議和的做法深感不安與疑慮。

浙東山峻水增波，召募名編壯士多。躍馬寧州曾破虜，操舟遼
海復防倭。試開軍壁頻挑戰，誰叩明庭再請和。萬戶侯封何日
事，中閨少年感蹉跎。

海風吹日颭旌旗，振旅皇皇伐島夷。正賴威靈當奏凱，何期敗
寇續興師。鯨翻喙血成波浪，烏啄枯腸挂樹枝。幕府上功無一
字，封章祇恨乞骸遲。

薊門烽火接燕臺，海上桓桓帥府開。用間黃金宵遁去，飛書白
羽晝傳來。屯田未建邊庭策，臨敵徒徵郡國材。芻輓漕渠天下
險，好將戎馬禦登萊。（吳稼竳〈戊戌紀事六首〉，《玄蓋副
草》卷16）

珝戈十萬指扶桑，絕域爭依袞繡光。帝用元樞為鎖鑰，天迴大
海作金湯。樓船春泊雲連水，幕府宵嚴月似霜。稍放西羌置都
護，即看南粵繫名王。王師水陸四元戎，經略全兼節制雄。天
上兵符占太乙，軍中殺氣接長虹。健兒格鬪無生死，朝列飛章
有異同。試問唐宗平壤後，何人開府海雲東。寧因屬國救中
華，萬里要荒自一家。南下將符兼五嶺，西來兵力盡三巴。馬
頭龍雀驚相領，隊裏區貅靜不譁。莫問分營屯海外，只愁轉餉
到天涯。竭來海內稱虛耗，況是防倭復備胡。重譯何年歸白
雉，大軍經歲守玄菟。天山劍鍔含霜冷，明月刀環入夜孤。萬
馬連宵催轉戰，中權親挽繡蝥弧。誰將長劍斬長鯨，氣懾天吳
不敢驚。白羽一揮神策將，朱旂三破鬼方兵。風回草木開雲
陣，山蹴波濤列海營。今日華夷須混一，肯容孤島請行成。
（馮琦〈邢司馬經略朝鮮〉，《宗伯集》卷5）

大纛高牙拂絳霄，青袍白馬似風颿。千帆掣海鯨波靜，萬礮摶
空蜃市消。

三千門客報晨雞，八百家丁耀水犀。何處精兵逾代北，由來飛
將出山西。

平倭望海說劉江，閩越新傳戚繼光。底似中丞文武畧，彎弧飛
檄到扶桑。

平壤王京鐵騎屯，西飛青政盡游魂。笑他定遠空投筆，華髮蕭
蕭望玉門。

對馬洲前積甲懸，黑雲東起霧連天。轅門夜縛平行長，露布星
飛北極前。

關白頭梟太白旗，白狼河上羽書馳。樓船卻笑文皇帝，百萬琱
戈困不支。

麾下俱封萬戶侯，金戈淨洗薩摩洲。山城肥後諸酋長，叩顙遙
天拜玉旒。

詩才舊壓丁都護，將畧平欺霍冠軍。一代雞林傳麗句，千秋麟
閣畫元勳。

爛漫黃金百尺臺，將軍飛騎入蓬萊。何須更奏征東曲，十八鐃
歌盡手裁。

萬甲憑陵大海東，清江鴨綠亂流紅。元戎奏凱歸來日，天子晨
開碣石宮。（胡應麟〈萬伯修中丞東巡歌十首〉,《少室山房
集》卷87）

萬曆二十五年（1597）七月豐臣秀吉再度侵朝，日軍先進攻朝鮮水軍，
控制海上通道，加藤清正、小西行長又分右、左兩路從陸地進攻，駐
守南原（屬全羅道）的明朝援軍楊元等三千人失守，明軍退守京城，
人心惶惶；詩人鄭明選對此戰況亦深感憂心，除了埋怨「封倭」的失
算外，更企盼明廷能夠緊急調派如大破匈奴的名將李牧、為漢高祖運
籌帷幄的蕭何的人物來馳援全羅。所幸，明朝增兵四萬餘，由總督邢

玠召集諸將分三脅進擊日軍；但是，蔚山之戰仍損失慘重，邢玠遂請求增調水軍、水路夾攻，又恰逢豐臣秀吉病死（萬曆二十五年8月）、遺命日軍撤退，因此，在露梁海戰一役中李舜臣與陳璘同心作戰下，俘獲日艦一百艘、燒毀二百艘、斬首五百級、生擒一百八十餘名，[37]日軍全被趕出朝鮮，明朝、朝鮮聯軍取得巨大勝利。萬曆二十七年四月，邢玠率明軍回國，結束長達七年的戰爭。詩人吳稼鐙〈戊戌紀事六首〉，以萬曆戊戌年（二十六年）為詩題，標明第二次援朝戰事之值得紀事，先諷刺朝廷「和戎」、「頒封符璽」的不當，再指出日人撤軍時明軍「未向前營驅虎豹」的失策，因此，詩中藉由描述白骨滿邊、鯨翻血浪、烏啄枯腸的大規模戰場狼藉景象，譴責明廷只知順應日軍的一再「請和」而不防敗寇之「續興師」（例如：小西行長向陳璘請和，陳璘放他走後，日人援軍隨即來到）；全詩充滿對郡國良材被徵召援朝的同情，以及對明廷未能有效建立「邊庭策」的痛心。[38]至於馮琦則針對邢玠的戰功敘事，歌詠其斬敵的氣勢（「天上兵符占太乙，軍中殺氣接長虹。健兒格鬪無生死，朝列飛章有異同」）、破倭的神策、軍陣的威武等經略朝鮮之功；胡應麟則寫萬伯修東征，戈洗對馬、薩摩（「對馬洲前積甲懸，黑雲東起霧連天。轅門夜縛平行長，露布星飛北極前」、「樓船卻笑文皇帝，百萬瑂戈困不支。麾下俱封萬戶侯，金戈淨洗薩摩洲。山城肥後諸酋長，叩顙遙天拜玉旒」）的凱歌。上述諸詩中的戰事地點，不僅發生於朝鮮的平壤、玄菟（漢武帝置之古郡名，轄境相當於今日遼寧東部與朝鮮咸鏡道一帶），更

---

37 吳晗輯：《朝鮮李朝實錄中的中國史料》（北京市：中華書局，1980年），上編，卷42，宣祖31年11月乙巳，頁2564。

38 另有明代詩人袁宏道也在詩中針對援朝戰爭加以評論：「倭奴逼朝鮮，虛費百億萬。竭盡中國膏，不聞蹶鹵箭。」（〈送劉都諫左遷遼東苑馬寺簿〉，《袁中郎全集》卷27）

在日、韓間的對馬島，以及日本的薩摩藩，可見戰事範圍超越了中國本土，且越海而至朝鮮、日本，更甚於嘉靖時期。

另從東南方向言，戰事範圍渡海到馬祖東沙島，更橫越了黑水溝到澎湖及臺灣，如：

> 蒼隼上摩天，大鵬下擊水。眾鳥徒啾啾，焉知彼所恥。壯哉沈將軍，出身朱門三尺起。石渠陛楯養侏儒，拔出肝腸度遼水。遼水十年朔氣寒，燕臺一夜破樓蘭。可可母林羅卜寨，纍纍虜首掛征鞍。群兒伏地乞餘級，擲向青樓笑還立。片語風雲諾所知，倔強不肯侯門揖。揭來閩越小試奇，浯銅東淀忽搴旗。乘風直掃粵南賊，**更從黑水抵東夷**。料兵飛出鬼不覺，談笑成功人始知。經夷索市恃內主，多少材官不敢拒。大艑如山砲咨圍，得君上言色如土。**願奉咸容韋麻郎**，虎頭圖出驚龍戶。浙帥聞名以呀從，海波不起狼舞疑。報交夷一百四冊，功告廟此其地麾前影呼薩摩酋，力掣游魂生羽翅。曉軍好殺復好生，更無鹵寇逆顏行。縱欲豹林蔵秘畧，還厭鼇海作長城。疆梧之熙為閩起，小埕撫倭倭心死。更得輸心恃逆徒，**東沙一組無遺矢**。邇來又捉趹浪鯨，收為牙爪澀海清。將軍將軍籌策明，提兵到處振天聲。不持一錢官爵覩，金符玉帶空盈盈。安能屈節事蒼蠅，男兒赤手取功名。富貴大小皆天成，奮鬚抵几恨殺遼陽兵，追呼千古衛與英。壯哉將軍老崢嶸，獨鶻乘風天際橫。（董應舉〈沈將軍歌〉，《崇相集》卷8）

> 俘東沙，六十九。誰其尸，沈羕有。狨彼倭，揚鯨波。寬皇誅，抑何多。間以諜，刃不血。執訊醜，嘉廼折。欸者存，狨者滅。望矦威，如火烈。

東沙俘，沈矦劝。尺一組，來匐匍。戰東畨，東畨屠。招紅
毛，紅毛輸。章馬郎，繪矦圖。賊破膽，矦跋胡。羑彼舌，摧
功膚。臥宣城，震夷岫。大將名，繼戚俞。（周之夔〈俘東沙
二章倭聚東沙，將軍以計俘渠師以下六十九，作俘東沙〉，《棄草詩
集》卷25）

萬曆四十五年（1617）四月，一群侵犯雞籠、淡水失利的長島倭寇，
侵犯浙江台州地區，在菲韭山、牛欄山、南麂、白犬澳等處劫掠漁
戶；五月，這些倭寇因遇颶風而被迫棲泊於福建馬祖的東沙島，計有
船三艘、二百餘人。巡海道韓仲雍同兵備道卜履吉、參將沈有容調集
北、中、南三路及伍防館官兵合勢仰攻，奮勇擊倭，三船立沉，倭寇
投溺就縛。各部共擒獲倭寇六十七名，救回被擄漁民二十二人。[39]上
述二詩皆歌詠了沈有容渡海遠至馬祖東沙擊倭的功勞（「東沙一組無
遺矢」、「俘東沙，六十九。誰其尸，沈矦有」），同時，也連帶頌讚其
於萬曆三十率二十四艘軍艦越過黑水溝前往臺灣大破倭寇、焚沉倭船
六艘、斬首十五級、奪回被擄三百餘人（「更從黑水抵東夷」、「戰東
番，東番屠」），以及萬曆三十二年親率五十艘大船抵澎湖諭退荷蘭將
領韋麻郎之占澎湖（「大艑如山砲咨圍，得君上言色如土。願奉威容
韋麻郎，虎頭圖出驚龍戶」、「招紅毛，紅毛輸。韋馬郎，繪矦圖」）
的事蹟。由此可見，戰事範圍已不局限於大陸沿海，而是遠遠地橫越
了臺灣海峽，抵達澎湖與臺灣。

　　正因為此時期的戰事範圍極廣，因此，即使其海戰次數較前期為
少，武器也與前期類似、作戰方式亦無多大變化，但其作戰規模卻隨
著戰事地點遠及於海中的島嶼而更為擴大，詩中動輒以「萬」、「十

---

39 范中義、仝晰綱：《明代倭寇史略》，頁350。

萬」、「百萬」之數來強調琱戈之眾（如：「東夷戈甲耀晴空」、「琱戈十萬指扶桑」、「萬甲憑陵大海東」）、戰船之多（如：「風掃舟師百萬兵」、「大艑如山砲咨圍」）、火砲之猛（如：「萬礮搏空蜃市消」）、戰況之激烈（如：「萬馬連宵催轉戰，中權親挽繡蝥弧。誰將長劍斬長鯨，氣懾天吳不敢驚」、「蜃氣氤氳失城闕，鯨波蹴沓翻樓臺」[40]）、犧牲之慘（「回看白骨滿邊陲」、「鯨翻喉血成波浪，烏啄枯腸挂樹枝」），又如寫隆慶五年十一月廣東高城里麻村之劫：

日出之國東南夷，裸身被毳雕其題。白雉不貢火珠匭，聖朝干羽曾羈縻。飛艘萬里狎潮汐，鼓刀八郡都瘡痍。高涼山郡大如斗，比屋常嬰豺虎口。年來一旅控三關，捲甲橫戈僅相守。妖氛昨夜擾攙槍，驚我旄倪半奔走。吁嗟此孽從何來，長鯨巨鱷排風雷。九首天吳豈助逆，六鰲無力三山摧。若道孤城如累卵，高涼太守安在哉。輕裘緩帶五花馬，親提義卒屯中野。千人殊死歲登陴，將軍卻是從天下。前驅慓疾如縱鷹，群鳥紛紛毛血灑。僕姑射火光照天，陰風十里吹腥膻。群奴面縛成魚貫，酋首分馳太白懸。哭聲未已歡聲震，營門奏鼓何塡塡。椎牛饗士解戎衣，一騎浮雲露布飛。黃石未授書生略，赤心遠藉天皇威。萬姓存亡決呼吸，那可一日忘危機。（吳國倫〈里麻行有序倭夷數千直擣高城，城中人無不欲為鳥獸散，蓋前所未有之警也。予既不敢以城為注，遂躍馬引兵，背城二十里拒之。適陳將軍擁士從間道來會於里麻，一鼓破滅，此不有天幸乎？時隆慶五年十一月十七日詩以紀事，且告吾父老安不忘危云。〉，《甔甄洞稿》卷8）

---

40 〔明〕歐大任：〈橫梅行〉，《蓮鬚集》卷2。

隆慶和萬曆前期，仍有小股倭寇在東南沿海騷擾，其中以廣東較為嚴重。隆慶五年，廣西巡撫殷正茂提督兩廣軍務，檄總兵官張元勳率軍赴援，檄僉事李材、許孚遠，參政汪一麟，副使陳奎、吳一介分頭督集所在官兵，隨軍作戰，殺倭千餘人。[41]時任高州知府的作者吳國倫，亦引兵背城二十里拒倭，「親提義卒屯中野」；他在詩中以「飛艎萬里狎潮汐」寫倭寇戰船之多，「前驅慓疾如縱鷹，群鳥紛紛毛血灑。僕姑射火光照天，陰風十里吹腥膻」寫戰況之激烈，「鼓刀八郡都瘡痍」寫犧牲之慘；詩中更提及幸有陳奎將軍來協助孤危如「累卵」的高城，方能逆轉形勢、轉危為安：「群奴面縛成魚貫，酋首分馳太白懸。哭聲未已歡聲震，營門奏鼓何填填」。此一廣東高城戰事，有萬里飛艎、十里腥膻，有八郡都被瘡痍，規模與影響層面都不容小覷。

本期書寫形式，多為長篇，在大規模戰事的詳敘與戰火猛烈氣氛的營造上，達到極佳的效果。

（二）英雄形塑——與嘉靖時期似，但人數較嘉靖少

隆慶以後海戰詩人所形塑的海戰英雄，與嘉靖極為類似，有承繼明代初期的勇猛、富謀略等形象，也有嘉靖才開拓的建立平倭事功的形象，以及從戰敗的視角塑造為國死節盡忠的悲劇英雄形象。為省篇幅，僅分類表列此十多人的形象如下：

---

41 〔明〕張廷玉：《明史》，卷222〈殷正茂傳〉，頁5859。

（1）勇猛

英 雄	行 事	作者與詩題
汪道昆	餘皇亂蹴滄海上，隻手盡補天南傾。偉哉司馬文且武，左挈夔龍右方虎。	胡應麟〈白榆歌別司馬汪公歸婺中〉
萬伯修	千帆掣海鯨波靜，萬礮摶空蜃市消。	胡應麟〈萬伯修中丞東巡歌十首〉之一
沈有容	分明天遣告兵符，挫猛摧強百蠻服。	董應舉〈丁巳四月三日射得一虎……以虎肉遺之副以此詩〉
邢玠	誰將長劍斬長鯨，氣懾天吳不敢驚。	馮琦〈邢司馬經略朝鮮〉
李孟白	鄞侯擇將猛如虎，衛國練兵利若犀。	胡維霖〈送中丞李孟白巡撫山東〉
葉榮	盤槍上馬若無事，健兒遙語好相避。……縣官追拜願相聞，道此區區何足云。曾殺倭頭報天子，東陽壯士葉將軍。（救閩中縣令之勇）	陶奭齡〈葉將軍歌有序〉
	一身經百戰，終歲詔三遷。……倭韓休近粵，飛將在樓船。	鄭汝璧〈送葉參戎之東粵〉
高將軍	瞎軍年方五十強，雙眸炯炯如電光。揚麾色擁飛霞赤，拔劍氣吐高大蒼。鬼奴妖焰薄東海，出救朝鮮彌七載。	于若瀛〈高將軍歌〉
沈開子	疋馬登城落日黃，大呼電躍綠沉槍。從他雙頰驚流矢，欲縛倭奴意氣狂。	王伯稠〈追哭沈開子〉
程生	自言少年頗豪邁，氣力一身五石大。三尺寶刀一丈矛，走馬	袁中道〈戲贈善印章程生從軍〉

英　雄	行　事	作者與詩題
程　生	彎弓事事會。……從來布衣有奇才，不必區區將與相。	袁中道〈戲贈善印章程生從軍〉

（2）謀略

英　雄	行　事	作者與詩題
汪道昆	宇宙何人策高步，千秋再起司馬公。	胡應麟〈白榆歌別司馬汪公歸婺中〉
萬伯修	底似中丞文武略，彎弧飛檄到扶桑。……將略平欺霍冠軍。	胡應麟〈萬伯修中丞東巡歌十首〉之三、八
沈有容	倔強不肯侯門揖，揭來閩越小試奇。……更從黑水抵東夷，料兵飛出鬼不覺。談笑成功人始知，經夷索市恃內主。	董應舉〈沈將軍歌〉
邢玠	白羽一揮神策將，朱旂三破鬼方兵。	馮　琦〈邢司馬經略朝鮮〉
	聖主憂先根本計，留侯籌策況無雙。	馮　琦〈邢太保破倭功成以大司馬筦留鑰過家省覲太夫人〉
阮　公	戰同郭令單驅騎，計似陳平六出奇。	徐𤊹〈謁大中丞院公新祠〉
吳太守林公	吳會太守今謝安，折衝尊俎何足難。激烈登埤仗宏略，嘯慷矢志平狂瀾。……士民歡呼動天地，攀車遮道稱神智。	張鳳翼〈太守林公以西山之捷蒙金帛之錫〉
劉都諫	公宿負奇策，下馬可措辦。志士立功名，不在麒麟殿。……奇謀若可展，簿尉何足厭。	袁宏道〈送劉都諫左遷遼東苑馬寺簿〉

（3）事功

英　雄	行　事	作者與詩題
萬伯修	對馬洲夜縛平行長，金戈淨洗薩摩洲。	胡應麟〈萬伯修中丞東巡歌〉
沈有容	東沙俘倭之功。	董應舉〈沈將軍歌〉
	東沙俘倭六十九人之功。	周之夔〈俘東沙〉二首之一
邢　玠	破朝鮮倭功成，守南京。	馮　琦〈邢太保破倭功成以大司馬笈留鑰過家省觀太夫人〉
阮　公	平閩中倭之功。	徐　熥〈謁大中丞阮公新祠〉
吳太守林公	吳城退倭有功，受金帛錫。	張鳳翼〈太守林公以西山之捷蒙金帛之錫〉
彭小石	戰士爭誇新虎節，島夷猶識舊貂冠（多平倭之功）	張鳳翼〈賀彭小石舉震榮遷〉

（4）死節

英　雄	行　事	作者與詩題
魯公識	平壤城空戰血枯，艱危臨敵效捐軀。包胥誓在終存楚，李廣亡歸竟破胡。（起兵朝鮮勤王，孤身見執，亡命至閩）	徐　熥〈送魯公識還朝鮮。萬曆甲午倭奴破朝鮮，公識起兵勤王，全家死之，孤身見執，至日本，會平酋死，得亡命。附商舶至閩，守臣送歸本國，公識能詩善書，仕六品官〉
張　經	老臣身免丹心在，聖主恩深朽骨知。（被趙文華誣死）	謝肇淛〈為張大司馬得復官賦二首〉

值得一提的是，詩人們還用呼喚英雄人物的方式來加強對抗倭英雄的形塑，例如徐熥〈送魯公識還朝鮮〉：「包胥誓在終存楚，李廣亡歸竟破胡」，即以戰國時哭秦復楚的申包胥，以及漢代與匈奴鏖戰四十

多年的李廣來譬喻魯公識起兵勤王的忠貞死節。

（三）戰前書寫——倭警、徵兵詩減少，新增閱兵

此時期有關倭警、徵兵之詩大減，反映出倭寇危害較輕的現實。其中，言徵兵者，主要是提及萬曆中期援朝戰爭時由南方徵兵以備薊遼方面的軍需，由「南國徵兵殷，東封使者訛」（朱長春〈愁〉），以及梅鼎祚詩題〈仁父買馬及二劍以歸，賦此壯之時薊遼方有倭備〉可得知。至於言倭警者，則集中在萬曆後期，發生地點主要在閩中、江浙一帶，如下列詩篇分別寫閩中、浙江舟山市普陀山、鎮江北固山甘露寺之倭警：

> 齰水既退民安堵，忽傳倭奴犯中土。巨艘渡海恣殺掠，白日羽書報開府。閩中久矣歌太平，驟聞警急人皆驚。窮鄉僻壤各騷動，扶老攜幼趨榕城。行者肩摩車轂擊，挈笥提筐若雲集。城中穀價方涌貴，燃桂兼之炊玉粒。民心思亂正洶洶，避寇移家焉適從。開府安民下禁令，此邦蒼赤賴怦憬。憶昔嘉靖申年苦倭變，無兵無食空拳戰。今年幸喜猶虛傳，肬火毋令四郊見。嗟哉互市今不通，致令夷舶侵閩中。何因盡斬鯨鯢避，得似當年戚總戎。（徐熥〈避倭行〉，《鼇峰集》卷8）

> 聞道倭奴叩落伽，長年股栗勸回家。亦知美意憐予甚，卻咲殘骸蹈海賒。文武可兼非孟浪，死生有命等空花。乘風直上圓通殿，安胅僧寮且待它。（朱國楨〈普陀聞警〉，《朱文肅公詩集》）

耆闍淨域大江隈，甘露時時洒九垓。杯外金焦當戶立，吟邊烟雨撲樓來。拒蹲狠石猶含怒，絕壁幽花也自開。海上忽聞傳箭急，秋風鐵甕鼓鼙哀。（范鳳翼〈飲甘露望海樓時聞倭警〉，《范勛卿詩文集》詩集卷15）

上述聞警詩雖然與嘉靖聞倭警詩一樣，書寫了軍民聽聞倭人來犯後驚恐、股栗、憤怒的情緒，但閩中詩人徐𤊹更能進一步冷靜思考閩中倭變發生的主要原因是「互市不通」，浙江詩人朱國楨則婉拒普陀山友人勸歸而謂「死生有命等空花」，避居金陵的通州詩人范鳳翼於甘露寺飲酒時突聞倭警的反應不是倉皇逃逸、而是為軍士哀傷，皆展現出一種異於前期的沉穩風格，這應是隆慶以來倭寇威脅已大大降低的原因所致。

最值得注意的是詩中新增的閱兵內容，顯示出經歷嘉靖倭患後明廷更加重視海疆的防備。詩如：

結束戎綖此一時，壯氣臨風欲上眉。譬如遊女逢人悅，誰能自道不西施。操圖處處扮倭奴，炮響刀光壯一呼。但誑真倭能似此，何難取組係強胡。旌旆悠悠劍戟橫，長蛇一字陣鳧圍。但教將令非兒戲，壁上何妨稚子練。眾竅狂號欲撼龍，戈汛隱隱蕩波中。傳呼罷點權休去，澤叟猶稱不筮風。平沙一望幾灣環，水漲船飛頃刻間。作意須勤防寇盜，莫教泊在放雞山。**電白城南即大荒，蓮頭山接水天茫。休言無事堪高枕，要識先憂屬海防。**（宋應昇〈蓮頭寨閱操作〉，《方玉堂集・續詩稿》卷8）

氛净羽書稀,**將軍耀殺威**。一窩蜂作陣,五色騎如飛。時布風雲步,或為鵝鸛圍。戈矛芒燦燦,組練雪霏霏。既擒蚩尤首,復寬群醜歸。**射潮驚日本**,函劍動星輝。君子六千是,水犀十萬非。綸巾搖羽扇,按轡問兵機。程李各參妙,牧頗可禁闈。**倭夷似犬豕,慎勿突如豨**。(胡維霖〈仝莊沈二遊戎下營閱武〉,《胡維霖集‧嘯梅軒稿》卷2)

溟海洄瀾蠱拄撐,玻璃浴日萬流平。祖龍駐蹕成何事,雷待非熊此備兵。

魚麗排雲正復奇,搢麾樓櫓應朱旗。**健兒個簡能超距,遮莫酋帆欲動時**。

天水無垠晻靄間,島迴風定瀉潺湲。徐生一去無消息,那得安期大藥還。

渤澥高源出絳河,靈槎湛影不生波。鞀鞀萬里梯杭至,底事冥頑獨在倭。

戎事於今盡瑟更,况持玉節傍春行。勒勛自有旂常在,何必茲山紀姓名。

望到陽烏出沒邊,御風身世儵泠然。憑虛汁水虹梁近,不用尋仙骨已先。

欲把茲山比峴山,勛名今古在區寰。野夫身際羊公日,咫尺高風未敢攀。

桑麻覆隴翠烟浮,澤國民今不帶牛。**但使內寧無外思,不須重抱杞人憂**。

百仞峯頭更上躋,波濤潋灧日沉西。杯前綺樹千家出,帳外金鏡萬馬齊。

練影橫拖劃絳霄，路人齊指晚來潮。憑誰寄語諸酋道，天限華
夷萬里遙。（祝以豳〈觀察車公閱兵奏駐山十絕句依韻奉和〉，
《詒美堂集》卷8）

如前所述，在隆慶與萬曆前期仍有倭寇、海盜的騷擾，廣東是較嚴重
的地區，明廷對廣東防禦區域加以重新劃分，並修復舊水寨、[42]增設
將領，[43]使防禦更加嚴密；上述第一首詩即反映廣東重視海防的事
實，蓮頭寨為廣東「北津寨」[44]的分哨，作者宋應昇曾任廣東知府，
詩中以「操圖處處扮倭奴，炮響刀光壯一呼」寫海軍操作演練之逼
真，以「旌旆悠悠劍戟欑，長蛇一字陣梟團」、「眾竅狂號欲撼龍，戈
颯隱隱蕩波中」生動而具體地勾勒出訓練嫻熟、排陣有方、軍容壯
盛、士氣高昂的閱兵畫面，詩末二句「休言無事堪高枕，要識先憂屬
海防」則道出詩人的深謀遠慮，與重視海防的觀念。

到了萬曆中期，雖抗倭的戰場在朝鮮不在中國，但明廷對於大陸
沿海海防仍不敢掉以輕心，北起渤海、黃海，南迄東海閩浙，皆有加
強，例如：將熟悉島情的廣西總兵童元鎮調往浙江。[45]上述第二、三

---

42 隆慶六年（1572）五月，刑科給事中秦舜翰條陳廣東內治六事，請求恢復舊水寨，
云：「沿海備倭衛所，舊有戰舡四十五雙，舡卒百人，是為水寨，宜修復之便。」
朝廷納其議。見《明實錄校勘記》，穆宗，卷70，頁1680。

43 隆慶六年六月，提督兩廣軍務兵部右侍郎殷正茂上書請求增設將領，云：「議欲東
西設立游兵參將二員，及雷、廉、潮、惠等地方各添設參將、守備、把總等官，庶
分布既密，剿捕無難。山海之間，盜賊自息。」兵部同意其議。見《明實錄校勘
記》，神宗，卷2，頁49。

44 據〔明〕應檟修、劉堯誨重修《蒼梧總督軍門志》卷5〈輿圖三〉，記載萬曆四年
（1576）廣東重定六水寨後「沿海信地」和「六寨會哨法」，六寨分別為：柘林、
碣石、南頭、北津、白鴿、白沙等六寨，其中「北津寨」的駐地在海陵澳，信地自
三洲山起、至吳川赤水港止，分哨則有上下川、海陵、蓮頭、放雞等處。（臺北
市：臺灣學生書局，1969，頁377-384）

45 《明實錄校勘記》，神宗，卷318，頁5919。

首詩,即記錄詩人親臨浙江閱兵現場的所見所感:前者雖未明言確切地點,但由詩中「射潮驚日本」可以推知應在錢塘一帶;後者閱兵地點在秦駐山(在今浙江海鹽縣),二詩皆描繪了明朝海軍的戰鬥實力:「戈矛芒燦燦,組練雪霏霏。既擒蚩尤首,復寬群醜歸。射潮驚日本,函劍動星輝。君子六千是,水犀十萬非」、「健兒個箇能超距(不必接觸即能產生效用),遮莫酋帆欲動時」。觀看軍事演練後,身為浙江右布政使的詩人胡維霖提醒:「倭夷似犬豕」,切勿勇突躁進如彼,而應如孔明運籌帷幄、慎參兵機;至於曾在日本入侵朝鮮時堅決主張出兵援助的詩人祝以豳則在詩末對四方夷酋心戰喊話:「天限華夷萬里遙」,警其不可輕動干戈。

(四)戰後書寫 —— 凱歌詩仍有,又增悲歌、議和等內容

本時期的戰後書寫,與前期相同的是多勝利的凱歌,而新拓的內容則多針對援朝戰事而發,如:南原悲歌、議和之憂,可見,嘉靖以後,國內倭患雖減輕許多,但倭寇對於明朝的威脅仍在,差別只在於大規模的戰事地點由國內轉移至朝鮮、日本等海外地區或東沙、臺灣、澎湖等東南海域的島嶼。其中,勝利凱歌的表現方式不同於前期的藉飲酒傳觴以志喜,而是聚焦於有抗倭將領的策勳與蒙賜,如:

> 雲霄漢闕頌新命,豐鎬周京奠舊邦。九列獨高蒼玉佩,六師爭擁碧油幢。橫戈絕域春浮海,擊楫中流夜渡江。聖主憂先根本計,留侯籌策況無雙。北虜南倭總蕩平,山濤未敢罷談兵。煙消大海鯨鯢窟,風起長江虎豹營。**鎖鑰盡歸周太保,韜鈐長護漢西京。**孝陵咫尺鍾山下,搔首中原感慨生。萬里滄溟遠建牙,重因居守與宣麻。莫言南北分天塹,曾領華夷作大家。絕塞霜花生賜劍,故園鶯語雜鳴笳。起居八座稱觴日,遙指扶桑

海上霞。(馮琦〈邢太保破倭功成以大司馬笢留鑰過家省覲太夫人〉,《宗伯集》卷5)

吳城莽蒼七月寒,迴颺扇地迷山巒。傳呼倭奴突如至,老提幼挈奔蹣跚。探卒馳歸汗揮雨,驚言虜黠勢如虎。昨來轉戰南都門,萬騎當之似崩土。吳會太守今謝安,折衝尊俎何足難。激烈登埤仗宏略,嘑慷矢志平狂瀾。戒言絕梁斷前路,先機料敵防昏暮。小吏庸人節制違,衝圍夜半成飛渡。太守乘船親薄之,六軍奮發俱揚眉。九龍山前日當午,越來溪畔明旌旗。一鼓一進猶倔強,再麾再接方奔亡。髑髏爭持凱歌作,戰袍血濺生輝光。士民歡呼動天地,攀車遮道稱神智。駕馭方知儒將才,功名不忝專城揃。飛蝗反火何必奇,徙魚渡虎皆如斯。穹窿山高逼南斗,擬君勳業還應卑。廟廊聲華日逾重,天子非常錫恩寵。綵幣重織內帑來,丹書一道燕雲擁。莫訝銅符別造麟,還期境土翦鳴鳳。(張鳳翼〈太守林公以西山之捷蒙金帛之錫〉,《處實堂集》卷1)

馮琦記邢玠援朝破倭有功後,皇帝命以太子太保特進光祿大夫、柱國任南京兵部尚書、參贊機務之喜。張鳳翼更是詳細道出吳會太守林公英勇宏略、指揮若定、擊退倭奴之大捷,並蒙天子恩賜綵幣與官爵之大喜。這些都與嘉靖時期抗倭英雄多遭讒言而難以善終的情況大為不同。

至於本期新拓的戰後悲歌,則多與議和的主題相結合,且皆針對援朝戰爭而發,如:

聞道南原破,朝鮮半入倭。義軍葬遼水,飛檄到交河。幕府黃

金盡，沙場白骨多。憂時老司馬，和議竟如何。（謝肇淛〈南原〉，《小草齋集》卷13）

遼陽消息近如何，戰骨無收復議和。祇見大庭初遣使，旋聞瀕海罷防倭。璚林內庫開應必，畫省孤臣謫已多。獨有杞人憂不寐，側身天地欲狂歌。（謝肇淛〈遼陽〉，《小草齋集》卷19）

南原在朝鮮全羅北道，萬曆二十五年（1597）第二次援朝之役，因日本撕毀停戰和議，發動第二次侵朝戰爭，南原民眾盡皆逃散，剩明朝楊元率領的軍隊獨守孤城，救援又不至，結果南原失守、二千七餘明軍戰死，日軍屠城。詩人謝肇淛對此深感痛心，二詩皆以義軍白骨橫陳沙場來記錄此一戰後悲歌，並對明廷只知與日人議和、一心想罷防倭，卻枉顧戰骨無收之象深致不滿與憂愁。值得注意的是，此時亦有詩人對與日和議採取樂觀其成的態度，如：

立志為諍臣，萬死應不悔。含笑辭白髮，結束向遼海。遼海急兵戈，山高集犀鎧。**久與狡倭持，戰氛何時解。**萬里調客兵，餉絕兵饑餒。脫巾侮大將，易若捕蟲豸。未戰心先攜，兵驕將復猥。百無一堪用，可恃復安在。**君行好折衝，旄節久相待。**勉矣立功名，身為國溝壘。（袁宗道〈送劉都諫謫遼陽〉，《白蘇齋類集》卷1）

「久與狡倭持，戰氛何時解」，傳達了當時明代朝野上下共同的心聲，都期盼能早日結束這種耗費時間、兵力、資源的戰事；於是，「君行好折衝，旄節久相待」，詩人將希望寄託在劉都諫身上，期許他此次遼陽之行能做好折衝議和的工作，徹底解決這費時費兵費糧的消耗戰。

四 結語

本文是科技部整合型計畫「明代海洋經理與敘事之數位人文研究：海戰詩」之研究成果，從「敘事」觀點探討明代以「倭寇」為他者的海戰詩在初期（洪武1368～正德1521）、中期（嘉靖1521～1566）與晚期（隆慶1566～崇禎1644）的書寫特徵與特徵形成的原因。先從相關數位資料庫中檢索出近千首詩作，再予以判讀、篩選出一四二首作為觀察與研究的文本，初步獲得下列結果：

就海戰詩學發展言，在書寫視角與內容上，自文天祥開創海戰書寫主題伊始，直至元代，詩人多採戰士視角以書寫戰爭的實況或英雄的形象；明代初期的抗倭海戰詩亦承此戰士視角，實述戰況與形塑英雄，書寫內容並未有突破傳統之處。

及至中期（嘉靖年間），由於倭患極其嚴重，海戰詩作者除了武將外還有領兵文人或布衣之士，因此書寫內容趨於豐富多樣：在敘事中穿插作者對海戰前後的抒情或議論亦極頻繁，抒情如：對倭警的驚恐與憂心、擔心助征倭之苗兵罷歸時劫掠百姓、盼無禦倭良策而憤恨難平、強調一己報國之忠義、對未來戰勝的自信、戰勝的喜悅、遭讒之悲憤、擔心倭寇去而復至、憂倭暫退但時局未平、憐黎民遭倭寇殺戮燒掠、憤官守怯懦愛財、怨民兵被迫徵調、恨有司無情催科等，議論如：北兵不善水戰無法禦倭（亦有肯定徵兵者）、朝廷不能防微杜漸、官員欺瞞倭患實況、應厚實海防等；在視角上，戰士與百姓視角皆有，大大突破了傳統的書寫視角，在海戰詩史上佔有**轉變視角的關鍵性地位**。

到了晚期，雖然國內沿海倭患大致平息，但仍有萬曆中期的援朝戰爭，以及東南海島（如：東沙、臺灣、澎湖）等跨海的大規模戰事，使得詩人多採戰士視角書寫海戰，且集中在海外的戰事書寫，表

現出海戰地點由沿海向海外與海島推移的空間特徵;亦有在敘事中穿插抒情或議論,抒情如:聞倭警的驚恐與憤怒、為抗倭而死軍士哀傷、勝利的凱歌、蒙策勳賞賜之喜、戰敗的悲歌、憂罷防倭(議和)、閱兵之喜,議論如:閩中倭變乃因互市不通、應有憂患意識重視海防、出兵不可躁進而應慎參兵機、不應順應日軍請和而不防敗寇之興師(亦有讚成議和折衝者)。

另,明代海戰詩在運用歷史人物以形塑英雄的意象上,較宋元有大幅的增長(有承傳統勇猛戰功形象者,如:李牧、吳起、李廣、霍去病、楊僕、薛仁貴等,有新拓的謀略形象者如:蕭何、周亞夫等,新拓的忠貞形象者如:申包胥、顏真卿等);在書寫情調上,採戰士視角者多壯烈激昂,採平民視角者則淒苦悲憤。[46]至於書寫形式,則呈現向長篇發展的趨勢,有利於大規模戰事的詳敘與戰火猛烈氣氛的營造。

就中國詩學發展言,由於海洋元素的加入,[47]融入了海船(如:樓船、巨艦、戰艦、舠艨)、海島(如:對馬洲、薩摩洲、東沙、東番)、海戰他者(如:倭奴、真倭、幕府、關白、紅毛、韋麻郎)、海防(如:海營、蓮頭寨)等新的意象,使得明人在邊防詩的內容與風貌上有了新的開拓,亦即:雖同樣具有愛國主義的精神樣貌,但不同於傳統邊塞詩的悲涼慷慨、婉轉纏綿,而呈顯出清新流麗、憤激豪放[48]、意境壯闊[49]的新藝術風格。

---

46 王英志:〈壯志殲賊寇　正氣薄雲天──明嘉靖抗倭詩一瞥〉,《文學遺產》1995年第5期,頁9。

47 廖肇亨曾指出:「海洋因素蘊藏著改變詩學風貌的潛能」,見氏著:〈長島怪沫、忠義淵藪、碧水長流──明清海洋詩學中的世界秩序〉,《中國文哲研究集刊》第32期(2008年3月),頁46。

48 蔣鵬舉認為:明代邊防詩從內容上可以分為反映北部邊防的邊塞詩和反映東南沿海的海防詩,兩者有不同的藝術特徵:前者上承唐邊塞詩,具有悲涼慷慨、婉轉纏綿

就反映倭亂史實而言，明代初期抗倭詩的海戰敘事，詩作極少
（僅占百分之六），內容也僅略述遼東、浙江等地戰況，以及劉江、
張汝欽等的勇猛、材略，能反映明初因擁有強大陸軍和水軍而使倭寇
無法順利入侵的實況。至於中期抗倭詩的海戰敘事，詩作最多（高達
百分之五十九），內容豐贍且具開創性，有從戰士視角詳錄戰況（範
圍從東北到東南沿海，且浙江最嚴重；武器多樣，作戰方式多變化，
軍隊來源複雜，戰況各種發展等）、形塑英雄（勇猛善戰、富於謀
略、平倭有功、忠貞死節等類型共二十多人）、戰前敘事（倭警、徵
兵、誓師）、戰後敘事（凱歌、賜倭、殘倭），亦有從百姓視角書寫黎
民所遭受的倭亂之害，如：倭寇殺戮燒掠、官守怯懦愛財、民兵被迫
徵調、有司無情催科等，能具體反映明代嘉靖年間因日本國內政治情
勢改變而使倭寇隊伍壯大、明朝皇帝昏庸與政治腐敗、明朝海防廢弛
而使防倭力減以致**倭患最為嚴重的實況**。晚期的抗倭海戰詩，詩作亦
不少（達百分之三十五），與前期（嘉靖）相較，其倭患因明朝政
治、經濟、軍事的改善而逐漸減少，戰況實錄更集中（於朝鮮、閩海
戰事），且範圍更廣、規模更大；英雄形塑則與嘉靖似（亦有勇猛善
戰、富於謀略、平倭有功、忠貞死節等類型），但人數較少（十多
人）；戰前敘事，則倭警、徵兵的內容減少，而新增閱兵，顯示此時
期更重視海防；戰後書寫，則仍多發為戰勝的凱歌，但新增戰敗悲

的特色；後者則自開新境，具有清新流麗、憤激頹放的特色。（氏著：〈明代邊防詩
的特色簡論〉，《聊城大學學報〔社會科學版〕》2008年第6期，頁98）蔣氏所言，大
致可參，唯所論「頹放」之特色，僅舉徐渭詩為例，實不能據以代表明代抗倭海防
詩之普遍性特徵。

49 王英志指出：明嘉靖抗倭詩，從藝術上看，具有較高的審美價值，其風格的陽剛之
美，感情的豪邁，意境的壯闊，語言的雄健，氣勢的充沛，與詩的題材及抒發的民
族正氣相當和諧。參氏著，〈壯志殲賊寇　正氣薄雲天——明嘉靖抗倭詩一瞥〉，
《文學遺產》1995年第5期，頁15。

歌、與倭議和等內容（集中於援朝戰爭）。其中，最值得注意的是，「嘉靖」倭亂對百姓所造成的傷害最為嚴重，詩人們也因此將更多的目光投注在黎民苦難的書寫之上，描繪出海戰詩史中令人不忍卒睹卻又不能忽略的一道悲慘的風景。

這些藉由數位人文方法蒐集、分析的倭亂實務與情境，不僅可以作為其他三個子計畫的補充與印證之用，在海戰詩歌史的研究上亦頗具參考價值，因為，單靠紙本翻閱的方式，實難以檢索出眾多明代詩家關於抗倭海戰書寫的文本，也無法在數據分析中觀察到各時期書寫內涵的傾向所在，是以數位人文資料庫的研究法，實有其不可或缺的存在價值。

明代抗女真陸戰詩敘事析論

一　前言

　　本文是科技部整合型計畫「明代海洋經理與敘事之數位人文研究：海戰詩Ⅱ」之部分成果，乃針對以「女真」為他者的明代戰爭詩所作的研究。南倭與北虜，是明代在海洋經理上最棘手的課題，明詩中相關戰事書寫的數量很多，但學界一直未見以此為主題的系統研究；本計畫已在去年完成明詩「抗倭」海戰敘事的研究，並以〈明代抗倭海戰詩敘事析論〉為題發表期刊論文，[1]今欲接續此一課題，以明詩「抗女真」戰爭敘事為研究主題，從「中國基本古籍庫」、「中國哲學書電子化計劃」、「搜韻——詩詞門戶」等數位資料庫，以女真、戰爭相關的關鍵詞如：「女真」、「女直」、「建酋」、「建夷」、「建州」、「遼東」、「遼陽」、「海西」、「野人」、「開原」、「戰」、「師」等，對明代詩歌的詩題與詩句進行檢索，再就檢索所得予以仔細判讀，篩選出較具代表的詩作進行分析，並與抗倭詩比較，期能見出其敘事特徵，完成藉數位方法對明代海戰詩的系統研究。明朝與女真的戰爭，崇禎以前（1368-1644）兩百七十多年間主要為陸戰，篩選出研究的文本大約有一〇五首詩作；而南明諸王時期（1644-1662）短短十八年間主要為海戰，篩選出研究的文本就多達一三二首左右，[2]主要原因為

1　顏智英：〈明代抗倭海戰詩敘事析論〉，《海洋文化學刊》第21期（2016年12月），頁39-86。

2　依筆者篩選所得，張煌言詩約五十六首，陳子龍詩約三十四首，徐孚遠詩約十六首，夏完淳詩約十三首，盧若騰詩約十三首，共計約一三二首。

此期詩人多為海戰將領，自覺地以詩為史，以志其為國之誠。由於篇幅所限，本文僅就「陸戰」的部分加以探討。

二　史學的角度——以詩存史、以地繫事

（一）洪武（1368）～宣德（1435）
——招撫為主，小股出擊寇邊之女真人

　　從太祖洪武至宣宗宣德年間，對待東北女真人的政策，以招撫為主，武力為輔。在具體做法上，由於東北與內地地理民俗不同，是以未實行州縣之制，而是軍政合一的衛所制度。[3]洪武時期主要完成了遼東二十五衛（以遼陽為中心的遼寧省地區）和蒙古兀良哈三衛及女真部分衛所的建制；女真大部分衛所設於永樂年間，成祖且奠定了貢賞、馬市、羈縻政策制度的基礎；宣德皇帝也繼承其先祖招撫的思想策略，認為不能因宋之敗而不敢接觸女真人，謂：「自古無中國清明，而有外夷之禍者。」[4]明初詩人黎貞的詩中，亦記錄了明代使者出使遼陽、衣錦榮歸的景象：

　　　　遼陽三月朔風高，使者南歸衣錦袍。持節直從三島過，紫雲深
　　　　處宴蟠桃。（黎貞〈遼陽贈使者南還〉，《秫坡先生集》卷2）[5]

3　王冬芳、季明明：《女真——滿族建國研究》（北京市：學苑出版社，2009年5月），頁9。

4　《明宣宗實錄》，卷21辛亥條，收於《明實錄》，「中國哲學書電子化計劃」電子資料庫，以下凡引《明實錄》者，皆出自此資料庫，不再逐一作注。

5　本論文所引明詩，皆出自「中國基本古籍庫」、「中國哲學書電子化計劃」、「搜韻——詩詞門戶」等數位資料庫，為省篇幅，不再逐一作注。

　　朝貢、馬市制度雖適合女真人的社會，得到女真人普遍歡迎；但是，若不加以有效節制女真求利之心，或明朝官員政策執行上稍有失當，那將是激起女真人仇恨、引發雙方矛盾衝突的契機。對於擾邊的女真人，[6]明朝在教喻無效之後，便會採取懲罰（關閉馬市）和打擊（小股出擊）的手段。甚受宋濂賞識的明初詩人唐之淳即有詩提及明朝出兵建州戡暴、折衝之事：

> 季夏鷹始擊，溫風入庭除。小人有所思，君子在遠途。遠途亦良苦，王事迫簡書。鐵馬嘶莽蒼，霜刀拂蝥弧。昨傳過建州，分兵作前驅。折衝更何人，忠勇相與俱。義分皎星日，戡暴力有餘。安知非衛霍，為漢卻匈奴。我蒙公所愛，繾綣魚水如。所慚幕中士，局促轅下駒。遐征不能從，假此塗陽居。凌晨望朝鮮，夕夢遼城隅。臨雲憶搴旗，見月思彎弧。身遠而心邇，遲徊以躊躕。（唐之淳〈奉懷〉，《唐愚士詩》）

詩中對於戡暴的場面未多著墨，此時期類似出擊的詩歌也不多見（僅四首），但有識之士對於野心勃勃的女真仍存戒心，詩云：

> 雒邑空南渡，東都亦北轅。已符前五閏，空憶後三元。分合巧相似，今昔難等倫。女真如拓拔，一統位中原。（趙汸〈觀輿圖有感〉其五，〔明〕程敏政《新安文獻志》卷53，律詩五言）

生於亂世，淡泊名利的趙汸，預言女真將統一中原，是頗有見識的。

6　宣德五年十一月巫凱報虜寇邊。《明宣宗實錄》，卷58壬戌條。

（二）正統（1463）～正德（1521）
——剿撫並用，追逐成規模進犯之女真人

　　或因女真貪圖明朝境內的財富，或因明朝邊官管理不當、政策規定不合實際，或因李朝的挑撥等，自英宗起女真犯邊的規模越來越大，次數也愈發頻繁，明廷的做法是剿撫並用，例如：天順六年，明邊官誤殺建州無辜，海西人聯合建州衛「橫逆不入貢」，七年，明朝使臣「武忠奉敕往海西招撫，又往建州衛招撫」[7]；景泰元年五月，海西野人女真為蒙古瓦剌部所迫，「領一萬五千餘人來寇。守備官軍追逐出境，又稱欲增人馬再來攻劫。」[8]六月，明遼東軍分三路「先擒剿李滿住、凡察、董山三寨，然後發兵問罪海西」[9]。詩人李夢陽（1472-1529）即為此心驚深憂，有詩云：

> 大同宣府羽書同，莫道居庸設險功。安得昔時白馬將，橫行早破黑山戎。書生誤國空談裏，祿食驚心旅病中。女直外連憂不細，急將兵馬備遼東。（李夢陽〈秋懷〉八之六，《空同集》卷29，七言律）

呼籲朝廷應急備兵馬以加強遼東的防守。正德年間被謫戍邊瀋陽的程啟充也有詩云：

> 黑龍江上水雲腥，女真連兵下大寧。五國城頭秋月白，至今哀怨海東青。（程啟充〈塞下曲〉，〔清〕朱彝尊《明詩綜》卷38）

7　《李朝世祖實錄》（東京都：學習院東洋文化研究所，昭和三十二年，1957年），卷31乙巳條，頁546。

8　《明代宗實錄》，卷192癸丑條。

9　《明代宗實錄》，卷193癸未條。

洪武二十年（1387）設置大寧都司，治所在大寧衛（今內蒙古自治區寧城縣西），管轄今河北省長城以北，內蒙古自治區西拉木倫河以南等地。詩人指出女真兵臨大寧，令諸邦不寧、人民哀怨。

　　雖然女真的寇邊規模與日俱增，但此時期的相關詩作仍不多（僅四首），追逐出擊女真的戰爭場面也未見具體描繪，顯示明朝對於東北邊患仍未真正感到威脅，尤其是正德時期，對於女真的問題有了較好的處理，[10]例如，正德時巡撫遼東的李承勛（1471-1530）有詩云：

> 融融春色課鋤犁，絕塞孤危強自支。獨喜連城同復旦，正逢明主中興時。澤消磧雪鴻初集，簾動微風燕不知。忽報呼韓來納款，人心原不隔華夷。（李承勛〈開原郊外〉，〔明〕畢恭《（嘉靖）遼東志》卷7〈藝文志〉）

詩中具體描寫出開原郊外女真納款、接受明朝招撫的和平景象，「融融春色」、「獨喜連城同復旦」、「正逢明主中興時」，在在皆透顯喜悅之情。

（三）嘉靖（1522）～崇禎（1644）
——剿殺為主，搗剿大規模犯邊殺邊官之女真聚居地

　　嘉靖以後，由於明朝對女真的羈縻政策在決策上與實施上都有極大的問題，以致「遼東邊事」成為九邊首要之務，群臣紛紛上疏條陳己見，例如：「然以海西建州女真諸夷往往桀驁難制。成化以來議當

---

10 例如，正德十一年九月，「海西、福餘衛虜酋那孩率三千人款塞乞賞，且言欲由開原入貢」，很明顯是一種威脅，但武宗皇帝則：一方面加強武力以備與女真兵戎相見，「宜令貫（明邊官）等將擎回游兵，隨宜督發，協同防守」；另一方面「如虜釋甲入市，照例賞犒，仍攝之以威，喻令各修世貢」。見《明武宗實錄》，卷141丁酉條。

剿者恆以姑息縱賊為害；論當撫者又以貪功啟釁」；又如：「雖夷性叵
測，而羈之以術，結之以義，啗之以利，可使如我繯鏃，無窺庭之
虞。」[11]同時，嘉靖年間女真社會因為內部競爭越來越激烈而推動了
軍事同盟的發展，進入了城邦時期，使各個軍事集團更有戰鬥力、競
爭力，其中以海西衛中的塔山前衛與塔魯木齊最有代表性；而明朝以
夷治夷的政策使得塔山前衛的勢力達到巔峰，其首領王台儼然居於各
部女真首領之上，連建州大首領們王杲、王兀堂等都被招致麾下。[12]
萬曆初年，王杲為報明邊官殺父之仇，糾合各部多次犯邊、殺邊官，
明朝遼東總兵李成梁兩次大舉發兵搗剿王杲城寨；萬曆十一年又搗毀
其子阿台的城寨，斬殺阿台。萬曆末年（1618），更有後金努爾哈赤
進攻明朝之舉，明朝調動了十二萬大軍發動大規模戰役，企圖殲滅後
金，結果卻大敗於薩爾滸大營。

　　從嘉靖以後，明朝對待犯邊的女真，多採取上述大規模剿搗其巢
穴的方式，結果有勝有負；在詩歌中，亦有為數不少的作品反映了這
些史實。[13]詩人們承繼杜甫、文天祥以來「以詩存史」[14]的方式記錄
這些戰事，如：

　　　　北門三衛近遼陽，制府臨邊寶劍光。奏凱乘春歌吹入，漢家新

11　林希元：〈遼東兵變疏〉，收於〔明〕陳子龍、徐孚遠等選輯：《皇明經世文編》，卷
　　164，「中國哲學書電子化計劃」電子資料庫。

12　詳參王冬芳、李明明：《女真——滿族建國研究》，頁196-202、498。

13　筆者觀察的一〇五首詩中，此時期相關詩作有九成之多；而有高達六成的詩作（63
　　首）具體記錄嘉靖到萬曆女真犯邊的史事。

14　〔南宋〕文天祥《集杜詩》〈自序〉：「昔人評杜詩為詩史，蓋其以詠歌之辭，寓紀
　　載之實。而抑揚褒貶之意，燦然於其中，雖謂之史可也。予所集杜詩，自余顛沛以
　　來，世變人事，概見於此矣。是非有意於為詩者也，後之良史，尚庶幾有考焉。」
　　見《文文山全集》（臺北市：世界書局，1956年），頁397。

縛左賢王。（歐大任〈總制薊遼梁公破胡鐃歌四首〉其四，《西署集》卷8）

記錄了萬曆年間薊遼總督梁夢龍擒縛女真首領的捷報。又如：

> 聖明御寶曆，文德綏至平。琛貢款名王，四塞烟何消。桓桓如虎將，列鎮雄干城。東酋犯遼陽，漢家出天兵。邊弓引秋月，寶劍動流星。元行卷霜甲，三戰殲其鯨。□條大漠靜，絕幕無留行。壯猷報皇武，捷書上明庭。天子開鎬宴，六月歌聲平。永惟廟謀勝，海波長不驚。（朱長春〈喜遼師討建夷大捷應制館試〉，《朱太復文集》）

除了敘述明朝出兵直搗建夷獲得大捷的結果外，對於戰況也有一些具體的描寫。更有直接以「遼事」為題的組詩，運用「以地繫事」的方法對戰爭的過程作詳盡的書寫，如：

> 關西老將勇如彪，破虜何須幄裏籌。三萬齊驅探虎穴，可憐流血作丹丘。
> 渾河壅水學囊沙，此事沉吟實可嗟。大將投鞭何處渡，三軍猶得半還家。聞我師一半未渡王宣死於河軍得免者萬五千人
> 曾聞李廣殺無辜，絕域到身為失途。今日將軍同此恨，天誅畢竟付狂奴。杜趙二將昔皆以殺欵虜邀功被劾
> 代帥今非馬服君，愁看虜騎陣如雲。前軍失利身先退，慼踏萬人肢體分。馬林蔚州人聞麻岩兵敗即奔回士馬自相蹂踐身死
> 拋卻軍儲事遠征，戶曹本是一書生。將軍不死監軍死，三尺酬恩七尺輕。潘宗顏督餉未幾即改兵備督陣墜馬死

英雄舊說豫章劉，少婦從戎亦鎧鍪。賊首猶能戕賊將，為君死
敵又何求。傳聞此戰殺一酋長幾入其巢劉之功也

江北江南士氣雄，嫖姚年少在軍中。重圍已陷猶酣戰，集矢還
開五石弓。南京領兵都司姚國輔鳳陽人也素驍勇能四弓齊開同祖天定
劉招孫等萬餘人俱戰死

高麗自古是箕封，奏遣將軍萬眾從。每誦木瓜知報德，損師猶
可教臣共。

四路興師一路雷，戈矛不與子同仇。將軍原自屯內地，幾誤追
鋒出建州。

建旗鳴鼓化為燐，盡是前鋒逆戰臣。義士身沒魂不沒，人如可
贖百其身。偏將作前鋒死者數十人如麻岩輩是也若千把總則無數矣
（黃克纘〈遼陽紀事後十首〉，《數馬集》）

詩人以十首七絕組成的組詩，再輔以各詩末的自注文字，具體道出薩
爾滸之役明軍搗殺後金失利的始末與明朝犧牲將領的姓名，在敘事中
隱含對戰士英勇犧牲的詠嘆。類似的組詩頗多，如：沈一貫〈遼東破
虜歌七首〉、趙南星〈遼事〉二首、蔡獻臣〈哀遼陽十絕〉、鄧雲霄〈和
黃士明太史遼左聞報六首〉、林熙春〈入虜聞奴陷遼陽〉五首、徐火
勃〈聞遼事四首〉、陳子龍〈遼事雜詩〉八首等，有待進一步深究。

三　文學的角度
——「泛—具」結構（敘事—抒情或議論）

「詩的意義不僅在於具有史的內容，而同時因為它們負載著詩人

內心激蕩的不平與仇恨」[15]，是以將客觀現實的真實描寫與詩人主觀思想感情作緊密結合（「敘事—抒情議論」），遂成為此類戰爭詩的基本結構；而此結構，即陳師滿銘所提出之「泛—具」結構，有云：「詞章是用以表情達意的，通常為了要加強表情達意的效果，以觸生更大的感染力或說服力，則非借助於具體的情事、景物或特殊的狀況不可。而專事描述具體的情事、景物或特殊狀況的，我們特稱為具寫法；至於泛泛地敘寫抽象情意或一般狀況的，則稱作泛寫法」[16]。據此，上述明代抗女真陸戰詩可依「事」（「具」）與「思想或情感」（「泛」）側重的不同，再細分為下列三種「泛—具」結構型態：

（一）「全具」結構：具體敘事，情感或議論隱藏其中

這類詩歌大多是較完整而具體地敘寫客觀的戰事，而作者主觀的情感或議論則隱藏於字裏行間，成為詩歌的底蘊及內在，在三類型中最為含蓄蘊藉，情志的張力也最大；多為組詩或古體的形式，作品數量比例在三類型中最高，接近六成之多，可能與明朝多凱歌有關，詩人們多藉以歌詠將領或推崇英雄。組詩如：

> 錦袍繡裌賜蕃州，驕虜名王悉漢侯。小醜自干天子劒，諸軍競飲月氏頭。
> 伐鼓撾金劍有霜，移師聲罪發遼陽。洗兵鐵嶺江流赤，飲馬蒲河落日黃。

---

15 魏中林：〈鴉片戰爭詩歌藝術風貌的整體性嬗變〉，收錄於《清代詩學與中國文化》（成都市：巴蜀書社，2000年），頁98。

16 陳滿銘：〈談詞章的兩種作法——泛寫與具寫〉，收入氏著：《章法學新裁》（臺北市：萬卷樓圖書公司，2001年），頁205。

都護親搴太白旗，建州轉戰勢尤危。一宵寶劍洿腥血，千里金山入凱詞。

誰道秋高胡馬肥，一呼辟易走重圍。營州老將如霜鶻，飛度陰山攫虜歸。

矢石先登靺鞨城，火星高照虎皮營。饑鳶爭下陰風急，日暮啁啁哭鬼聲。

露布星飛夜百巡，甘泉宮外月如銀。賈胡落盡貂裘價，暗泣西風白毲巾。

諸將紛紛盡策勳，主恩先拜霍將軍。詔書催賜長安第，未滅匈奴不敢聞。（沈一貫〈遼東破虜歌七首〉，《喙鳴詩文集》）

沈一貫（1531-1617），是明朝萬曆年間的內閣首輔，曾於萬曆二十九年（1601）力薦李成梁復起再鎮遼東。此詩詳細地敘述了明朝將士出師鐵嶺的戰況及奏凱榮歸策勳的始末。詩人雖未於詩中發聲，但從我方「洗兵鐵嶺江流赤」、「飲馬蒲河落日黃」、「一宵寶劍洿腥血」、「千里金山入凱詞」、「一呼辟易走重圍」等等克敵致勝的戰爭場景的刻劃，再加上色彩詞、數字詞的適時崁入，生動而流暢地展現出明快的節奏，也流洩出作者隱含的得意與愉快之情。古體如：

旄頭星滅黃龍府，殘裔尚孳女真部。建酋蟠結窺遼東，垂涎駐牧北關土。某家父子立奇勳，玉騎如風掃虜雲。疆開寬甸八百里，虜中號作飛將軍。飛將軍，百戰銳，年少身輕膽氣雄，家世生長鐵嶺衛。年年搗穴襲龍沙，黑夜斫胡如斫瓜。陳湯射中單于鼻，吐蕃金鑄渾瑊枷。海西寒月暗袴褶，虎窟龍潭探弋入。只圖頡利醉陰山，不料匈奴匿馬邑。四圍伏發如山堆，谿子中黃射未開。任福軍中鵞忽起，楊業戰處援不來。胡來漸多

勢漸絀，零騎家丁纔六七。士奮空拳轉鬪酣，矢集團花嗔目
叱。沙場裹骨馬革歸，尚留姓字怖兒啼。高樓墮腐滅虞氏，等
死猶勝屬鏤刲。廣不封矦陵降虜，若箇聲名慚隴西。（鄭以偉
〈某將軍〉，《靈山藏‧笨菴吟》卷6）

鄭以偉（1570-1633），萬曆二十九年進士，崇禎五年，升任禮部尚
書。此詩全面性地描寫鐵嶺衛出身的飛將軍某父子守北關的忠義、年
年擣虜穴的功績、驍勇善戰的奇勛、胡多勢絀的犧牲。尤其是「黑夜
斫胡如斫瓜」、「虎窟龍潭探弋入」、「不料匈奴匿馬邑。四圍伏發如山
堆，谿子中黃射未開。任福軍中鶜忽起，楊業戰處援不來」、「胡來漸
多勢漸絀，零騎家丁纔六七。士奮空拳轉鬪酣，矢集團花嗔目叱」等
勇斫女真、深入虎穴、遭遇埋伏竟援軍不來、敵眾我寡仍酣鬥不懼的
畫面勾勒，在高潮起伏、淋漓盡致的具體書寫中，透顯出詩人對主人
翁的推崇與歆羨之情，十分含蓄蘊藉。

（二）「主具」結構
——敘事為主，情感或議論點化其中（多卒章顯志）

此類型詩歌以大部分篇幅敘事，敘事中再點化以抒情或議論，或
是「卒章顯志」，又以後者最為常見。體製上與前一類型同，亦多為
組詩或古體的形式，作品數量在三類型中占第二，約有三成七的比
例，比較集中在對某些重要戰事的描述、反省與檢討。組詩如：

聞道遼民半己髡，奴酋間入小西門。招降失箅何嗟及，十萬義
軍幾個存。
賜劍翻疑作杜郵，空傳徐土撫民流。監軍何意艱關出，欲把河
西與虎酋。經署袁應泰監軍道高出袁死高逮

沁水臺烏逈出群，古今罵賊兩張聞。世功戰死賢降死，閫外何
人是冠軍。<small>巡按張銓罵賊死總兵尤世功戰死副總兵賀世賢降賊死</small>

何也闔門泥井底，崔乎捐命闇司堂。雖然不補危城破，千載丹
青亦自香。<small>遼陽道何廷魁開原道崔儒秀</small>

頻年加賦為三韓，陸輓海輸民力殘。川浙健兵一戰盡，紛紛夷
馬繞河干。

年年朝貢館王畿，賜宴大官御府衣。狼子野心終吻血，賊臣降
虜助張威。<small>遊擊李永芳撫順降夷用</small>

傷心雄鎮欵關路，化作奴兒住牧場。銓笭繽紛煩啟事，誰人堪
許奏于襄。

潰兵爭入海山關，虜騎夜過三汊灣。經月出車煩廟筭，行邊司
馬尚畿寰。<small>兵侍張經世</small>

瀋陽軍破破遼陽，旅順可將一葦航。謹備樓船教水戰，奴兒原
不慣風檣。

五夜旗星掛東隅，建夷氛應慘扵胡。懸知厭亂天終定，先殄關
酋今殄奴。<small>戊午秋蚩尤旗見東方</small>（蔡獻臣〈哀遼陽十絕〉，《清白
堂稿》）

蔡獻臣，明神宗萬曆十六年（1588）舉人，次年中進士，官至湖廣按
察使、浙江提學。此七言組詩以記錄熹宗天啟元年（1621）努爾哈赤
陷遼陽之戰事為主（前八首），第一首為總說，因經略袁應泰策略錯
誤以致十萬義軍幾乎被後金殲滅；接下來第二至四首具體標舉出明軍
犧牲者名單與死因，第五首凸顯百姓飽受加賦、徵兵的苦痛，第六首
揭發賊臣李永芳降夷的醜狀，第七、八首記述關破虜入的過程。上述
幾個重要場景的層層特寫，一步步地推送出作者的議論與情感：第九
首提出應教水戰之策，因為女真人「不慣風檣」；第十首表達殺酋奴

的祈願；這些議論與祈願，是由「敘事逐步加快節奏，一直昇華到不吐不快的激越程度」，「敘事過程就是情感鬱結蒸發過程，事竟而情顯」，因此，這情志的內容，彷彿敘事的「晶體」[17]，格外引人注目，也格外珍貴。古體如：

> 蠢茲氏裔醜，旄頭肆妖芒。殊林警邊戍，遼左達未央。赫赫肅
> 震怒，冊府建旄常。龍詔下虎幄，虎旅奮龍驤。號刀排赤羽，
> 戈鋌羅素裳。豈伊石門險，席卷無喜昌。肆朝靖五嶺，露布奏
> 倉琅。天空摧太白，執訊告于襄。我皇秉明德，守詎在四疆。
> 玄照偏丹堧，仁威騷遐荒。穆穆運元化，解辮悉來王。憶昔皇
> 祖訓，西北備毋忘。外寧與內憂，階下即殊方。願言警宸慮，
> 萬禩戒垂堂。（郭正域〈喜遼師討建夷大捷　考館廷試〉，《合
> 併黃離草》）

郭正域（1554-1612），任翰林院編修。詩中依時間順序從建夷犯邊、明天子下詔征討、征討戰況、獲得大捷、女真解辮來王等逐一敘事，最後再點出己志：建議勿輕忽邊防的守備，西北亦然。卒章顯志，特別醒目。

（三）「主泛」結構
——情感或議論為主，事件僅概括性提及

此類詩歌，以情感或議論為主，事所占的篇幅不多，亦未具體敘述戰爭事件，僅在詩中概括性提及。體製上多屬律詩等短篇的形式，這類即事抒情之作數量比例在三類型中最低，僅不及一成，可能是因篇幅的局限，不適於戰爭詳細的敘事。五律如：

---

17 以上三條引用資料皆見魏中林：〈鴉片戰爭詩歌藝術風貌的整體性嬗變〉，頁100。

近得遼陽信，孤懸事可虞。往時誤深入，此日恐長驅。推轂公
卿議，封椿百萬輸。吾王今聖武，早晚或擒胡。（張瑞圖〈聞
建夷再犯遼左〉，《白毫菴》）

張瑞圖（1570-1644），天啟六年（1626）官至禮部尚書兼東閣大學
士，崇禎初年，魏忠賢伏誅，為言官所劾，乞休去。從嘉靖以來，女
真寇邊之繁已是人盡皆知之事，因此，此詩不在建夷犯遼戰事上作詳
細著墨，而是重在聞警之後內心對女真將長驅直入的擔心，以及對擒
夷的深切期望。七律如：

羽書遙自薊門馳，關塞蕭蕭動鼓鼙。血戰已聞膏草莽，神謀何
日復城池。
女真禍宋須張浚，回紇危唐急子儀。自古中興憑將畧，草茅不
乏帝王師。（張嗣綱〈遼報再陷開原〉，《戈餘詩草》）

張嗣綱，明神宗萬曆十六年（1588）、二十二年（1594）、二十五年
（1597）連中三榜武魁，按例，官拜新安南頭參將，年八十有五而
卒。此詩因作者聞開原再陷之報而作，重點在表達聞報當時心急如焚
的心情與對神謀將略能中興明朝的期待，「已聞」、「何日」、「須」、
「急」、「憑」等字眼生動地傳達了詩人這份焦急與企盼；而「羽
書」、「薊門」、「關塞」、「鼓鼙」、「血戰」、「城池」、「張浚」、「子儀」
等與戰爭相關的詞彙僅概括性地穿插於詩中各句間，並未作連貫性的
陳述與具體的描繪，可見作者的重點不在敘事存史，而在即事抒情，
噴發內在那股由該戰事而激發的情懷。

四　結語

　　本文針對由數位資料庫選取的明代抗女真相關詩作一〇五首，從史學角度，採以史證詩的方法進行研究，初步觀察出詩中反映明朝對待女真的現實大致為：洪武至宣德年間，以招撫為主，僅小股出擊寇邊的女真人，詩作約僅四首。正統至正德年間，剿撫並用，追逐成規模進犯的女真人，詩作亦僅約四首。嘉靖至崇禎年間，以剿殺為主，搗剿大規模犯邊殺邊官的女真聚居地，詩作數量最多，占了九成以上的比例，反映了嘉靖以來，女真寇邊的頻繁與威脅的日趨嚴重等具體現況；且詩人多採用「以詩存史」的方式客觀敘寫戰事，還運用「以地繫事」的方法、組詩的形式對戰爭過程詳加描寫，達到極佳的敘事效果。

　　另外，本文還從文學角度，運用「泛具」之章法結構，採歸納、分析法，將相關詩作的結構依事與情志之側重不同而區分為三種「泛具」結構型態：其一，「全具」結構，具體敘事，情感或議論隱藏其中：能較完整而具體地敘寫客觀的戰事，而作者主觀的情感或議論則隱藏於字裏行間，成為詩歌的底蘊及內在，在三類型中作品數量比例最高，可能與明朝多凱歌有關，詩人們多藉以歌詠將領或推崇英雄；最為含蓄蘊藉，情志的張力也最大；多為組詩或古體的形式。其二，「主具」結構，敘事為主，情感或議論點化其中（多卒章顯志）：以大部分篇幅敘事，敘事中再點化以抒情或議論，或是「卒章顯志」，又以後者最為常見；敘事過程就是情感鬱結蒸發過程，事竟而情顯，能使情志得到最大的注意；在三類型中作品數量比例第二，體製上亦多為組詩或古體的形式。其三，「主泛」結構，情感或議論為主，事件僅概括性提及：事所占的篇幅不多，亦未具體敘述，僅在詩中概括性提及；能在即事抒情中，噴發內在那股由事而激發的情懷；體製上多屬

律詩等短篇的形式，作品數量比例最低，較不適於戰爭的詳細敘事。

　　與明代「抗倭」詩相比，明代「抗女真」詩的凱歌比例少了很多，由此可見出明代最大的威脅實在於「女真」，事實上，明代亦亡於女真人之手，但這跟抗倭使明元氣大傷有關亦有著密切關聯。我們從明詩的戰事書寫中，具體看出：南倭與北虜，的確是明代國事經理上最棘手的課題。

南明抗清海戰詩敘事探論

一 前言

　　南倭與北虜，是明代在海洋經理上最棘手的課題，也由於倭寇、女真的威脅與侵擾，明朝的海疆總是烽煙瀰漫、戰火不斷。對於這些海戰的我方與他者、時間與地點、過程與結果、規模與武器等的記憶敘述，以及戰前戰後的情意抒發、經理海洋與對治他者的反省批判，在明詩中皆有不同程度的書寫與反映；不僅具有補史料之闕的史學價值，也表現了明人的獨特思想面貌、開拓了詩歌的新境界，而具有思想、文學的價值。

　　同時，由於明代海戰詩的作者組成不同（有將領、幕僚文士、在野文人等），因而詩中所採取的敘事視角與內容遂各有所偏重、各有其特色，值得作系統而完整的觀察與研究；可惜學界一直未見以此為主題的系統研究，因此，筆者近二年即以此為主要研究課題，並於去年完成明詩「抗倭」海戰敘事的研究，以〈明代抗倭海戰詩敘事析論〉為題發表期刊論文，[1]分別從「戰士視角」、「百姓視角」觀察其敘事特徵，以及詩人對海洋經理的情感或思想。今欲接續此一課題，以明詩「抗女真」海戰敘事為研究主題，從數位資料庫，以女真、海戰相關的關鍵詞對明代詩歌的詩題與詩句進行檢索，再就檢索所得予以仔細判讀，篩選出較具代表的詩作進行分析，亦分別從「戰士視

1　顏智英：〈明代抗倭海戰詩敘事析論〉，《海洋文化學刊》第21期（2016年12月），頁39-86。

角」、「百姓視角」觀察其敘事特徵,以及詩人對海洋經理的情感或思
想。同時,進一步與抗倭詩比較,期能見出其敘事、情志與海洋經理
的異同之處,完成藉數位方法對明代海戰詩的系統研究。

二 戰士視角──南明義師的愛國鬥志

(一)海戰過程實錄──主動出擊,先盛後衰

　　由於戰爭他者的不同,明詩中的抗女真海戰是主動出擊之戰,與
被動的抗倭海戰相較,雖戰事範圍較小(多集中東南閩浙沿海,抗倭
戰則由東北至東南沿海皆有)、軍隊來源較少(僅仗義之師,抗倭戰
則有編制內的兵士及從各地徵調的民兵),但由於南明義師更熟悉舟
船水戰,所用的武器更見新意,除了抗倭戰中常見的刀劍、弓矢、戈
矛、砲、火箭等之外,還有前者未見的火毬[2]、火輪、鐵鎖[3]、燧象[4]、
連發的巨砲[5]等,因此,較抗倭戰更具殺傷力;同樣地,所運用的作
戰方式,也在抗倭沿海戰的基礎上,另發展出海島作戰的獨特方式,
如:海島孤城的騎兵戰、雲梯登城戰、巷間戈戰等,[6]以及由海入江

2　〔明〕張煌言〈翁洲行〉:「一夜輕帆落奔電。」(《張蒼水詩文集》,南投縣:臺灣省
　　文獻委員會,1994年,頁82。)

3　〔明〕張煌言〈師次燕子磯〉:「夾岸火輪排疊陣,中流鐵鎖鬥重圍。」(《張蒼水詩
　　文集》,頁111)

4　〔明〕張煌言〈和定西侯張侯服留題金山原韻六首〉其二:「燧象橫驅賁竹新」。(《張
　　蒼水詩文集》,頁108)

5　〔明〕盧若騰〈嘆羊山〉:「神機巨炮相續發,霹靂萬聲四塞霧。」(李怡來編:《留庵
　　詩文集》卷上,〈詩集・七言古〉,金門縣:金門縣文獻委員會,1969年,頁30-31)

6　張煌言〈翁洲行〉:「東風偏與胡兒便,一夜輕帆落奔電;南軍鼓死將軍擒,從此兩
　　軍罷水戰。孤城聞警蚤登陴,萬騎壓城城欲夷;砲聲如雷矢如雨,城頭甲士早瘡痍。
　　雲梯百道凌霄起,四顧援師無螻蟻;裏瘡奮呼外宅兒,誓死痛哭良家子。斯時弟子
　　在行間,吳淞渡口凱歌還;誰知勝敗無常勢,明朝聞已破巖關。又聞巷戰戈旋倒,
　　闔城草草塗肝腦。」(《張蒼水詩文集》,頁82)

的水犀飛渡、海上遊擊戰、[7]突破夾岸火砲陣、衝破水流層層鐵鎖線等多元戰法。如此作戰條件，反清復明仍是可以期待的。

　　就敘事方式言，明詩中的抗女真海戰敘事，與抗倭海戰詩一樣，皆承杜甫、文天祥以詩存史的精神，以實錄方式記載海戰過程。但是，抗倭詩詩題多以「人」為主[8]，側重人物形象或遭遇的描繪；而抗女真詩則多以地名為主，表現出以「地」繫事的敘事特徵，以強調戰場的方式，深化戰爭事件的記憶，鑴刻由戰事生發的情感深度。[9]例如張煌言（1620-1664）的相關詩題：

海戰名稱	詩題
漳州之役	〈我師圍漳郡，余過覘之，賦以志慨〉
首度由海入江	〈和定西侯張侯服留題金山原韻六首〉
	〈同定西侯登金山，以上游師未至，遂左次崇明二首〉
二度由海入江	〈舟次圌山、再入長江〉
三度由海入江	〈師次燕子磯〉
初次聯鄭北征	〈王師北發，草檄有感二首〉
二次聯鄭北征	〈會師東甌漫成〉
	〈師次觀音門〉
	〈師次蕪湖，時余所遣前軍已受降〉
	〈師入太平府〉

7　〔明〕張煌言〈和定西侯張侯服留題金山原韻六首〉其二：「水犀飛渡扶桑遠」，〈再入長江〉：「江聲萬古似聞鼙，天際依然渡水犀。」（《張蒼水詩文集》，頁108、109）

8　如：徐有貞〈賀廣寧伯劉公安襲封分韻得英字〉、湛若水〈送黑翠峯參戎赴留都不覺發江湖廊廟之悃〉、朱日藩〈松陵楊明府殲倭卷〉、莫如忠〈少林僧月空嘗以剿倭有功松郡追賦之〉、莫如忠〈贈總督平倭一首〉、胡應麟〈萬伯修中丞東巡歌十首〉、張鳳翼〈太守林公以西山之捷蒙金帛之錫〉等等。

9　參張柏恩：〈時代苦難──論甲午戰爭詩〉，《靜宜中文學報》第5期（2014年6月），頁151。

海戰名稱	詩題
二次聯鄭北征	〈姑熟既下，和州、無為州及高淳、溧水、溧陽、建平、盧江、舒城、含山、巢縣諸邑相繼來歸〉
	〈驛書至，偏師已復池州府〉
	〈師入寧國，時徽郡來降，留都尚未克復〉

若將上述詩題中的「地點＋敘事」依時間順序組合起來，即成一部具體的南明時期東南地區抗清海戰歷史的系統性紀錄，也在收復地名的高密度呈現中透顯出詩人對於戰事順利的高昂情緒。又如盧若騰（1600-1664）的相關詩題：〈嘆羊山〉、〈金陵城〉等，則不僅記載了鄭成功北伐過程中的羊山之厄與南京之敗，也特別強調了羊山、金陵二地，是使整個抗清戰鬥由盛轉衰的關鍵性戰場，令作者不勝歔歟。

就敘事內容言，南明對抗女真的戰事，本來進行得頗為順利，尤其是張煌言所領導的戰役，他於明福王弘光元年（1645，年二十六）加入浙東反清行列，翌年浙東失陷、護持魯監國至海上（舟山）建立抗清基地；明桂王永曆五年（1651）舟山失守、與張名振護魯王依附鄭成功，翌年，與張名振麾軍入長江，登金山、望祭孝陵；永曆八年（1654）三入長江，並會同鄭成功軍隊攻克京口；永曆十三年（1659）再次聯鄭北征長江，克鎮江、逼南京，取下徽州、寧國、太平、池州四府，當塗、蕪湖、貴池、銅陵等二十四縣。這一路勢如破竹的戰爭歷程，於張煌言詩中有具體的書寫，由上表所列詩題即可見其梗概。茲舉其中一例：

橫江樓櫓自雄飛，霜伏雲麾盡國威。夾岸火輪排疊陣，中流鐵鎖鬥重圍。戰餘落日鮫人窟，春到長風燕子磯。指點興亡倍感

慨，當年此地是王畿！（張煌言〈師次燕子磯〉）[10]

燕子磯位於南京城東北郊外直瀆山上，是長江的重要渡口與南京主要
的屏障。由於煌言能親上戰場，又征戰海上長達十九年，是以對於海
戰場面的描繪十分豐富多樣而生動逼真，此詩即以示現法生動地刻劃
出明軍駕樓船自海橫江而渡的雄威，以及突破清人夾岸火砲陣與水流
層層鐵鎖等嚴密防線的英勇；詩末更以己身佇立燕子磯上遙望、指點
南京王畿的形象，書寫內心戰勝女真的喜悅與恢復明室的期盼。

可惜，這樣的勝利並未一直持續下去，由於鄭成功不聽從煌言據
鎮江以斷清南援之軍，使南京坐困之計，再加上攻南京時又輕敵縱
酒，終為清軍所敗，退回廈門，移師東取臺灣。這些鄭成功與清軍交
戰的戰爭歷程，盧若騰詩中有具體記載，如：

> 金陵城，秦漢以來幾戰爭。戰勝攻取有難易，未聞不假十萬
> 兵。閩南義旅今最勁，連年破虜無堅營。貔貅三萬絕鯨海，直
> 沂大江不留行。瓜步丹徒麈戰下，江南列郡並震驚。龍盤虎踞
> 古都會，佇看開門夾道迎。一朝胡騎如雲合，百戰雄師塗地
> 傾。金陵城，城下未歇酣歌聲，蘆葦叢中亂尸橫。咫尺孝陵無
> 人拜，人意參差天意更。單咎不能知彼己，猶是常談老書生。
> （盧若騰〈金陵城〉）[11]

永曆十三年（1659）鄭成功會同張煌言率師北伐，煌言軍隊已深入長
江，且使大江南北郡邑（四府、三州、二十四縣）紛紛歸附；眼看古

---

10 〔明〕張煌言：《張蒼水詩文集》，頁111。
11 〔明〕盧若騰：《留庵詩文集》卷上，〈詩集·七言古〉，頁31。

都南京恢復在望，卻因鄭成功過於輕敵、縱酒弛備，以致功虧一簣[12]，勝利之喜只如曇花一現而已。

對比於抗倭戰爭的最終勝利，南明義師的抗女真戰事乃由先前的捷報連連，終而轉為出師不利、功敗垂成。南明諸王朝，最後難免於步上逐一滅亡的道路。

（二）海戰人物特寫——舟師群相

由於抗倭戰事多捷報，因此明代抗倭詩中歌詠勇猛、富謀略、建事功等海戰英雄的作品，遠多於對忠貞死節的悲劇英雄的刻劃與謳歌。至於抗女真戰事，則有勝有負，是以謳歌具戰功與勇氣的海戰英雄者，以及哀悼殉國義士者皆有相當的分量。

其實，明代抗女真海戰詩的人物書寫最大的特色，並不在上述將士個別的殊相書寫，而在於對整體南明舟師忙碌、膽雄等共相的描繪與塑造。如：

> 逄逄伐鼓將軍歸，帆織滄波島嶼飛。鳴驪千騎入華堂，杲日炎炎炙劍光。三朝少婦飄翠纕，含羞不識若有望。……明朝又逐樓船去，恰似當年雀渡時。（徐孚遠〈樓船行〉）[13]

藉由一位無名將軍與家人聚少離多的情況，來反映整體水師皆忙於國事、無法返鄉的共相：新婚少婦因良人少歸而不識其容貌，好不容易歸來，隔天一早卻又要揚帆離去。統帥都已如此，更何況是兵士們呢？又如：

12　〔明〕張煌言：〈北征得失紀略〉，《張蒼水詩文集》，頁1-4。
13　〔明〕徐孚遠：《釣璜堂存稿》（國家圖書館藏1926姚光懷舊廎刊本），卷5，頁36。

樓船繹絡赴江東，蒼兕連呼膽氣雄。往往欲來洗甲雨，時時故
作折艣風。（徐孚遠〈季冬朔日取道北發〉）[14]

元戎橫槊向江東，盡日淒淒滿朔風。巒谷糾紛山霧合，牙璋舒
卷暮雲同。嚴更漏轉悲王粲，襆被冬寒歎樂崧。未暇長吟思猛
士，幾回搴幔對飛蓬。（徐孚遠〈風號連日夕〉之一）

滔滔白浪且連天，竟日扁舟只睡眠；強弩射潮驅水怪，素車拍
岸揖江仙。幾回秋士思芳草，不盡孤臣泣杜鵑。土宇分崩今到
此，何人先著豫州鞭？（徐孚遠〈風號連日夕〉之二）[15]

詩人徐孚遠（1600-1665）以其親身的經驗與觀察，刻意著筆的是水
師們奮勇赴江東抗敵的膽氣雄風，以及航海途中須面對狂風暴雨巨濤
等挑戰的堅定意志，還有不得不飽受思鄉煎熬的苦楚心緒。

這些對舟師共相的特寫，反映出抗女真戰鬥中水師扮演著極重要
的角色，也透顯出南明義師長年在海上作戰的備極辛苦。徐孚遠的詩
對於兩軍交鋒的情況較少書寫，較多的是對南明義軍舟師冒險浮海、
矢志復明等英雄群像的形塑與謳歌。

（三）戰前書寫──鬥志昂揚

由於抗倭戰爭的他者多來自海外的倭寇，因此，戰前書寫最多的
是聞海上倭警的憂慮；又因抗倭的發動多來自中央朝廷的被動抵抗，
因此亦有不少關於徵兵、閱兵等辛勞的書寫。至於抗女真戰事則不
然，由於戰爭的他者為入主中原的女真人，非來自海外，發動者又是
想主動恢收復政權的南明義師，因此，戰前書寫的重點不在海上聞警
的憂心，反倒是義軍們昂揚的鬥志與浩浩的軍威，如：

14　〔明〕徐孚遠：《釣璜堂存稿》，卷12，頁1。
15　〔明〕徐孚遠：《釣璜堂存稿》，卷12，頁2。

十萬艨艟偃翠微，風雷黃石問兵機。月寒壁壘侵金柝，風入旌旗動鐵衣。自愧青藜陪客座，幸從細柳識軍威。轅門鼓角寒宵醉，帳下南塘夜獵歸。

星郎自愧早彈冠，天策從來貴築壇。娘子軍中春色醉，將軍樹裏月光寒。遲遲畫舫垂綃幕，款款行廚洗玉盤。我已破家酬大鎮，相逢斜拂劍霜看。（夏完淳〈軍宴二首〉）[16]

借問諸雄帥，何時肯放舟？梟音終不息，鼠穴可常留；一旅興王待，千山爽氣浮；仲冬風物好，鼓枻且消憂。（徐孚遠〈泊舟〉）[17]

元戎實抱澄清志，擊楫中流莫更紆。（徐孚遠〈諸公待水師發〉）[18]

期門取次出貔貅，首路軍聲胡騎愁。（張煌言〈王師北發，草檄有感二首〉其二）[19]

樓船出閩越，軍聲正及鋒。（張煌言〈述懷〉二首其一）[20]

前二首乃夏完淳（1631-1647）入吳易軍後所作，他恪遵父親遺命，盡以家財餉軍，為國效命；詩中以壁壘金柝、旌旗鐵衣，展現浩浩軍威，期待「十萬艨艟」能夠興復大明。三、四首則表現出徐孚遠對將帥能率部揚帆北討、興復明室的殷殷期盼與戰勝自信。末二首張煌言也強調了鄭魯聯軍初次北征時王師出發前的壯盛軍威，充滿了滅寇敗敵的自信與昂揚的鬥志，並展現出南明舟師為恢復明室而不畏犧牲、堅韌不拔的愛國精神，令人動容。

---

16 〔明〕夏完淳：《夏內史集》（北京市：中華書局，1985年），頁53。
17 〔明〕徐孚遠：《釣璜堂存稿》，卷8，頁10。
18 〔明〕徐孚遠：《釣璜堂存稿》，卷12，頁8。
19 〔明〕張煌言：《張蒼水詩文集》，頁130。
20 〔明〕張煌言：《張蒼水詩文集》，頁131。

（四）戰後書寫
——戰敗悲歌，開放的海洋經理思維與國際觀

明代抗倭詩歌中的戰後書寫，多表現出戰勝的喜悅，以及少數對禦倭之道的反省（官員怯懦無能、招撫政策不當）與建議（戰略、戰務、戰將兵卒、戰術等）[21]。南明抗女真詩則正好相反，大部分發為戰敗的悲歌，如張煌言詩：

> 又聞巷戰戈旋倒，闔城草草塗肝腦；忠臣盡葬伯夷山，義士悉到田橫島。亦有人自重圍來，向余細說令人哀；椒塗玉葉填眢井，甲第珠璫掩劫灰。而今人民已非況城郭，髑髏跳號甯復肉。土花新蝕遺鏃黃，石苔蠧繡缺斤綠。嗚呼！問誰橫驅鐵裲襠，翻令漢土剪龍荒？安得一劍掃天狼，重酹椒漿慰國殤。（張煌言〈翁洲行〉）[22]

煌言聞說舟山行朝被清人攻陷，己卻未及趕回救援，內心哀痛莫名。詩中以示現法勾勒巷戰犧牲的戰士、不願投降而自刎的忠臣義士、因守節而屍填枯井的皇室貴族、因圍城戰爭而餓死成髑髏的可憐百姓的死亡場景，深切地表達行朝陷落的悲痛。詩末自問自答的設問語氣，更加強復仇殺敵的表情效果。

然而，在戰事失利後，詩人們除了悲吟戰敗結果外，對於戰敗原因亦多有反省（抗倭戰書寫對戰後的反省著墨不多），還有不少的建議。在敗因反省上，詩人們多歸咎朝廷用人不當，有變節投降者、不學無術者、驕傲跋扈者、貪污腐敗者等等。如變節投降者：

---

21 詳參顏智英：〈論歸有光詩中的海戰書寫——兼述其古文中的禦寇思想〉，《成大中文學報》第43期（2013年12月），頁110-117。

22 〔明〕張煌言：《張蒼水詩文集》，頁82。

長鯨稽首稱波臣，玉皇香案皆羶羯；……嗟嗟長鯨爾何愚，如
彼異類終屈節。神龍不臣臣貪狼，抉目塗腸坐自滅。（張煌言
〈長鯨行〉）[23]

詩中將鄭芝龍喻為長鯨，特寫其屈節降清、自取滅亡的愚昧；責難芝
龍之餘，也反襯出煌言的報國大義與愛國忠魂。又如貪污腐敗者：

檀州使宅夜開宴，伎樂紛紜擬天饌。簾垂紅錦附氍毹，蠟和沈
香焚甲煎。猩脣熊白不知名，碧玉黃金滿深院。誰其坐者中貴
人，盤龍織綺穩稱身。賜炙傳呼動千騎，上壽逡巡來九賓。漁
陽老將邯鄲兒，競前呢呢誰最親？皆言禁中出頗牧，指揮萬里
無煙塵。山頭嵯峨烽火絕，此時胡雛虧漢月。明駝快馬凌風雪，
帳前健兒沙中血，迴首華堂燈未滅。（陳子龍〈檀州樂〉）[24]

詩人陳子龍（1608-1647）直指薊遼邊防淪陷於女真人之手，應歸咎於
總督吳阿衡、監視薊遼總督的太監鄧希詔之貪腐失職。崇禎十一年九
月，鄧希詔生辰，吳阿衡暨薊遼各地文武官員為其祝壽，使清兵得以
乘虛而入，攻陷邊防重鎮，怎不令戰場中濺血之軍士健兒深感悲憤？
　　除了用人不當外，詩人指出戰敗之因還有朝廷不知採納諫言、在
上位者荒淫誤國、南明義軍之間難以合作等，限於篇幅，無法一一舉
例說明。
　　至於戰後的建議，詩人們亦有具體之論，如陳子龍認為南明諸王
應同心協力抗清（〈枯魚過河泣〉）；甚至展現出突破傳統的、開放的

23　〔明〕張煌言：《張蒼水詩文集》，頁154。
24　〔明〕陳子龍著，施蟄存、馬祖熙標校：《陳子龍詩集》（上海市：上海古籍出版社，
　　2008年），頁264-265。

海洋經理思維與國際觀，如徐孚遠認為應善用水師及海島制海權的優勢，詩云：

> 獻歲初傳王氣開，孤臣回首重徘徊。中原貔虎今誰在？惟有樓
> 船海上來。（徐孚遠〈北望〉）[25]
> 樓船將欲上天行，醉倚洪濤揮扇輕。不是前驅蒼兕過，秋風已
> 到石頭城。（徐孚遠〈崇明沙〉）[26]

女真擁有優渥的陸上優勢，而在浙江、福建沿海的南明義師擁有的優勢則是海島、舟船、水師，因此，由海道北征，尤其是從長江入海口崇明島溯洄而上，可直入長江，收復昔都南京。

可惜，鄭成功的舟師未能成功攻取南京，只好退守廈門，擬移師東渡，先「平克臺灣，以為根本之地，安頓將領家眷，然後東征西討，無內顧之憂，並可生聚教訓」[27]。對此，海戰經驗豐富的張煌言提出反駁與建言，有詩云：

> 中原方逐鹿，何暇問虹梁。欲攬南溟勝，聊隨北雁翔。鬻帆天
> 外落，蝦島水中央。應笑清河客，輸君是望洋。
> 羽書經歲杳，猶說袞衣東。此莫非王土，胡為用遠攻。圍師原
> 將略，墨守亦夷風。別有芻蕘見，迴戈定犬戎。（張煌言〈送羅
> 子木往臺灣二首〉）[28]

---

25 〔明〕徐孚遠：《釣璜堂存稿》，卷18，頁14。
26 〔明〕徐孚遠：《釣璜堂存稿》，卷20，頁11。
27 〔明〕楊英：《從征實錄》，《臺灣文獻叢刊》（臺北市：臺灣銀行，1977年），第32
  種，頁185。
28 〔明〕張煌言：《張蒼水詩文集》，頁161-162。

煌言對於鄭成功東渡臺灣以為反清復明根據地的做法，期期以為不可。深恐時日一久，復明之心將消磨殆盡，遂派羅子木至臺灣責成功，又遣書王忠孝、沈佺期、徐孚遠等勸其速圖收復中原之業。上列二詩表達煌言反對進軍臺灣的立場，認為出兵臺灣將分散抗清力量，而無暇「逐鹿中原」；應把握清王朝內部已顯現「主少國疑」、「將驕兵懦」、「人怨天怒」、「畏海如虎」等弱點的良機，[29]再度張鄭聯兵、「迴戈」平定占據中原的女真異族。此外，他在〈感事四首〉中還進一步指出墨守臺灣實無助於復明事業的具體理由：臺灣地理位置偏遠，又屬荒僻未開之地、蠻夷之邦，不宜久居；還須與荷蘭蠻族交戰，徒然浪費時間、精力。從中雖可以看出詩人為國的赤忱與戰鬥的勇氣，卻也透顯出煌言視海外為文明落後的邊陲地帶的封閉意識。當時與煌言同樣反對東渡臺灣的人不少，[30]如盧若騰在〈虜遷沿海居民〉中即具體指出清廷的遷海政策會喪失民心、激發民怨，正是反清豪傑的好時機；至於其〈東都行〉詩：「到處逢殺運，何時見息兵。天意雖難測，人謀自匪輕。苟能圖匡復，豈必務遠征。」[31]則與煌言一樣，反對遠征臺灣，亦目海洋為邊塞。這些詩作或可視為中國傳統「邊塞詩」的延續。[32]

　　然而，鄭成功始終沒有接受煌言、若騰等人的建議。他在南京敗

---

29 〔明〕張煌言〈上延平王書〉：「今順酋短折，胡雛繼立，所云『主少國疑』者，此其時矣；滿黨分權，離畔疊告，所云『將驕兵懦』者，又其時矣。且災異非常、徵科繁急；所云『人怨天怒』者，又其時矣。兼之虜勢已居強弩之末，畏海如虎；不得已而遷徙沿海為堅壁清野之計，致萬姓棄田園、焚廬舍，宵啼露處，蠢蠢思動，望我師何異饑渴！我若稍為激發，此並起亡秦之候也。」（《張蒼水詩文集》，頁30）

30 詳參陳寅恪：《柳如是別傳》（上海市：上海古籍出版社，1982年），下冊，頁1183。

31 〔明〕盧若騰：〈東都行〉，《留庵詩文集》，頁12。

32 曾世豪將與邊塞詩同樣具愛國與悲憫情懷之明代抗倭詩視為「海洋邊塞詩」，認為是中國邊塞詩的一種延續。參氏著：〈烽火與浪濤──論明朝抗倭戰爭中邊塞詩的海洋新貌〉，《國立臺北教育大學語文集刊》第20期（2011年7月），頁118。

戰後，從宏觀的視角來說服諸將東取臺灣，云：

> 自攻江南一敗，清朝欺我孤軍勢窮，遂會南北舟師合攻。幸賴
> 諸君之力，雖然已敗，但恐終不相忘。故每夜徘徊籌畫，知附
> 近無可措足；惟臺灣一地離此不遠，暫取之，並可以連金、廈
> 而撫諸島。然後廣通外國，訓練士卒，進則可戰而恢復中興，
> 退則可守而無內顧之憂。諸君以為何如？[33]

鄭成功打算先取臺灣，再連金廈撫諸島，「廣通外國」以訓練士卒，
可見其思維已經跨越了臺灣海峽，突破前述諸人的「南北固守」策
略，[34]不再視海外為文明低落的邊疆；甚至，還以之為本國故土，認
為「復臺」[35]後可以安置被清廷迫遷之民，有云：「臺灣，吾家故土
也；將往復之，以居迫遷之民。」[36]此外，更肯定臺灣地理位置的重
要性與物阜民豐，云：

> 臺灣當數省要衝，為海道樞杻；沃野千里，民殷物阜。昔太師
> 屯墾其地，餘風迄今猶存。加之紅夷虐民斂貨，誅求無厭；本
> 藩職司招討，拯民有責。吾欲復臺灣以為根本之地，招沿海民
> 實之，以耕以戰；進則將士無內顧、眷屬免奔波，退則大海為
> 天塹、軍民安磐石。中興大計，孰有逾此者！[37]

---

33 〔清〕江日昇：《臺灣外記》，《臺灣文獻叢刊》，第60種，頁191。

34 鄭永常：〈鄭成功海洋性格研究〉，《成大歷史學報》第34期（2008年6月），頁84。

35 鄭成功入臺後作有〈復臺〉詩：「開闢荊棘逐荷夷，十年始克復先基。田橫尚有三
千客，茹苦間關不忍離。」可見其以臺灣為故土之思想。

36 張菼編：《鄭成功紀事編年》，《臺灣文獻叢刊》，第79種，頁130。

37 張菼編：《鄭成功紀事編年》，《臺灣文獻叢刊》，第79種，頁131-132。

這番與張煌言全然相反的看法，展現出鄭成功打破中國傳統以來固有的國際觀，不再以中原本土為中心、以海洋為邊疆的封閉思維，而是重視海洋與海外島嶼發展性的開放的國際觀。而後他隨即出發東渡，[38]他致函荷蘭人交還臺灣，理由是「澎湖島離漳州諸島不遠，固為其所屬，大員亦接近澎湖島，故此地應屬中國之統治」[39]，亦即以「領海權延伸」[40]作為用兵的根據，率領龐大艦隊跨海遠征，完全突破當時中國人的海洋經理思維，而具有劃時代的思想價值。

三　百姓視角——悲憫百姓的多重苦難

南明詩人與嘉靖詩人一樣，從「百姓視角」書寫生民的苦難，不僅留意到因對抗戰爭他者而使百姓流離、死難，還記錄了海盜對百姓的劫掠，並揭露我方軍事集團對人民的欺凌，於悲憫情懷之中寄寓「興，百姓苦；亡，百姓苦」的反戰思想。

（一）兵燹之禍

南明抗女真之戰，多以海外島嶼為基地，作戰範圍亦多在閩浙沿海一帶；然而，不論誰勝誰負，東南沿海居民無不因飽受兵燹之禍而死亡枕藉，或流離失所。張煌言憑其一生飄零海上、轉戰海疆的豐富經驗，對此有深刻的觀察與記錄，詩云：

---

38 鄭成功於永曆十五年（1661）復臺議定後，隨即部署出發，三月二十四日次澎湖，四月初二日入鹿耳門，五月初二日以臺灣為東都，以備帝來臨幸，十八日命眾圈地開墾，並作〈復臺〉詩。參張菼：〈鄭成功詩文箋註〉，《臺灣文獻》第34卷第3期（1983年9月），頁6。

39 村上直次郎日譯，程大學中譯：《巴達維亞城日記》（臺中市：臺灣省文獻委員會，1990年），第三冊，頁156。

40 鄭永常：〈鄭成功海洋性格研究〉，頁85。

　　亦有人自重圍來，向余細說令人哀；椒塗玉葉填眢井，甲第珠
　　璫掩劫灰。而今人民已非況城郭，髑髏跳號宵復肉。（張煌言
　　〈翁洲行〉）[41]
　　城頭刁斗寂不聞，惟聞死聲動篿篥。……此時龍戰血玄黃，功
　　成誰念溝中瘠！（張煌言〈閩南行〉）[42]

前者，詩人以示現法具體地呈顯永曆五年（1651）八月舟山城陷時，
重臣將領的妻姜跳井殉節、宅第珍寶焚於戰火、百姓哀號而終成髑髏
等悲慘的死亡畫面。後者，則以反詰語氣，並以戰士「功成」與百姓
成「溝中瘠」的強烈對比，表達對永曆六年（1652）四月張名振圍攻
漳州城雖然成功，但城內卻因鄭成功圍城久久不下、七十餘萬百姓食
盡而成溝中白骨的無奈與悲憤。[43]
　　永曆十五年（1661），清廷更為了孤立鄭軍、切斷其物資供應而
頒遷界令，[44]致使沿海人民顛沛流離、無家可歸，詩云：

　　去年新燕至，新巢在大廈；今年舊燕來，舊壘多敗瓦。燕語問
　　主人，呢喃淚盈把。畫梁不可望，畫艦聊相傍；肅羽恨依棲，

---

41 〔明〕張煌言：《張蒼水詩文集》，頁82。

42 〔明〕張煌言：《張蒼水詩文集》，頁90。

43 全祖望所作張煌言之《年譜》「順治九年（壬辰）」條張壽鏞案語：「是年，鄭成功
　圍漳，屬邑俱下；獨郡城以援至，不克。成功防鎮門山以水之，堤壞不浸。城中食
　盡，人相食，枕藉死亡者七十餘萬。時又遭派垛索餉之慘，夜敲瘦骨如龍瓦聲。千
　門萬戶莫不洞開，落落如游墟墓。饞鼠饑烏，白晝充斥。圍解，百姓存者數而指溝
　中白骨，非其父兄、即其子弟，歷數告人；然氣息僅相屬，言雖悲、不能下一淚也。
　時有一人素慷慨，率妻子閉戶，一慟而絕；鄰舍兒竊煮噉之，見腹中累累皆故紙，
　字畫隱然，鄰舍兒亦廢箸死。」（《張蒼水詩文集·附錄》，頁244）可知城內百姓因
　圍城過久、採辦軍需者的要索掠奪而嚴重缺糧，或以故紙為食，或人相食，實為人
　間煉獄，戰爭荼害黎民之劇，由此可見一斑。

44 詳顧誠：《南明史》（北京市：中國青年出版社，2003年），頁1059-1084。

銜泥嘆飄蕩。自言昨辭秋社歸，比來春社添惡況；一片蘼蕪兵
燹紅，朱門那得還無恙。最憐尋常百姓家，荒煙總似烏衣巷。
君不見晉室中葉亂五胡，煙火蕭條千里孤；春燕巢林木，空山
啼鷓鴣。只今胡馬仍南牧，江村古樹竄鼪鼯；萬戶千門徒四壁，
燕來亦隨檐上烏。海翁顧燕且太息，風簾雨幌胡為乎？（張煌
言〈辛丑秋，虜遷閩浙沿海居民；壬寅春，余艤棹海濱，春燕
來巢於舟，有感而作〉）[45]

學者廖肇亨指出此詩貌似藉飛燕來巢於舟，嘆戰事擾民之苦，其實只
是作者為免燕巢於舟所預示的兵敗身死之兆引起兵士恐慌，而於戰前
提出以安撫軍心的一種說法[46]；然而，無論詩人的作意為何，詩中藉
飛燕口吻委婉道出胡馬南牧後，屋舍村里一片荒蕪蕭條的淒涼景象，
仍反映了當時閩浙沿海百姓因兵燹之禍而不得安居、流離失所的現
實。煌言的好友盧若騰亦有〈虜遷沿海居民〉詩[47]，描寫清廷下遷海
令後，人民顛沛流離的悲慘情景，並呼籲豪傑順應時勢、起義反清。

（二）海盜之劫

除了戰爭所造成的死難與流離外，百姓的痛苦還包括了因海盜劫
掠以致衣食無著的無助。煌言詩云：

乘舴艋、載舲舺，槌鉦撾鼓走風檣。滿船兒郎抹額黃，人言若
輩真鷹揚，飢則攫人飽則颺。江村雞犬絕鳴吠，老稚吞聲泣道
旁：罄我缾中粟，使我朝無糧；斷我機中苧，使我暮無裳。我

---

45 〔明〕張煌言：《張蒼水詩文集》，頁13。
46 參廖肇亨：〈浪裏挑燈看劍：中國海戰詩學之書寫特質與價值信念初探〉，頁294。
47 〔明〕盧若騰：《留庵詩文集》，卷上，頁16。

亦遺民事耕織，當身不幸見滄桑。入海畏蛟龍，登山多虎狼；
官軍信威武，何不恢城邑，願輸夏稅貢秋糧。（張煌言〈舴艋
行〉）[48]

詩人從百姓的角度發聲，以第一人稱直接道出海盜掠奪粟米衣裳等民
生用品的鷹揚跋扈，以及百姓冀望官軍拯救的企盼。兵禍連年，社會
失序，使海盜有可趁之機，甚至，連落難至南澳的魯王也難免於海盜
的劫掠，詩云：

揮淚東南信，初聞群盜狂。扁舟哀望帝，匹馬類康王。流亢終
何限，依斛倘不妨！只今謀稅駕，天地已滄桑。（張煌言〈聞
監國魯王以盜警奔金門所〉）[49]

永曆十年（1656）三月被鄭成功安排遷住南澳的魯王，三年後（1659）
遭受海盜劫掠而倉皇逃金門，煌言聽聞此事件後憂心不已，並以蜀望
帝化為杜鵑之悲鳴，比喻魯王遇盜之令詩人哀傷；又以宋康王得泥馬
之助脫險，[50] 比喻魯王得以脫險逃至金門之僥倖。海盜之猖狂，由此
可見一斑。

（三）官軍之掠

更可恨的是，原本被百姓視為救星的官軍，竟也成為戕害民生的
劊子手，詩云：

---

48 〔明〕張煌言：《張蒼水詩文集》，頁104-105。

49 〔明〕張煌言：《張蒼水詩文集》，頁151。

50 傳說宋徽宗第九子康王趙構於質金途中，有一匹馬載構飛渡黃河助其脫險後，立即
化為泥塑之馬。詳參錢彩：《精忠岳傳演義》（臺北市：風雲時代出版社，1987年），
頁210-216。

赤羽飛馳露布譁，銅陵西去斷胡笳。橫流錦纜空三楚，出峽霓雄接九華。歌吹已知來澤國，樵蘇莫遣向田家！前驅要識王師意，劍躍弓鳴亦漫誇。（張煌言〈驛書至，偏師已復池州府〉）[51]

由詩人諄諄告誡士兵「樵蘇（日常生計）莫遣向田家」之語可知，明軍有剽掠擾民的情況，例如全祖望〈明戶部右侍郎都察院右僉都御史贈戶部尚書崇明沈公神道碑銘〉：「時諸軍無餉，競以剽掠為事，至於繫累男婦，索錢取贖，肆行淫縱。浙東之張國柱、陳梧為尤甚」[52]，又如全祖望〈明故權兵部尚書兼翰林院侍講學士鄞長公神道碑銘〉：「公（煌言）乃集義從於上虞之平岡。山寨之起也，因糧於民；民始以其為故國也，共餉之。而其後遂行抄掠，民苦之。其不以橫暴累民者，祇李公長祥東山寨、王公翊大蘭山寨，與公而三；履畝輸賦，餘無及焉」[53]，足見官軍抄掠百姓為常有之事，因此，紀律嚴整，與居民相安的軍隊，才能獲得百姓的尊敬，從而主動輸賦，提供軍需。

另有起義不成而歸隱故鄉金門的盧若騰，對於鄭軍搶掠、騷擾金門百姓的惡行有具體的觀察與描繪。詩云：

老翁號乞喧，手攜幼稚孫。問渠來何許，哽咽不能言。久之拭淚訴，世居瀕海村，義師與狂虜，抄掠每更番。一掠無衣穀，再掠無雞豚。甚至焚世室宇，豈但毀籬藩。時俘男女去，索賂贖驚魂。倍息貨富戶，減價鬻田園。幸得完骨肉，何暇計饔

---

51 〔明〕張煌言：《張蒼水詩文集》，頁142。

52 〔清〕全祖望撰，朱鑄禹校集注：《全祖望集彙校集注·鮚埼亭集外編》，卷4，頁803。

53 〔清〕全祖望撰，朱鑄禹校集注：《全祖望集彙校集注·鮚埼亭集內編》，卷9，頁181。

飧。彼此賦役重，名色並雜繁。苦為兩姑婦，莫肯念疲奔。朝
方脫繫圍，夕已呼在門。株守供敲扑，殘喘豈能存。舉家遠逃
徙，秋蓬不戀根。渡海事行乞，冀可活晨昏。我聽老翁語，五
內痛煩冤。人乃禽獸等，弱肉而強吞。出師律不肅，牧民法不
尊。縱無惻隱心，因果亦宜論。年來生殺報，皎皎如朝暾。胡
為自作孽，空負天地恩。（盧若騰〈老乞翁〉）[54]

老翁自述從廈門渡海來金門行乞乃因受義師與狂虜的掠奪，不僅反映
清軍的威脅，也指出鄭軍的軍紀敗壞。鄭成功向以治軍嚴明著稱，但
其叔父鄭彩、鄭聯、鄭泰等鄭軍集團則不然，軍紀散漫，擾民滋事，
使金門百姓苦不堪言。又如：

番薯種自番邦來，功均粒食亦奇哉。島人充飧兼釀酒，奴視山
藥與芋魁。根蔓莖葉皆可啖，歲凶直能救天災。奈何苦歲又苦
兵，遍地薯空不留荄。島人泣訴主將前，反嗔細事浪喧豗。加
之責罰罄其財，萬家饑死孰肯哀。嗚呼！萬家饑死孰肯哀！
（盧若騰〈番薯謠〉）[55]

番薯是旱災時的最好糧食，卻遭鄭軍奪取，遍地不留。島民向主將泣
訴，反被斥滋事生非，受責罰錢，詩人為之深感悲哀。[56]甚至還有軍
士綁架孩童以索賄的情事，詩云：

健卒徑入民家住，雞犬不存誰敢怒。三歲幼兒夜啼饑，天明隨

54　〔明〕盧若騰：《島噫詩》，《臺灣文獻叢刊》，245種，頁8。

55　〔明〕盧若騰：《島噫詩》，頁23。

56　類似的詩作還有：〈甘庶謠〉、〈庚子除夕〉、〈驕兵〉、〈田婦泣〉等。

翁採薯芋。採未盈筐翁未歸，兒先歸來與卒遇；抱兒將鬻遠鄉
去，手持餅餌誘兒哺。兒擲餅餌呼爹娘，大聲哭泣淚如雨；鄰
人見之摧肝腸，勸卒抱歸還其嫗。嫗具酒食為卒謝，食罷咆哮
更索賂；倘惜數金贖兒身，兒身難將銅鐵錮。此語傳聞遍諸
村，家家相戒謹晨昏；骨肉難甘生別離，莫遣幼兒亂出門。
（盧若騰〈抱兒行〉）[57]

鄭軍手持餅餌誘拐兒童，欲擄之販賣至遠方；家人只好用重金將孩子
贖回，竟還準備酒食「答謝」士卒。村民們只能互相告誡：勿讓幼兒
出門。詩人於詩中雖未現身發聲，然而其無奈與悲憫則充斥於字裏
行間。

四　結語

　　南明，海戰的主要他者轉而為擁有中原政權的女真人，戰爭發動
者為南明義師，因此，是異於抗倭（以防禦為主）的主動之戰。詩中
的海戰書寫兼重「戰士」與「百姓」視角，在詩歌海戰書寫發展史上
具有集大成的地位，不僅展現戰士群體的愛國精神，亦實質反映清廷
對百姓的迫害之甚。

　　此期書寫突破傳統之處為：「戰士視角」方面，以舟師膽雄志高
群相的特寫取代傳統對將士個別愛國殊相的描繪，藉以凸顯出抗女真
戰鬥中水師所扮演的重要角色，以及南明義師長年在海上作戰的備極
艱辛卻鬥志高昂；揚棄傳統以「人」為主的形象描繪，而改採以
「地」繫事的方法實錄由盛轉衰的反清復明戰事，成功地以強調戰場

57　〔明〕盧若騰：《島噫詩》，頁22。

的方式深化戰爭事件的記憶。最可貴的是，詩人張煌言、徐孚遠等能善用水師與海島制海權的優勢，展現開放性的海洋經理思維；鄭成功更以「領海權延伸」作為用兵臺灣的根據，是國際觀的展現，突破了當時中國人以海洋為邊疆的封閉思維，而具劃時代的思想價值。「百姓視角」方面，南明詩人不僅留意到戰爭他者對百姓的燒掠，還揭露海盜、我方軍事集團對人民的欺凌，於悲憫情懷之中寄寓「興，百姓苦；亡，百姓苦」的反戰思想。

　　從「戰士」與「百姓」視角觀看南明抗「女真」詩的海戰書寫，不僅肯定其可補史闕的史學價值；更由詩人採取的「百姓」視角體察出詩人苦民所苦的仁愛襟懷，「戰士」視角透視出南明詩人面對他者時的無畏姿態，面對國家的愛國精神與開放性海洋經理思維，面對世界的開拓性格局等多樣而動人的精神樣貌，從而肯定其詩學與思想之價值。

海戰詩家的書寫
——歸有光、文天祥、張煌言

論歸有光詩中的海戰書寫
──兼述其古文中的禦寇思想

一 前言

　　從中國古典詩歌中關於海戰書寫的發展軌跡來看，唐詩中雖有如李白〈司馬將軍歌〉中「手中電曳倚天劍，直斬長鯨海水開」[1]的海戰畫面描寫，卻只是以海中「長鯨」譬喻亂臣賊子的滅敵想像，而非對某一戰爭事件的紀實。至於文天祥之前的宋代詩人，如詩多詠海的蘇軾，其〈送馮判官之昌國〉：「斬蛟將軍飛上天，十年海水生紅烟。驚濤怒浪盡壁立，樓櫓萬艘屯戰船」[2]，詩中雖有提及戰船，但僅著重於海軍聲威的誇飾，非實寫某一戰爭場景；又如豪氣干雲的陸游，其航海詩中也只是記錄自己「穩駕滄溟萬斛舟」（〈感昔〉）[3]、「常憶航巨海，銀山卷濤頭」（〈步出萬里橋門至江上〉）[4]等搭乘戰船的航海經驗，或是以「赤手騎怒鯨，橫身當渴龍」（〈我夢〉）[5]等征戰海族之夢境來表現其意欲抗金殺敵的宿願，亦非真實的海戰書寫。

　　真正在詩中書寫海戰的開山始祖為文天祥，廖肇亨先生更進一步

1　〔清〕清聖祖：《全唐詩》（臺北市：文史哲出版社，1987年），卷163，頁1694。

2　〔宋〕蘇軾撰，〔清〕王文誥輯注、孔凡禮點校：《蘇軾詩集》（北京市：中華書局，1999年），卷48，頁2667。

3　〔宋〕陸游撰，錢仲聯校注：《劍南詩稿校注》（上海市：上海古籍出版社，1985年），卷59，頁3399。

4　同前注，卷8，頁619。

5　同前注，卷20，頁1573。

指出：文天祥〈二月六日海上大戰，國事不濟，孤臣天祥坐北舟中，向南慟哭，為之詩曰〉一詩開創了海戰書寫的主題，可說是「中國海戰詩歌的濫觴」[6]。到了元明詩中，儘管在海戰書寫的特徵上有了進一步的發展與轉變，然而其書寫視角卻仍維持著文天祥該詩「戰士視角」的觀看，多聚焦在作戰戰士的戰況、形象與心境描寫；因此，明代詩人歸有光（1506-1571，字熙甫，又字開甫，別號震川，又號項脊生，學者稱為震川先生，蘇州府崑山縣人）的海戰詩，能採取另一種「百姓視角」，更多地關注到百姓在戰爭中的遭遇與苦難，就顯得獨樹一幟，格外引人注目，揆其原因，主要與其為在野文士的身分有關。可惜，目前學界對明代海戰詩的研究，多聚焦在武將（如俞大猷、戚繼光等）、兼與軍務擘畫的文士（如徐渭等）等較偏向戰士書寫的作品，[7]因此，為補明代海戰詩研究之闕漏，本文擬針對歸有光二十四首與抗倭海戰相關的詩篇作深入的探討，以溯源頭、觀流變的研究方式，具體抉發歸詩的特色與價值所在，期能對明代海戰詩研究略作補充性的貢獻；同時，在論述「戰後的反省批評」一節中，為了補充歸有光詩作關於禦倭策略的不足，不得不由古文藉用材料，因此，將一併討論歸氏古文中的禦寇思想。

二　元明詩中的「戰士視角」與「百姓視角」

如前所述，海戰詩濫觴於文天祥〈二月六日海上大戰，國事不濟，孤臣天祥坐北舟中，向南慟哭，為之詩曰〉一詩，該詩後半段有云：

---

6 廖肇亨：〈浪裏挑燈看劍：中國海戰詩學之書寫特質與價值信念初探〉，《中國文學研究》第11輯（上海市：復旦大學古典文學研究中心，2008年6月），頁285。

7 詳參廖肇亨：〈詩法即其兵法：明代中後期武將詩學義蘊探詮〉（《明代研究》第16期，2011年6月，頁29-56）；以及廖肇亨：〈浪裏挑燈看劍：中國海戰詩學之書寫特質與價值信念初探〉（頁285-314）等期刊論文。

出師三年勞且苦，咫尺長安不得睹。非無虓虎士如林，一日不
戈為人擒。

樓船千艘下天角，兩雄相遭爭奮搏。古來何代無戰爭，未有鋒
蝟交滄溟。

游兵日來復日往，相持一月為鷸蚌。南人志欲扶崑崙，北人氣
欲黃河吞。

一朝天昏風雨惡，炮火雷飛箭星落。誰雌誰雄頃刻分，流屍漂
血洋水渾。

昨朝南船滿崖海，今朝只有茲船在。昨夜兩邊桴鼓鳴，今朝船
船鼾睡聲。

北兵去家八千里，椎牛釃酒人人喜。惟有孤臣兩淚垂，冥冥不
敢向人啼。

六龍杳靄知何處，大海茫茫隔煙霧。我欲借劍斬佞臣，黃金橫
帶為何人。[8]

儘管學者朱雙一認為海戰詩的開創之作當屬明代俞大猷的〈舟師〉，
且謂「在此之前，……這樣直接描寫海戰的，似乎很難找到先例」[9]，
然而，若細繹上述文天祥一詩，不僅是對宋元崖山戰役之歷史事件的
實錄，而且其中「一朝天昏風雨惡，炮火雷飛箭星落」，描寫了海戰
時的激烈戰況；「誰雌誰雄頃刻分，流屍漂血洋水渾。昨朝南船滿崖
海，今朝只有茲船在」，描寫了海戰後宋軍大敗的慘烈結果；再以「昨
夜兩邊桴鼓鳴，今朝船船鼾睡聲。北兵去家八千里，椎牛釃酒人人喜」
等對比性的描寫，刻劃出海戰後元軍大勝、在戰船上狂歡、安睡的愉

8　〔宋〕文天祥：《指南後錄》，《文天祥全集》（北京市：中國書店，1985年）卷1，
　　頁349-350。

9　朱雙一：《閩臺文學的文化親緣》（福州市：福建人民出版社，2003年），頁30。

悅與自得。凡此皆是對海上戰爭場景直接而具體的勾勒。詩末,作者
還藉「雨淚垂」、「冥冥不敢向人啼」等一己形象表達身困敵營、親睹
此「海上大戰」卻無法有所作為的痛苦、壓抑、激憤等情緒;以及
「我欲借劍斬佞臣」之對時局的反省與奸佞當道的不滿。由此可知,
文天祥此詩實足以稱為海戰詩的開山之作,朱氏之言實宜再加商榷。

　　文天祥海戰詩中這種以元軍為他者,對海上戰爭場景作真實描
寫,側重戰敗結果的書寫與詠懷,並對戰爭行為加以反省等海戰書寫
的特質,到了元詩,則有進一步的發展與轉變。由於時代背景的改
變,元時倭寇開始侵擾東南沿海,因此,元代海戰詩雖仍維持文天祥
詩中「戰士視角」的觀看方式,但詩中的他者卻已由元軍改為日本海
盜;且在民族主義的驅使下,詩人較少書寫戰敗的結果,而多發為戰
勝的凱歌;同時,在凱歌聲中多偏向對抗倭戰士英勇形象的塑造,較
少對戰爭場景的實繪;又因多作凱歌,對戰後的反省遂較少著墨。如
許有壬〈有元功臣曹南忠宣王祠堂碑〉中的一首歌:

> 沙蕪飛渡星月蒙,順流霆擊無遺鋒。義旗禮干趨獨松,趙孤銜
> 壁吳山空。萬邦玉帛四海同,台司兩轄昭報功。虎符龍節行江
> 東,倭奴何物勞蒙衝。[10]

藉由對曹南忠宣王卓越戰功的敘寫,並以「倭奴」作為反面的陪襯烘
托,來塑造此征倭戰士英雄的英勇形象;但這首詩並未具體描寫征倭
戰事,對勦倭英雄形象刻劃得也不夠鮮明,下列兩首書寫「完者禿元
帥」[11]的詩對於戰士英雄的形塑則較為具象生動:

---

10 〔元〕許有壬:《至正集》,收入《四庫全書珍本》八集第163冊(臺北市:臺灣商
　　務印書館,1977),卷49〈碑志〉,頁5。
11 元代名為完者禿者有兩人,一是高麗世子,如〔明〕宋濂《元史》所云:「六月,高

　　　　勇略經千載，威聲落萬夫。虎紋橫赤頰，犀骨貫霜顱。海盜清
　　　　旗幟，倭人讋畫圖。鯨鯢今縱恣，風浪滿江湖。[12]
　　　　日本狂奴擾浙東，將軍聞變氣如虹。沙頭列陣烽煙烟黑，夜半
　　　　鏖兵海水紅。臑箄按歌吹落月，髑髏盛酒醉西風。何時盡伐南
　　　　山竹，細寫當年殺賊功。[13]

　　上述二詩，關於海上爭戰場景的實繪，前首付之闕如，後首則僅有
「沙頭列陣烽烟黑，夜半鏖兵海水紅」二句而已；二詩描繪的重點皆
在剿倭的戰士英雄「完者禿元帥」的形塑上：前者從他的虎犀般面相
以及令倭人害怕的對待戰俘方式（為戰俘畫圖像，建犯罪檔案）寫其
勝過萬夫的勇略與威名；後者則聚焦於英雄戰功的彪炳以及戰勝後的
自得情狀（漆倭寇頭顱為飲器）寫其氣如貫虹的英勇蓋世。詩人從
「戰士」的面相、敵人反應、戰功、戰後自得等多種面向書寫剿倭英
雄，十分具體豐富。

　　與元代相較，明代海戰詩雖仍以倭寇為主要他者，[14]亦多書寫勝

　　麗世子完者禿訴取其印，遣平章政事買閭往論高麗王，俾還之」（臺北市：鼎文書
　　局，1997，卷30〈本紀第三十‧泰定帝二〉，頁687）；另一是孫侯的第四子，如
　　〔元〕吳澄〈大元中大夫益都般陽等處路陶金總管孫侯墓志銘〉所云：「侯娶祖繼
　　李，男五，長帖木赤蚤喪，次楨銓，蔭父職。次伯帖木兒，次完者禿，……」（《吳
　　文正集》，《四庫全書珍本》二集第326冊，卷80，頁9）。學者張哲俊認為下列兩首詩
　　題中所提及的「完者禿」、「完者都」當為同一人，且皆指上述兩人中的後者。詳參
　　氏著：《中國古代文學中的日本形象研究》（北京市：北京大學出版社，2004年），
　　頁179-180。

12　〔元〕張憲：〈懷完者禿元帥〉，《玉笥集》，收入《叢書集成初編》初集第2265冊
　　（北京市：中華書局，1985年），卷8，頁115。

13　〔元〕納新：〈送慈上人歸雪竇追挽浙東完者都元帥二首〉其一，《金臺集》，收入
　　《四庫全書珍本》十一集第173冊，卷1，頁32。

14　就明清海戰詩歌發展言，主要集中於兩個時期：一是嘉靖時期的靖海抗倭詩，一是
　　明鄭渡海來臺時期。前者的敵人是倭寇，後者主要記述與女真人武裝抗爭的過程，

利的凱歌，且對戰後的反省著墨不多，但由於明代的倭患更烈，武臣
多能作詩，[15]文人談兵之風盛行，[16]在作者泰半為親臨抗倭海戰的武
將（包括文人領兵），或兼與軍務擘畫的文人之情況下，雖亦承繼傳
統以「戰士視角」為主的觀看方式，但篇什更形繁盛，書寫的內容與
面向也更趨細膩、多樣。其中有繼承元詩對抗倭戰士英雄之形塑者，
如俞大猷〈贈武河湯將軍擢鎮狼山短歌行〉：「蛟川見君蛩然喜，虎頭
猿臂一男子。三尺雕弓丈八矛，目底倭奴若蚍蟻」、「君騎五龍馬，我
控連錢驄。時時戈艇載左馘，歲歲獻俘滿千百」、「大江之南嶺海表，
君如文豹初置蟠。拔劍畫地指白日，蛟騰鵬舉共飛翻。三濫九龍跨海
征，天地震怒神鬼泣」[17]，讚美湯將軍抗倭海戰時威猛非凡的形貌與
輝煌的滅倭戰績；又其〈提師海上聞丁爾寶榮遷因想諸君同升之
盛〉：「將軍號令如雷迅，震起群龍躍九淵」[18]，以比喻手法誇張丁爾
寶將軍號令之威，足使倭寇心碎膽裂；再如徐渭〈凱歌二首贈參將戚
公〉之一：「戰罷親看海日晞，大酋流血濕龍衣。軍中殺氣橫千丈，
並作秋風一道歸」[19]，則突出福建南塘之戰「戰罷」後，戚繼光海上
看日出的悠閒形象與凱旋戰士橫空千丈的「殺氣」未消、鬥志高昂，
以塑造戚繼光的沉雄氣度與善於帶兵。

正是「北虜南倭」的具體呈現。以上論述詳參廖肇亨：〈長島怪沫、忠義淵藪、碧
水長流——明清海洋詩學中的世界秩序〉，《中國文哲研究集刊》第32期（2008年3
月），頁52。本文論述的範疇，僅止於嘉靖抗倭詩，不擬討論明鄭渡海來臺詩。

15 參廖肇亨：〈詩法即其兵法：明代中後期武將詩學義蘊探詮〉，頁31。

16 參馮玉榮：〈晚明幾社文人論兵探析〉，《軍事歷史研究》第2期（2004年），頁155-
160；以及趙園：〈談兵〉，《制度·言論·心態——《明清之際士大夫研究》續編》
（北京市：北京大學出版社，2006年），頁79-161。

17 〔明〕俞大猷撰，廖淵泉、張吉昌整理點校：《正氣堂全集·餘集》（福州市：福建
人民出版社，2007年），卷1，頁691。

18 同前注，頁686。

19 〔明〕徐渭：《徐渭集》（北京市：中華書局，1999年），卷11，頁343。

　　另有對元詩內涵的開拓之處，其一，寫明代將士戰前的自信，如唐順之〈海上凱歌九首贈湯將軍〉其四：「水軍隊隊黃頭郎，迎潮直上凌扶桑。已知海若先清道，萬里滄波定不揚」，其五：「海上秋高朝氣清，營中賈勇競先鳴。疊巘亂翻旌幟影，驚濤盡作鼓鼙聲」[20]展現出湯將軍抗倭部隊海戰前昂揚的自信與氣勢；又如俞大猷〈詠海舟睡卒〉：「日月雙懸照九天，金塘山迴亦燕然。橫戈息力潮頭夢，銳氣明朝破虜間」[21]以俞家軍在金山衛戰艦上枕戈待旦、蓄勢待發的新穎角度，展現戰士們抗倭海戰前夕的殺氣與自信。其二，對明軍戰前「軟戰力」[22]的分析，如唐順之〈自乍浦下海至舟山入舟風惡四鼓發舟風恬日霽波面如鏡舟人以為海上罕遇是日行六百五十餘里〉：「閩卒精風候，吳兒慣水嬉」[23]，指出福建的士卒精於風候，而江浙的水軍熟習水性，皆具備了優良的海戰條件。其三，寫海戰過程的慘烈，如唐順之〈海上凱歌九首贈湯將軍〉其六：「沉船斬馘海為羶，潭底潛蛟噴血涎。髑髏帶箭逐波去，可道孫恩是水仙」[24]，描繪戰船瞬間沉入海底、膻血泛海、骷屍隨波的海戰場景，[25]比邊塞詩中血流成河、馬翻人倒的廝殺場面還令人驚心駭目。其四，寫明軍戰勝後的自得之狀，如俞大猷〈舟師〉：「倚劍東溟勢獨雄，扶桑今在指揮中。島頭雲霧須臾淨，天外旌旗上下衝。隊火光搖河漢影，歌聲氣壓虹龍宮。夕陽景

20　〔明〕唐順之：《荊川先生文集》，收入《四部叢刊正編》第76冊（臺北市：臺灣商務印書館，1979），卷3，頁63。

21　〔明〕俞大猷撰，廖淵泉、張吉昌整理點校：《正氣堂全集‧餘集》，卷1，頁686。

22　「軟戰力」是相對於傳統邊塞詩中將士長於騎馬射箭、身手矯健雄壯之「剛硬戰鬥力」而言，側重在水軍的精通風候、諳習水性等新視角。參張慧瓊：〈論唐順之的邊防詩〉，《商丘職業技術學院學報》第6期（2011年12月），頁48。

23　〔明〕唐順之：《荊川先生文集》，卷4，頁68。

24　〔明〕唐順之：《荊川先生文集》，卷3，頁63。

25　參張慧瓊：〈論唐順之的邊防詩〉，頁47。

裏歸篷近，背水陣奇戰士功」[26]，不僅以宏偉的意象表現出舟師鎮守東海之雄姿，更以舟師摧毀倭巢、戰事告捷後，共同高唱凱歌的歡樂場景的細緻描繪，寫出舟師戰士建立奇功後的自得之狀。

值得注意的是，明代海戰詩雖然展現出內容多樣化的特徵，卻仍偏於「戰士」的立場觀看，仍多戰士英雄勇猛形象與告捷凱歌的書寫，較少從普羅大眾的「百姓」視角為人民發聲；同時，對於戰後的反省與建言亦極少見，即便有之，也僅是一筆帶過，如徐渭〈丙辰八月十七日，與肖甫侍師季長沙公，閱龕山戰地，遂登岡背觀潮〉一詩，僅以「何地無恢奇，焉能盡搜討」[27]二句委婉地表達其招撫的禦倭主張而已。然而，在此明代海戰詩多聚焦戰士、戰事的書寫潮流中，歸有光卻能突破傳統視角，轉而關注百姓在抗倭海戰中所受到的苦難，並從人民角度出發對整個海戰事件予以深切的針砭與反省；即便其海戰詩亦有繼承傳統書寫抗倭戰士之英雄形象者，然其筆下的戰士英雄，除了常見的勇氣、謀略、意志力之特質外，更具有關愛士卒、百姓的特殊形象。因此，歸有光海戰詩的視角與內涵在傳統及其同時期的海戰書寫中顯得獨樹一幟，對我們觀察明代海戰詩學方面，有重要的參考及補充價值。以下即分就海戰英雄的形塑、戰後百姓的悲歌、戰後的反省批評三方面，析論歸有光詩中海戰書寫的特質。

三　歸有光詩中海戰英雄的形塑

尼采曾指出：英雄偉人是能夠在生命大部份時間中展現意志的人，

26　〔明〕俞大猷：《正氣堂集·續集》，卷2，頁599。

27　〔明〕徐渭：《徐渭集》，卷4，頁65。

也就是具有強烈權力意志的人。[28]至於卡蘿·皮爾森則認為：英雄不僅忍受痛苦，也保持對生命的熱愛、勇氣及關愛他人的能力。[29]據此，英雄的特質主要包含了意志力、勇氣及關愛他人能力等。又，坎伯將英雄細分為戰士英雄、愛人英雄、國王或暴君英雄、救贖世界的英雄、聖徒英雄等類型，其中「戰士英雄」指的是斬殺龍怪和敵人等深具勇氣的人物，而「救贖英雄」則是指起來革命推翻暴君者，或如耶穌一般的救世人物，因其行為而使世界、國家、群眾免於死亡或受苦。[30]由此可知，勇氣、意志力的表現是「戰士英雄」的主要特質，而關愛他人的表現則是「救贖英雄」的主要特質。在元明抗倭的海戰詩中，較多的是對「戰士英雄」個人勇氣的刻劃，而歸有光詩中，除了承繼傳統對「戰士英雄」勇氣的描繪外，還新增戰士謀略、意志力等特質的描寫，更可貴的是，歸氏以更多的篇幅書寫了抗倭戰士「救贖英雄」的形象，亦即聚焦其關愛他人能力的形塑，歸氏對英雄形塑的面向可謂更加多樣。更值得一提的是，這兩種英雄形象所描刻的對象都是同一個人物——任環，《明史》載：「任環，字應乾，長治人；嘉靖二十三年進士；歷知黃平、沙河、滑縣，並有能名；遷蘇州同知」[31]，嘉靖三十三年（1554），有光從安亭（在江蘇嘉定）提攜家人入崑山城避倭寇之難時，親睹任環的英雄作為，遂作詩歌頌之，以下即詳述其內容：

---

28 參Eric Bentley, *The Cult of the Superman: A Study of the Idea of Heroism*(Gluoucester, Mass.: Peter Smith, 1969), p.133.

29 參卡蘿·皮爾森（Carol Pearson）著，徐慎恕、龔卓軍、朱侃如譯：《內在英雄》（*The Hero Within*，臺北縣：立緒文化事業公司，2000年），頁145。

30 坎伯（Joseph Campbell）著，朱侃如譯：《千面英雄》（*The Hero With a Thousand Faces*，臺北在：立緒文化公司，1997年），頁365-389。

31 〔清〕張廷玉等撰：《明史》（臺北市：鼎文書局，1994年），卷205〈任環傳〉，頁5419。

（一）戰士英雄——個人勇氣、謀略、意志力之展現

元明的抗倭海戰詩作，大多以激烈的海戰場面書寫，從嗅覺、視覺、聽覺等感官的誇飾來形塑抗倭英雄的過人勇氣，如前面所舉唐順之〈海上凱歌九首贈湯將軍〉其六：「沉船斬鹹海為膻，潭底潛蛟噴血涎。骷髏帶箭逐波去，可道孫恩是水仙」，即由腥膻味（嗅覺）與血染大海、骷髏逐波（視覺）來誇飾海上死屍之多且動人心魄，極言湯將軍沉賊船、斬敵首的英勇氣概；又如俞大猷〈贈武河湯將軍擢鎮狼山短歌行〉：「拔劍畫地指白日，蛟騰鵬舉共飛翻。三濫九龍跨海征，天地震怒神鬼泣」，從聽覺上誇飾倭人跨海為寇的惡行連天地神鬼都為之震怒哭泣，從視覺上誇飾湯將軍拔劍抗倭的氣勢威猛如蛟騰鵬舉。

至於歸有光的海戰詩，則不見感官的誇飾描寫，僅以簡單的對比凸顯出英雄任環超越常人的勇氣，如：

> 文武衣冠盛府中，輕身殺賊有任公。誰人不是黃金注，獨控青騧滬瀆東。（〈海上紀事十四首〉之六）[32]
> 小醜猖狂捍禦勞，跳梁時復似猿猱。賀蘭擁眾尤堪恨，李廣無軍也自逃。（〈頌任公四首〉之二，《別集》卷10，頁523-524）
> 江南列郡盡乘城，藏穴何人肯出兵。惟有使君躬擐甲，劉家港口看潮生。東倉白晝靜城闉，烟火連天豺虎嗔。忽駕迴潮趨海道，傳呼盡避瘦官人。（〈題周冕贈任別駕卷〉之二、三，《別集》卷10，頁521）

---

32 〔明〕歸有光：《震川先生集·別集》（臺北市：臺灣商務印書館，1965年），卷10，頁523。以下凡歸有光作品皆出此書，將隨文以括號注明卷數、頁碼，不另作注。

詩中並無激烈的海戰場景書寫，而是以龜縮城裏、不肯出兵的文武官軍，來對比敢於親帶擐甲、「輕身殺賊」的任環；以猖狂難禦的跳梁小醜（倭寇）[33]，來對比、凸顯出任環以寡擊眾、駕趨海道的迎敵勇氣。有光並不著意在文字的修飾與鋪陳，而是以「李廣自逃」、「跳梁小醜」的比喻，簡潔地暗示其他將領的怯懦、敵寇的凶險狡猾與難以防禦，也因而更能鮮明對比出任環「獨控青驪（馬）」、出戰凶惡狡猾倭寇的英勇形象。

任環雖然不像戚繼光、俞大猷那麼知名，卻亦堪稱一位勇猛善戰的抗倭英雄。他不僅自幼飽讀詩書，少年時又拜師學武，勤練體魄，既善擊劍，且精騎射，當倭患日烈後，他便一心想盡己所能、擊退倭寇，《明史》〈任環傳〉記載了他諸多豪勇擊寇的英雄事蹟：

> 倭患起，長吏不嫻兵革。環性慷慨，獨以身任之。三十二年閏三月禦賊寶山洋，小校張治戰死。環奮前搏賊，相持數日，賊遁去。尋犯太倉，環馳赴之。嘗遇賊，短兵接，身被三創幾殆。宰夫捍環出，死之，賊亦引去。已而復至，裹瘡出海擊之。怒濤作，操舟者失色。環意氣彌厲，竟敗賊，俘斬百餘。復連戰陰沙、寶山、南沙，皆捷。擢按察僉事，整飭蘇、松二

---

33 明人喜以跳梁小丑（醜）描繪倭寇，如明太祖朱元璋〈倭扇行〉：「君臣跣足語蛙鳴，肆志跳梁干天憲。今知一揮掌握中，異日倭奴必此變」，見〔明〕朱元璋撰，姚士觀等編校：《明太祖文集》，收入《文淵閣四庫全書》集部第1223冊（上海市：上海古籍出版社，1991年），卷19，頁221；又如〔明〕皇甫汸〈海波平〉：「乘舟截險洪濤中，跳梁若蝶聚若蜂。……夜縱巨艦突蒙衝，浮海繫直奏虜功，兔窮鳥盡覷厥終」，見〔明〕皇甫汸：《皇甫司勳集》，收入《四庫全書珍本》三集第339冊，卷9，頁5。倭寇狡猾而傲慢，依靠大海之險以逞凶，無疑為跳梁的小丑，但詩人認為：其以弱小的螳臂攻擊強大的天朝，終究如蜂蝶在浪上飛舞，與跳梁盤舞無異，最後必然會被殲滅蕩平、使大海復歸平靜的。

府兵備。倭剽掠厭，悉歸，惟南沙三百人舟壞不能去，環與總
兵官湯克寬列兵守之。[34]

　　由於當時的蘇州知府尚維持對於行軍布陣之事較不在行，其下屬各縣
的指揮官又多耽於逸樂、不管民命，因此，深諳軍事又為人慷慨正派
的任環願意「獨以身任」抗倭的重責，就顯得十分難能可貴。任環積
極組織鄉勇民兵六千人，施以軍事訓練，發給刀矛、火銃、弓弩等武
器，平日務農，倭寇來侵時即赴戰地，配合官軍作戰，於是，他一路
領兵「奮前搏賊」、「裹瘡出海」、怒濤中「意氣彌厲」，在在表現出威
猛退敵的英雄特質，能與有光詩中所敘相互印證。又有明代胡宗憲
《籌海圖編》云：「（蕭）顯自嘉定循海而南，攻圍上海甚急。時，城
初築未固，勢且陷，官民洶洶。兵備僉事任環，統民兵三百，僧兵八
十往援。時，賊船泊黃浦者以百計，而自吳淞江南行者不計焉。環追
襲之於五里橋。賊敗南奔。環追敗之於習家墳，賊始懼。適浙江都御
史王公忬，遣都指揮盧鏜來擊，賊乃解圍而南」[35]，也可具體見出任
環屢屢追擊賊寇的勇氣，以及倭寇畏懼任環而敗逃之窘狀。卡萊爾曾
說：「勇氣絕對是有價值的，做人的首要責任就是要克服恐懼……，
勇氣和至誠是所有英雄人物的首要特質」[36]，有光以較多的篇幅書寫
任環不畏凶寇、以寡擊眾的過人勇氣，詩中「惟」、「獨」等字眼尤其
強調了任環擁有作為一個英雄所需具備的首要特質——「勇氣」。

　　除了個人的勇氣之外，在描繪任環的戰士英雄形象時，有光還強

34　〔清〕張廷玉等：《明史》，卷205〈任環傳〉，頁5418。

35　〔明〕胡宗憲：《籌海圖編》，收入《四庫全書珍本》五集第93冊，卷6〈直隸倭變
　　紀〉「攻上海縣」條，頁19。

36　Thomas Carlyle, *On Heroes, Hero-worship and the Heroic in History*(Boston: Ginn, 1901),
　　pp.32, 45.

調了他的謀略與意志力，這是在其他描寫海戰英雄的元明詩中較少見的特質。詩云：

> 黃梅風雨自年年，今日沙頭浪拍天。最是使君多大略，笑看東海欲投鞭。（〈頌任公四首〉之一，《別集》卷10，頁523）
> 任公血戰一生餘，蓮碧花橋村塢虛。義士劉平能代死，吳門今不數專諸。（〈海上紀事十四首〉之七，《別集》卷10，頁523）
> 輕裝白袷日提兵，萬死寧能顧一生。童子皆知任別駕，歸然海上作金城。（〈頌任公四首〉之四，《別集》卷10，頁524）

第一首，詩人以「拍天」巨浪烘托任環的「大略」智謀，並以「笑看」二字加強其對海戰策略的成功自信。來自北方的任環，對於河網縱橫、湖泊甚多的蘇州地區作了實地考察後，卻能意識到水戰的重要性，實屬難能可貴；他規定軍官需通水性，還舉行水戰演習以提高作戰能力，又發動百姓紳商捐款以建船廠，打造四十艘戰船，還在船尾加建木飛輪，後來在抗倭戰中確實發揮不小的作用。[37]另二首，直接陳述任公一生「血戰」、「萬死」不顧的堅強意志力，而這份日日提兵、屢屢出戰的意志力，在《明史》本傳中亦有記載：

> 賊掠常熟，環率知縣王鈇破其巢，焚舟二十七。未幾，賊掠陸涇壩，都督周于德敗績。環偕總兵官俞大猷擊敗之，焚舟三十餘。賊犯吳江，環、大猷擊敗之鶯脰湖，賊奔嘉興。頃之，三板沙賊奪民舟出海，環、大猷擊敗之馬蹟山。其別部屯嘉定者，火燼之，盡死。論功，廕一子副千戶。母憂，奪哀。賊屯

---

37 詳參劉亦實：〈山西的抗倭英雄——任環〉，《文史月刊》第10期（2004年），頁25。

新場，環與都司李經等率永順、保靖兵攻之。中伏，保靖土舍
彭翅等皆死，環停俸戴罪。賊平，乞終制，許之。踰二年卒，
年四十。給事中徐師曾頌其功，詔贈光祿卿，再廕一子副千
戶，建祠蘇州，春秋致祭。[38]

　　從常熟到陸涇壩，從鶯脰湖到馬蹟山，再到新場，東南沿海一帶，多
可見到任環奮力擊賊的足跡；在其短短四十年的生命之中，任環所到
之處，卻總是帶給人民希望，連童子都知有「任別駕」這號英雄人
物，在普羅百姓的心中，任環儼然是一座巍然的「海上金城」。由此
可知，除了勇氣與謀略之外，持續征戰、萬死不悔的殺賊意志，也是
其所以能成為英雄的重要特質。

　　由於歸有光「酷好太史公書」[39]，因而其為文「不事雕飾而自有
風味」[40]，今觀其詩亦然，揚棄其他詩人對英雄勇氣誇飾的書寫手
法，而以素樸的文字、簡潔的對比，扼要而鮮明地勾勒出任環兼具勇
氣、謀略、意志力的戰士英雄形象，可謂自成一家。

（二）救贖英雄──關愛他人之能力

　　前文曾引述卡蘿・皮爾森之言道：「英雄不僅忍受痛苦，也保持
對生命的熱愛、勇氣及關愛他人的能力」，可知一個真正的海戰英
雄，除了本身所具備的熱愛生命的活力、作戰的勇氣、謀略與意志力
外，還需有一項重要的特質，那便是關愛他人的能力。在書寫抗倭英
雄的詩人中，鮮少有人注意到英雄這方面的特質，而有光詩中卻特重

38　〔清〕張廷玉等撰：《明史》，卷205〈任環傳〉，頁5418。
39　〔明〕周世昌：《重修崑山縣志》（臺北市：成文出版公司，1983年），冊1，卷6，頁
　　316。
40　〔明〕王世貞：〈歸有光贊〉，《弇州山人續稿》（臺北市：文海書局，1970年），卷
　　150〈文部・像贊〉，冊14，頁6875。

任環這種關愛士卒、百姓的英雄特質,詩云:

> 落日孤城戰尚賒,遙瞻楚幕有棲鴉。將軍真肯分甘苦,士卒何
> 人敢戀家。(〈頌任公四首〉之三,《別集》卷10,頁523)
> 成山斜轉黑洋通,南北神京一望中。天錫任侯為保障,長城隱
> 隱接遼東。
> 血戰鯨波日奏膚,東南處處望來蘇。畫工不解憂勤意,卻作南
> 溟全勝圖。(〈題周冕贈任別駕卷〉之一、四,《別集》卷10,
> 頁521)

對士卒而言,任環關懷部屬的起居飲食,肯與他們「分甘苦」,「在行
間,與士卒同寢食,所得賜予悉分給之。軍事急,終夜露宿,或數日
絕餐。嘗書姓名於肢體曰:『戰死,分也。先人遺體,他日或收
葬。』將士皆感激」[41],也因此,士卒們無人「敢戀家」,都願意為任
環效死,故「所向有功」[42]。對百姓而言,任環關懷他們的生命安
危,是人民的「保障」,也是人民企盼「蘇」解困苦的希望來源:當
賊寇來犯蘇州之時,「有司深關固閉,任其殺掠」[43],「鄉民繞城號。
環盡納之,全活數萬計」[44],本來蘇州知府尚維持擔憂倭寇的前鋒混
雜在鄉民中進城,而不打算開啟城門,任環則獨排眾議,認為不能置
十六鄉八鎮鄉民於不顧,自願承擔所有責任,知府這才下令開城讓鄉
民進城,救活了數萬百姓。[45]任環以百姓為念的仁愛襟懷,還可從明
代王翹〈賞火謠〉得到佐證,詩云:

---

41 〔清〕張廷玉等撰:《明史》,卷205〈任環傳〉,頁5419。
42 同前注。
43 〔明〕歸有光:〈備倭事略〉,《震川先生集》,卷3,頁60。
44 〔清〕張廷玉等撰:《明史》,卷205〈任環傳〉,頁5419。
45 詳參〔明〕焦竑:《國朝獻徵錄》(臺南市:莊嚴文化出版社,1996),卷95,頁726。

金閶門外賊火赤，萬室齊燒才頃刻。城頭坐擁肉食人，對火銜杯如賞春。城中哭聲接城外，宰獨何心翻痛快。憤兵獨有任公子，夜半巡城淚不止。縋城躍馬出沙河，義師都向湖心死。[46]

詩人以任環的關愛百姓為描寫主體，詩前有序：「吳城六門莫盛于西閶。六月初，賊舉火焚楓橋，達晝夜。時宰坐睥睨間，飲酒顧望，無異平日。時烈風大作，煙焰蔽天，不辨咫尺，哭聲遍城。內外或指城上云：勿啼哭，看城上賞火。吁，有是哉，作〈賞火謠〉」，說明了作者諷刺時宰罔顧民命的作意。當倭寇縱火焚燒千萬房屋和楓橋之際，在城上賞火、漠視城內外百姓性命的時宰與夜半巡城、為民流淚、縋城出戰的任公形成了強烈的對比，歸有光詩筆下的「任侯」，就是這樣一位為百姓「血戰鯨波」、日夜「憂勤」的救贖英雄，使人民免於毀滅或死亡，其關懷他人、以百姓為念的人格特質，正是「士卒」、「義師」願意為之效死的最大原因。

然而，當歸有光以詩歌形式表達對任環英雄事蹟的歌頌時，其所表現的對任環這位英雄人物的認同（identification）心理，即如希格爾所言的：「神話的創造者或群眾在認同英雄之際，等於是在心中搬演他們在現實生活中無力或不敢做出來的行為」[47]，也就是說，當有光在歌詠任環的英雄行為時，其心中或許正搬演著自己無力抗倭的遺憾或痛苦。一向關心「天下之治亂，生民之利病」[48]的歸有光，卻六赴鄉試，九上春官，直到嘉靖四十四年（1565）才考取進士（時年已六十），因此，當嘉靖三十三年（1554）崑山倭寇大作時，他雖亦親身參

---

46 〔清〕朱彝尊編：《明詩綜》（臺北市：世界書局，1962），卷49，頁24。

47 Robert A. Segal, "Introduction," in his *In Quest of the Hero* (New Jersey: Princeton Up, 1990), p.xv.

48 〔明〕歸有光：〈家譜記〉，《震川先生集》，卷17，頁249。

與抗倭守城之戰，著議論說上呈抗倭之策（如：〈禦倭議〉、〈備倭事略〉、〈論禦倭書〉等），且「陳之當事，多見施行」[49]，但畢竟他僅為一介平民，未能與聞軍務機要，內心仍不免有懷才不遇之憾，於是，在自覺或不自覺中，將此希冀用世的心理投射在對任環的歌頌之中。

四　歸有光詩中戰後百姓的悲歌

　　元、明以來抗倭的海戰詩，在戰爭結果的表述上，多發為戰士勝利的凱歌；海洋，在戰士視角下，是一個可以征服的對象。然而，有光因其在野文士的身分，又曾身受倭寇的迫害，再加上其家教師承、個性學養所形成的儒者愛民的性格，是以其詩中所揭示的戰後結果多發為人民被剽掠的悲歌，殷切地為受難的民眾發聲，書寫多聚焦於百姓飽受倭寇燒掠與官員徵稅的不幸與苦痛；海洋，在有光看來，具有毀滅的意義，是將百姓帶向死亡的黑暗場域。

（一）倭寇燒掠

　　明朝建立以後，實行嚴厲的海禁政策，禁止民間的私人海上貿易活動，只允許保留有限制的官方朝貢貿易。然而，海上貿易是沿海民眾維持生計的重要手段，海禁政策的實行，無異是斷絕了沿海民眾的生計，於是產生了大量的海上走私貿易者。他們和地方富豪階層（鄉紳、官僚）勾結，形成強大勢力；葡萄牙人因為得不到明政府正式貿易的許可，也不得不加入走私貿易；日本的商船則以國內豐富的銀生產為背景與之合流。中國的官員將這些人一概當作倭寇，當浙江省的雙嶼和瀝港作為走私貿易基地而遭致中國官軍的攻擊、毀滅殆盡後，

49　〔明〕孫岱：《歸震川先生年譜》（北京市：北京圖書館出版社，1999年），頁75。

這些走私者就一變而為海盜群了。[50]

嘉靖二十七年（1548），浙江巡撫朱紈派遣都指揮盧鏜等突襲雙嶼港，一舉覆滅所謂海賊的老巢，生擒了賊首李光頭、許棟，而徽州鹽商出身的王（本姓汪）直則收集餘黨，重振勢力，把老巢移到金塘山（定海縣西八十里海中）的烈港（瀝港），直到嘉靖三十六年（1557）被胡宗憲擒捕以前，東南海上全由王直獨占。嘉靖三十一年（1552）時，王直吞併了另一海上走私集團，成為東南沿海的領袖，因向政府請求通商遭拒，遂劫掠浙東沿海，開展了嘉靖時期所謂的禦倭戰爭。嘉靖三十三年（1554）倭寇攻掠崑山，情況危急萬分，[51]有光不得不攜家帶眷離開安亭，到崑山城內避難，從四月七日到五月廿五日，賊寇「臨城攻擊，大小三十餘戰」，圍城四十五日，方才退去，但沿途仍「殺遺民，燒遺屋，數十里烟火不絕者，……以泄其餘憤」[52]。有光以其親身的經歷與體驗記錄下這個令人心痛的真實事件，詩云：

> 自是吳分有歲災，連年杼軸已堪哀。獨饒此地無戎馬，又見椰帆海上來。
>
> 二百年來只養兵，不教一騎出圍城。民兵殺盡州官走，又下民間點壯丁。
>
> 海上腥膻不可聞，東郊殺氣日氤氳。使君自有金湯固，忍使吾民餌賊軍。

---

50 參樊樹志：〈「倭寇」新論——以「嘉靖大倭寇」為中心〉，《復旦學報（社會科學版）》第1期（2000年），頁39-43。

51 〔明〕歸有光〈處荒呈子〉：「崑山一縣，被寇獨深。蓋賊由上海、華亭、嘉定、太倉、常熟諸道而入者，皆至崑山而止。……以崑山、太倉、嘉定為荒災第一。」（《震川先生集・別集》，卷9，頁500）

52 〔明〕歸有光：〈崑山縣倭寇始末書〉，《震川先生集》，卷8，頁118。

避難家家盡買舟，欲留團聚保鄉州。淮陰市井輕韓信，舉手揶
揄笑未休。

大盜睢盱滿國中，伊川久已化為戎。生民膏血供豺虎，莫怪夷
兵燒海紅。（〈海上紀事十四首〉之一、二、三、四、五，《別
集》卷10，頁523）

滄海洪波蹙，蠻夷竟歲屯。羽書交郡國，烽火接吳門。雲結殘
兵氣，潮添戰血痕。因歌祁父什，流淚不堪論。（〈甲寅十月紀
事二首〉之一，《別集》卷10，頁520）

前三首，詩人就以平鋪直敘的方式，開門見山地道出吳中百姓所蒙受
的深重苦難，這種明白如話的行文語氣，透顯出詩人無暇雕飾文字的
沉痛心情。首先道出倭警頻發帶給百姓的壓力：連年災荒使得百姓
「杼軸其空」（一貧如洗）外，又有從海上乘「椰帆」而來的倭寇加
以侵擾。對於手無寸鐵、未曾受過軍事訓練的百姓而言，頻發的倭
警，帶給他們極大的精神壓力，明代德勝詩〈海汛詞二首〉之二即
云：「羽書南海報猖狂，守泛樓船黑水洋。忽聽倭酋螺四起，教人一
夜鬢如霜」[53]，東南沿海人民如同驚弓之鳥，只要倭酋螺聲一起，就
足以令人一夜髮白；有光在〈與沈養吾書〉也道出其避倭逃難的倉促
流離與驚恐心慌：「前晚有沙船泊市中，市人皆驚恐，夜走不絕，天
明始定；今亦惴惴然，如在邊塞，望候風塵，即為走計耳。宅內生聚
不下百口，一舉足皆有流離之苦，不得不稍鎮定之。……賊據新城，
陷上海，今其意在南翔，專候若到南翔，即攜家行矣。匆匆殊不盡，
東倉之勝，足以少創之，昨日焚燒上海略盡，其勢未已也」[54]。

---

53 〔清〕沈季友撰：《檇李詩繫》，收入《四庫全書珍本》七集第398冊，卷32〈〔明〕
　　德勝〉，頁12。

54 〔明〕歸有光：〈與沈養吾書〉，《震川先生集》，卷8，頁115-116。

　　其次點明百姓對官軍無能的無奈心情。當倭寇來擾之時，官軍
是人民希望之所繫，百姓們無不「刲羊宰牛具宿酒，日夜秪望官軍
來」[55]，卻不料官軍龜縮在城中，只會緊閉城門擂擊戰鼓，[56]「不教
一騎出圍城」，只聞其聲不見其影；尤有甚者，當民兵被殺盡之後，
「又下民間點壯丁」，竟不斷地抓壯丁以充實兵員或修築城牆，「以不
教之民，當日滋之寇」[57]，無異是以「生民膏血」供「豺虎」飽食。
明代王問〈團兵行〉對此更有詳細的描述：

> 銷鑱鍤，鑄刀兵，佃家丁男縣有名。客兵貪悍不可制，糾集鄉
> 勇團結營。寧知縣官不愛惜，疾首相看畏占籍。奔命疲勞期會
> 繁，執戟操場有飢色。星火軍符到里門，結束戎裝蚤出村。將
> 軍令嚴人命賤，一身那論亡與存。保正同盟衛鄉里，何期遠戍
> 吳淞水。極目沙壖白骨堆，向來盡是良家子。[58]

面有飢色的民兵在短暫速成的訓練之後，即被迫出城應敵，其結果自
然是全都化成白骨堆！更可惡的是，當民兵被倭寇殺戮殆盡之際，守
城的「州官」竟棄城而走，不顧城中的民命。有光在詩中雖未指明其
人為誰，但在〈崑山縣倭寇始末書〉一文中卻明白揭發都司梁鳳的腐
敗與失職、導致人民流離失所的實情，曰：

> 都司梁鳳適承撫按文檄，統處兵八百，來守茲土，士民倚為長
> 城。詎意其貪懦無狀，坐受宴犒。托言屯扎該境，遙為聲援，

55　〔明〕王問：〈官軍來〉，〔清〕朱彝尊編：《明詩綜》，卷42，頁29。

56　〔明〕王問〈官軍來〉：「城頭戍鼓聲如雷，十城九城門不開。」見《明詩綜》，卷
　　42，頁29。

57　〔明〕歸有光：〈崑山縣倭寇始末書〉，《震川先生集》，卷8，頁118。

58　〔清〕朱彝尊編：《明詩綜》，卷42，頁29-30。

竟爾招搖遠去。分兵四逸，半從鹽鐵，半從周市，沿途剽掠，吾民驚竄，自是要害無守。……梁鳳又復遷延六日，方至崑山縣西九里橋。索取軍需，聲言每名要銀五兩，乃始進兵。奈此時民窮斂急，本縣素乏羨餘，不能一時卒辦。意不相愜，復退屯兵真義地方。偶與賊遇，勉強一戰。貪其輜重，反致大敗。[59]

由於梁鳳的貪懦與遷延，使得要害無守，終致大敗；短短兩月，崑山人民貲聚枯竭，崑山城竟成一座孤城。

最後則是為百姓發出倭寇燒掠之痛的吶喊。有光詩中對於吳中人民遭受倭寇燒殺剽掠的慘狀，以及不得不自保的無奈著墨最深。先是以「海上腥膻不可聞，東郊殺氣日氳氤」道出這些海盜洗劫百姓、戰火延燒的範圍極廣，由海上一直延燒至陸地，有光身罹其亂，目擊危變，曾於〈崑山縣倭寇始末書〉詳細記下吳中百姓被燒殺剽掠的慘狀：

其各鄉村落，凡三百五十里，境內房屋十去八九，男婦十失五六，棺槨三四，有不可勝計而周知者。[60]

其中又以崑山遭倭寇之犯為最：

其六門並攻，被殺男女五百餘人，被燒房屋二萬餘間，被發棺塚計四十餘口，是皆就耳目之所睹者言之。[61]

明代孫承恩在詩中亦曾縷述倭寇將其祖屋與積累多年的財產燒成灰燼

---

59 〔明〕歸有光：〈崑山縣倭寇始末書〉，《震川先生集》，卷8，頁116。
60 同前注，頁118。
61 同前注。

的心痛與無奈,〈慰侄孫友仁昌祖居宅俱罹寇毀二首〉之一云:

> 祖屋成灰爐,倭夷很毒情。我聞增慨嘆,汝定淚縱橫。已已無
> 深痛,徐徐可再營。才能年更富,寧患業無成。世事寧非數,
> 人生合有災。幾年勞積累,一日變灰埃。出谷鶯非托,遷巢燕
> 亦猜。但看勤植立,天意有安排。[62]

目睹自己辛苦多年的資產,一夕間因「倭夷」的「毒情」而化為烏
有,怎能不老淚縱橫?倭寇在焚屋掠財以外,尤有甚者,還劫取女
色,明代佘翔〈貞烈篇為林烈婦作〉云:

> 我昔遭寇亂,孤城嗟復隍。倭兵猛于虎,士女驅群羊。皎皎林
> 家婦,引袂裂衷腸。玉顏分必死,塵土非我藏。烈氣填胸臆,
> 捐佩水中央。賊徒俱動魄,按劍赫相望。陰精徹河漢,白日天
> 蒼涼。人生駒過隙,含垢辱冠裳。豈不柔繞指,化此百煉剛。
> 吁嗟柯氏女,風與江海長。芙蓉照秋水,歲歲含幽芳。[63]

倭兵猛於虎,使得士女們宛如被其驅趕的羊群,根本無處可躲;而面
對倭寇的淫逼,林家婦女抵死不從,以維護一己的貞潔。有光詩中雖
未言及倭寇之奸淫婦女,但在〈論禦倭書〉中有言:「自倭奴入
寇……虜劉我人民,淫污我婦女」[64],即已控訴其淫污婦女的滔天罪
行,而佘翔此詩更可作為佐證與補充,以具體見出倭寇對東南沿海生
民所造成的深刻傷害。

---

62 〔明〕孫承恩:《文簡集》,收入《四庫全書珍本》二集第368冊,卷17,頁17-18。
63 〔明〕佘翔:《薛荔園詩集》,收入《四庫全書珍本》八集第206冊,卷1,頁27。
64 〔明〕歸有光:〈論禦倭書〉,《震川先生集》,卷8,頁112。

接著，有光在詩中還書寫了民眾不得不買舟避難、團聚保鄉的自保行動，以及其仍不幸地橫遭殺戮的悲慘下場。〈海上紀事十四首〉之四、五中，藉由兩個典故形象而精鍊地表現出海盜的驕縱肆恣與數量驚人：以《史記·淮陰侯列傳》中韓信受淮陰市井的「袴下之辱」[65]比喻崑山鄉民之受倭賊的揶揄嘲笑，以《左傳》〈僖公二十二年〉中「伊川化而為戎」[66]的典故隱喻因海盜充斥而使吳中瞬間變為蠻夷之地。由於「吳民柔脆，且不知兵」[67]，無法抵擋習於征掠的倭寇，千萬黎民猶如豺虎的食物，吳門百姓幾被斬盡殺絕，生民的鮮血染紅了大海，令人不忍卒睹，因此，有光在〈甲寅十月紀事二首〉之一的詩末，以「雲結殘兵氣，潮添戰血痕」等情景交融的詩句描繪了此等慘狀，更以「流淚不堪論」的情語直接陳述其內心莫名的悲痛。

（二）有司催科

除了倭寇劫掠的苦難之外，吳中百姓的悲歌還包含了有司的無情催科。有光詩云：

> 上海倉皇便棄軍，白龍魚服走紛紛。崑山城上爭相問，舉首呈身稱使君。
> 牛遭鋒鏑半逃生，一處烽烟處處驚。聽得民間猶笑語，催科且

---

65 《史記》〈淮陰侯列傳〉：「淮陰屠中少年，有侮信者，曰：『若雖長大好帶刀劍，中情怯耳。』眾辱之曰：『信能死，刺我；不能死，出我袴下。』於是信孰視之，俛出袴下蒲伏。一市人皆笑信以為怯。」見瀧川龜太郎：《史記會注考證》（臺北市：洪氏出版社，1982年），〈淮陰侯列傳第三十二〉，頁1064。

66 《左傳》〈僖公二十二年〉：「辛有適伊川，見被髮而祭于野者。曰：不及百年，此其戎乎？」見楊伯峻：《春秋左傳注》（臺北市：洪葉文化事業有限公司，1993年），冊上，頁393-394。

67 〔明〕歸有光：〈上總制書〉，《震川先生集》，卷8，頁115。

喜一時停。(〈海上紀事十四首〉之八、九,《別集》卷10,頁
523)

經過兵燹後,焦土遍江村。滿道豺狼跡,誰家雞犬存?寒風吹
白日,鬼火亂黃昏。何自征科吏,猶然復到門。(〈甲寅十月紀
事二首〉之二,《別集》卷10,頁520)

抗倭戰事發生以前,蘇、松二府民生上最大的問題本就是賦重民貧,
倭變以來「又加以額外之徵,如備海防、供軍餉、修城池、置軍器、
造戰船,繁役浩費,一切取之於民。……東南賦稅半天下,民窮財
盡,已非一日。今重以此擾,愈不堪命,故富者貧,而貧者死」[68],
有光詩中以「白龍化為魚」[69]的典故比喻倭難發生時城中使君倉皇棄
軍、隱藏身分、改裝出城逃逸。使君逃逸,官軍又不敢出城,百姓因
而慶幸賦稅的徵收得以暫時停止;其中「笑語」、「且喜」二詞,在反
諷中更顯淒涼與無奈。然而,戰時的停止催科畢竟只是暫時的,當倭
寇呼嘯而去,百姓的資產被洗劫一空,到處一片「焦土」之後,無情
的官吏依然來到門前,意欲強徵賦稅,使百姓益發陷入困境。明代顧
應祥〈海寇〉詩亦云:

攻城殺官吏,燎原損稌黍。剽掠辱閨閫,屠僇及乳哺。結巢據

---

68 同前注,頁114。
69 〔漢〕劉向《說苑》:「吳王欲從民飲酒,伍子胥諫曰:『不可。昔白龍下清冷之
淵,化為魚。漁者豫且射中其目,白龍上訴天帝。天帝曰:「當是之時,若安置而
形?」白龍對曰:「我下清冷之淵化為魚。」天帝曰:「魚固人之所射也;若是,豫
且何罪?」夫白龍,天帝貴畜也;豫且,宋國賤臣也。白龍不化,豫且不射;今棄
萬乘之位而從布衣之士飲酒,臣恐其有豫且之患矣。』王乃止。」(卷9〈正諫〉,
《四部叢刊・正編》〔臺北市:臺灣商務印書館,1979年〕,第17冊,頁96-97)由此
可知,「白龍魚服」是天帝寵物白龍化身為魚而遭漁夫射目的故事,後人用以比喻
帝王大臣隱瞞身分出行,恐有不測。

險要，呼類益屯聚。承平紈綺習，詎識干戈苦。聞風輒先奔，
墮塹等盲瞽。去年檇李敗，慘極不忍睹。浮骸滿溝渠，行不通
商旅。堂堂會城中，三司列文武。長驅且深入，無人敢撐拄。
坐令北關外，一炬成焦土。脅從半吾民，如以翼加虎。元帥乃
書生，市兒充行伍。縱有百萬家，竟不能彀弩。見說賊兵來，
城門已先杜。十室九逃竄，止遺甑與釜。算緡科兵田，招兵沿
門戶。東南財賦區，中病在肺腑。天子怒按劍，新命改督府。
彼倭干天憲，凶殘久自沮。會見一埽平，四方盡安堵。[70]

詩中全面描寫了倭寇的凶殘、官軍的怯懦、百姓的悲慘與徵稅的殘
酷，具體闡釋了造成百姓悲苦的原由，可作為有光詩中書寫百姓悲歌
的最佳注腳與補充。

從有光特重百姓悲歌的海戰結果這一書寫特徵來看，可以觀出他
眷顧百姓、愛護百姓的儒者存心。[71]學者龔道明曾針對此點特別指出：

在政治上他（有光）眷顧百姓，對當時東南沿海的倭寇為患，
以及對一些奸臣蔽政的憤慨，在他的詩篇中表露無遺。……他
雖是在野之身，仍念念不忘人們的幸福和哀痛，究其原因，實
和他民胞物與的胸懷有關。一般來說，明代的士風至為浮薄。
剛正之氣，開始就由太祖、成祖加以摧殘，繼又沮抑於權相
閹豎，加上以八股文取士，以致人材失養，學則趨於祿利，仕

---

70 〔清〕朱彝尊編：《明詩綜》，卷28，頁13。

71 關於歸有光儒者性格養成的主要原因，學者戴華萱認為有四點，分別為：慈訓師承
的潛移默化、心中私淑仰慕的對象、尊長深切的期望，及堅守六經以為法。詳參戴
華萱：《崑山歸有光研究——明代地方型文人的初步考察》（臺北市：國立臺灣師大
碩士論文，2000年6月），頁70-85。

則括其膏脂，終於造成政蔽國衰。震川講學為文，多痛陳此
弊。……震川日後為令長興，為上官沮抑，所遇正是如此。這
種訾議時政，出發點是對百姓的關心，也是他民胞物與的體
現。[72]

有光本身亦多次在文章中提及其愛民的政治主張，如〈送同年丁聘之
之任平湖序〉云：「若為令者，則民皆吾之赤子，朝夕見之，亦何忍
使之逮繫鞭笞，流離殭仆而不之卹也」[73]；又如〈九縣告示〉云：「為
民父母，不能賑貸之，而尚忍分外毫髮有傷于民乎」[74]。後來，他當
了官，也果真具體實踐其主張，一直維持簡政愛民的作風，如其於
〈順德府通判廳右記〉所云：「余居邢（順德）之三月，……日閉門
以謝九邑之人，使無至者。簿書一切稀簡，不鞭笞一人，吏胥亦稍稍
遯去。余時獨步空庭，槐花黃落，遍滿堦砌，殊懽然自得」[75]，同樣
地，這樣的仁愛存心，也具體地反映在其詩海戰結果的書寫中。

五　歸有光詩中戰後的反省批評

崑山縣民，包括有光在內，不但飽受倭寇劫掠迫害的威脅，還要
忍受昏官懦將的折磨，那種精神上的痛苦遠非外人所可想見。有光一
向關心民生現實與疾苦，平時即想盡各種辦法來改善人民生活，先後
著作了《三吳水利錄》、〈馬政議〉、〈處荒呈子〉等，提出許多救災恤

72　龔道明：《歸有光研究》（臺北市：國立臺灣大學中文研究所碩士論文，1980年6月），
　　頁19-20。

73　〔明〕歸有光：〈送同年丁聘之之任平湖序〉，《震川先生集》，卷10，頁136。

74　〔明〕歸有光：〈九縣告示〉，《震川先生集・別集》，卷9，頁504。

75　〔明〕歸有光：〈順德府通判廳右記〉，《震川先生集》，卷17，頁248。

民的具體方略；因此「在倭寇為害最烈時，他先後發揮了他的智慧，寫了〈禦倭議〉、〈論禦倭書〉等，倭寇走了之後，又作了〈蠲貸呈子〉，乞蠲貸以全民命」[76]。同樣地，他的海戰詩，也十分重視戰後現實的反省與批評，對於因官員的怯懦無能而導致的抗倭失利予以辛辣的諷刺，對於當局招撫政策的不當也直接提出了批評。以下分別加以析論：

（一）官員怯懦無能之諷刺

有光的海戰詩，在戰後的反省方面，首先無情諷刺了本應保護百姓的明朝官員，詩云：

> 新城斗絕枕東危，甲士千人足指麾。壁外波濤空日月，城頭忽豎海王旗。
> 海島蠻夷亦愛琛，使君何苦遁逃深。逢倭自有全身策，消得牀頭一萬金。
> 海潮新染血流霞，白日啾啾萬鬼嗟。官司卻恐君王怒，勘報瘡痍四十家。（〈海上紀事十四首〉之十、十一、十二，《別集》卷10，頁523）

詩人指出明朝官員的兩大問題：一是怯懦怕死。其實崑山城池位置險要難攻，且城中有千甲軍士足以抗敵，然而城民所仰賴的「使君」卻在倭寇突然來襲時，立即因怕死而「遁逃」無踪；有光以諷刺的口吻對使君說：「只要將牀頭的一萬兩黃金送給愛財的海盜，便可保全性命，何必辛苦逃逸呢？」辛辣地斥責了官員的自私怕死與不恤民命。

---

76 呂新昌：《歸震川評傳》（臺北市：臺灣商務印書館，1979年），頁61-62。

另一是無能怕事。對於倭患所造成的慘重災情，官員深恐君王震怒而不敢據實以報，僅言「四十家」受難，完全無視於千萬個血染大海、已成冤鬼的無辜生命。有光以海潮染血的視覺誇飾及白日仍能聽到冤死者「啾啾」悲鳴的聽覺誇飾，生動且怵目驚心地強調了黎民的悲慘遭遇，也鮮明地對比出倖存官員的怯懦與無能。

關於官員的只知自保、不顧民命的怯懦行徑，有光在文章中亦曾多次提及，其〈備倭事略〉云：「即今賊在嘉定，有司深關固閉，任其殺掠，已非仁者之用心矣。其意止欲保全倉庫城池，以免罪責，不知四郊既空，便有剝膚之勢，賊氣益盛，資糧益饒，并力而來，孤懸一城，勢不獨存，此其於全驅保妻子之計，亦未為得也」[77]，又〈論禦倭書〉也揭露了「賊攻州而府不救，攻縣而州不救，劫掠村落而縣不救」[78]的嚴重問題，有光以為，凡此皆非仁者應有的存心。

針對官員怯懦怕事的對治之道，有光於詩中雖未言及，但我們可在他的散文中略知一二：首先，他提出了貫徹軍令、整頓軍紀的建議，〈禦倭議〉云：「宜責成將領，嚴令條格，敗賊於海者為上功，能把截海口不使登岸，亦以功論。賊從某港得入者，把港之官必殺無赦，其有司閉城坐視四郊之民肝腦塗地者，同失守城池論，庶人知效死而倭不能犯矣」[79]；其次，他還建議要審慎地選將練兵，〈上總制書〉言：「凡諸有司，名雖統兵出境，實皆各自擁護，殊無互為策應之意。間有奮勇前驅者，豈真具有成算？非迫於嚴刑，則誘於重賞；而文武官屬，又皆在數里外，並未嘗有臨陣督戰者。故往往以孤懸取敗，卒亦不聞有不相赴援之誅，是進者死而退者生，前者苦而後者樂；號令之不一，賞罰之不明，承襲蒙蔽，一至於此，可不為之痛心

77　〔明〕歸有光：〈備倭事略〉，《震川先生集》，卷3，頁60。
78　〔明〕歸有光：〈論禦倭書〉，《震川先生集》，卷8，頁112。
79　〔明〕歸有光：〈禦倭議〉，《震川先生集》，卷3，頁60。

哉？議者咸謂：窮寇致死，吳民柔脆，且不知兵，本難為敵。嗚呼！
有制之兵，無能之將，不可敗也。今將既不選，兵復不練，其于陣法
奇正，懵然無知，而漫使之格鬥，是誠所謂驅群羊而攻猛虎也」[80]，
惟有慎選有能之將，訓練兵卒知陣法奇正，再加以賞罰分明，方能克
敵致勝。這番一針見血、切中時弊的建言，透顯出有光對民生現實的
細心關注與用心良苦。

（二）招撫政策不當之批評

有光的海戰詩，在戰後的反省方面，還針對當局的禦倭政策表達
其不滿的立場，詩云：

> 海水茫茫到日東，敵來恍惚去無蹤。寶山新見天兵下，百萬貔
> 貅屬總戎。
> 江南今日召倭奴，從此吳民未得蘇。君王自是真堯舜，莫說山
> 東盜已無。（〈海上紀事十四首〉之十三、十四，《別集》卷10，
> 頁523）

詩中首先強調敵寇由海上而來，行踪卻飄忽不定，難以捉摸；在明代
的蕃夷之害中，實以倭寇之亂最為嚴重，明代王世貞就曾指出倭寇的
勇猛凶悍，危害甚鉅：「倭賊勇而戇，不甚別生死。每戰輒赤體，提
三尺刀無而前，無能捍者。其魁則皆閩浙人，善設伏，能以寡擊眾，
反客主勞逸而用之，此所以恆勝也。大群數千人，小群數百人，比比
猬起」[81]，可知倭寇除了勇悍善戰外，其夥同劫掠的徒眾多時高達幾

---

80 〔明〕歸有光：〈上總制書〉，《震川先生集》，卷8，頁115。
81 〔明〕王世貞：《弇州山人四部稿》（臺北市：偉文圖書出版社，1976年），冊8，卷
80〈倭志〉，頁3821。

千人，少時也有幾百人，且多與奸商刁民勾結，領頭的人又往往是閩
浙人，他們了解地勢人情，善於埋伏，因而常常取勝。因此，面對此
等華夷難分、刁鑽難治的敵人，切不可等閒視之，有光在詩中表達對
當局招撫倭奴政策的不滿，認為無法根本解決「吳民」的憂患，沿海
海盜的威脅依然存在。他這種批評是頗能切中時弊的，例如指揮抗倭
的重要人物胡宗憲，就採取剿撫並用的辦法，雖然誘擒王（汪）直成
功，但對於平倭的效果卻不甚理想，直之餘黨仍續為禍，《明史紀事
本末》即載：「直雖就誅，而三千人皆直死士，無所歸，益恚恨，復
大亂」[82]，可印證有光反對招撫政策之極具見地。

　　既然招撫政策不妥，那麼，究竟該如何禦倭？雖然有光於詩中「受
限於句式、篇幅、格律」[83]，未能對禦倭之策提出具體建議，但因他
曾身受倭寇迫害，且親自參加過崑山的守城之戰，如其〈上總制書〉
所云：「冒風雨，蒙矢石，躬同行伍者四十餘晝夜，頗能發縱」[84]，所
以他在多處文章中對禦倭的謀略發表過不少具體而積極性的建議，可
作為其詩之補充。大抵而言，禦倭要點在速戰速決，細而言之，可分
五方面來看：

　　一、戰略方面：有光認為需兼重安內與攘外。他指出朝廷只重
「安內」政策之不當：「豈以天下之根本在內不在外，故惟慎選撫
臣，為安內攘外之長策也」[85]，認為「攘外」需與「安內」並重。因

82　〔清〕谷應泰：《明史紀事本末》，收入《景印摛藻堂四庫全書薈要》第211冊（臺
　　北市：世界書局，1988年），卷55，頁601。
83　張高評：「以詩歌書寫海洋戰爭，受限於句式、篇幅、格律，對於旌旗蔽空、艨艟
　　滿海之海戰場面，敵我雙方聲威、氣勢、謀略、戰術之渲染，較難巧構形似，暢所
　　欲言。」見氏著：〈海洋詩賦與海洋性格——明末清初之臺灣文學〉，《臺灣學研
　　究》第5期（2008年6月），頁11。
84　〔明〕歸有光：〈上總制書〉，《震川先生集》，卷8，頁115。
85　〔明〕歸有光：〈巡撫都御史翁公壽頌〉，《震川先生集》，卷29，頁358。

此，在戰略上，對外應以朝鮮制馭日本，或派兵海外征服之：「今世
朝鮮國雖無專征之任，而形勢實能制之，況其王素號恭順。倭奴侵
犯，宜可以此責之！不然，必興兵直搗其國都，繫虜其王，始足以伸
中國之威」[86]；對內則應訓練京軍、修水利以蘇解民困，其〈上總制
書〉云：「京軍除孝陵及江北諸衛雖殘缺之後，尚有十二萬丁，而官
舍軍餘數當倍之。既不使之出戰，又不使之守城，徒令市井貧民裹糧
登陴，一夫每日官給燒餅二枚，計費銀一百餘兩，每夜自備油燭七
條，計費銀七百餘兩，典鬻供備常從後罰，冤號之聲，溢于衢路。則
平昔養軍果為何耶」[87]？又云：「東南財賦出于農田，農田繇于水利。
某嘗謬撰一書及承渥州侍御委纂圖，攷其源流利害，亦頗究竟。今以
倭寇往來，乃於湖流入海之道悉行堰壩，冀為梗塞，殊不知此寇離海
深入，原不甚賴舟楫，而清流既壅，渾潮日漲，水利不通，農田漸
荒，外患雖除，內亂必作」[88]。由此可知，有光對於攘外與安內的戰
略，皆能提出極為具體的方案與建言。

二、戰地政務方面：舉凡蓄積戰力、杜絕埋伏、防賊出入、安撫
百姓、慎支官銀等戰備工作，皆在〈崑山縣倭寇始末書〉中有詳細
論列。

1. 蓄積戰力──「今之急務，莫若廣濠塹、造月城、築弩臺，立
營寨、集鄉兵、時訓練，鑄火器、備弓弩、積薪米、蓄油燭。」

2. 杜絕埋伏──「其周迴近城林木須斬去里許，以絕埋伏。」

3. 防賊出入──「塋塚有礙城隍者，宜量給地價為遷葬之費，而
十家為甲之法，尤所當嚴，其男子十五歲以下，凡成丁者，盡令編
報，排門粉壁，每甲推長一人，稽其出入。若有面生可疑，雖係商賈，

---

86 〔明〕歸有光：〈禦倭議〉，《震川先生集》，卷3，頁60。
87 〔明〕歸有光：〈上總制書〉，《震川先生集》，卷8，頁114-115。
88 〔明〕歸有光：〈上總制書〉，《震川先生集》，卷8，頁115。

非累年土著，無父兄承傳者，亦須根究。庶使內賊不出，外賊不入，而奸宄之徒，無從造釁矣。」

　　4. 安撫百姓——「至于撫疲民，蠲逋稅，勘荒田，尤時政之大端。」

　　5. 慎支官銀——「而動支官銀，又便宜之要術。蓋事有常變，有輕重，處常則倉庫為重，而武備為輕；處變則軍旅為重，而財用為輕。況居官行法自有大體，私罪不可有，公罪不可無。所謂公罪者，正今日動支官銀以濟時艱，而為法受惡之類是也。況既上官文移，則操縱由己，雖不宜冗濫，又何必拘拘常格，而自取窘縮哉；且安富之道，周官所先，勸借可暫而不可常，可一而不可再。以有限之大戶而欲應無窮之臣寇，吾不知所稅駕矣。」[89]

　　有光認為，如果能在戰前做好上述的準備工作，「則用足兵強，形勢險固，人心堅勵，進可以攻，退可以守，賊來犯境，便當橫出四郊與之一決，又何必填門塞關，懸懸外援之望，不獲其用，而反受其害，如今日之冤憤哉？」[90]可見得他是成竹在胸的。

　　三、戰將兵卒方面：有光在〈備倭事略〉中，認為應召募沿海大姓組成伏兵、即：「乞募沿海大姓沈、濮、蔡、嚴、黃、陸等家，素能禦賊及被其毒害者并合為一，專為伏兵及往來遊擊，賊自不敢近太倉、嘉定、松江矣」[91]，並且任用懂軍事的官員主決兵事，有言：「又嘉定近海為內地保障，其縣令悾愡不知兵，乞委任百姓所信，向如任同知、董知縣、武指揮等協力主決兵事」[92]。其中的任同知，即其詩中一再稱美的海戰英雄——任環。

89　〔明〕歸有光：〈崑山縣倭寇始末書〉，《震川先生集》，卷8，頁118。
90　〔明〕歸有光：〈崑山縣倭寇始末書〉，《震川先生集》，卷8，頁119。
91　〔明〕歸有光：〈備倭事略〉，《震川先生集》，卷3，頁61。
92　〔明〕歸有光：〈備倭事略〉，《震川先生集》，卷3，頁61。

　　四、戰術方面：有光在對抗海寇的戰術方面尤其費心，大略而言，約有五術。

　　1.堅持海戰——主張各省會哨、殲敵海洋不使上岸，〈禦倭議〉云：「如前世慕容皝、陳陵、李勣、蘇定方，未嘗不得志於海外。而元人五龍之敗，此由將帥之失。使中國世世以此創艾而甘受其侮，非愚之所知也。顧今日財賦兵力，未易及此，獨可為自守之計。所謂自守者，愚以為祖宗之制，沿海自山東淮浙閩廣，衛所繹絡，能復舊伍，則兵不煩徵調而足，而都司備倭指揮，俟其來於海中截殺之，則官不必多置提督總兵而具，奈何不思復祖宗之舊，而直為此紛紛也。所謂必於海中截殺之者，賊在海中，舟船火器，皆不能敵我也，又多飢乏。惟是上岸，則不可禦矣。不禦之於外海，而禦之於內海；不禦之於海，而禦之於海口；不禦之於海口，而禦之於陸；不禦之於陸，則嬰城而已，此其所出愈下也」[93]，由此，可見有光深具「海權意識」[94]，能意識到「外海」防禦的重要性，而非僅守住內海、海口或內陸即可。

　　2.設伏襲取——〈備倭事略〉：「見今賊徒出沒羅店、劉家行、江灣、月浦等地方，其路道皆可逆知，欲乞密切，差兵設伏，相機截

93　〔明〕歸有光：〈禦倭議〉，《震川先生集》，卷3，頁60。

94　張仁善指出，完整的海權由海洋經濟權益、海洋國防權益和海洋國土權益三部分組成。海洋經濟是海權形成的動力，海洋國土是海權的載體，海洋國防是爭取、控制和保護海權的形式。（參氏著：〈近代中國的海權與主權〉，《文史雜誌》第4期，1990年，頁2-4）盧建一更據此從明代水師的創建、發展的狀況來檢視，認為明代中華民族的海權意識已相當明確。例如宋元的水師一般設置在海岸，而明代第一道海防線設於海島的水寨，這是重視海洋權益的體現；到了明中後期，海權意識有了進一步發展，胡宗憲等人提出「禦海洋」的主張，水師遂從近海防禦開始向外海延伸。（參氏著：〈從東南水師看明清時期海權意識的發展〉，《福建師範大學學報》第1期〔2003年〕，頁107-108）歸有光重視「外海」作戰的海權意識與主張，與胡宗憲等人可謂不謀而合。

殺。彼狃於數勝，謂我不能軍，往來如入無人之地，出其不意，可以得志。古之用兵，惟恐敵之不驕不貪。法曰：卑而驕之。又曰：利而誘之。今賊正犯兵家之忌，可襲而取也。」[95]「然所謂設伏為奇兵，又時出正兵相為表裏而後可也。」[96]

3. 守於城外——〈備倭事略〉：「今所謂守城者，徒守於城之內，而不知守於城之外，惴惴然如在圍城之中，賊未至而已先自困矣。畏首畏尾，身其餘幾？故唇亡而齒寒，魯酒薄而邯鄲圍。夫蘇州之守不在於婁門，而在於崑山太倉，太倉之守不在於太倉，而在於劉家港，此易知也。」[97]

4. 孤弱寇黨——招徠假倭，瓦解海盜勢力，〈備倭事略〉云：「又訪得賊中海島夷洲，真正倭種不過百數，其內地亡命之徒固多，而亦往往有被劫掠不能自拔者。近日賊搶婁塘、羅店等處，驅率居民挑包，其守包之人與吾民私語，言是某府州縣人，被賊脅從，未嘗不思鄉里，但已剃髮，從其衣號，與賊無異，欲自逃去，反為州縣所殺，以此只得依違苟延性命。愚望官府設法招徠，明以丹青生活之信，務在孤弱其黨，賊勢不久自當解散，此古人制夷遏盜之長策也。」[98]

5. 速戰速決——〈論禦倭書〉：「老子曰：師之所處，荊棘生焉。故善者果而已矣。孫子曰：久暴師則國用不足。鈍兵挫銳，屈力殫財，則諸侯乘其敝而起。故兵聞拙速，未覩巧之久也。今若是不幾於鈍乎？豈老子之所謂果乎？議者謂此寇不宜與之戰，在坐而困之，此固一說也。然窮天下之精兵，散甲士於海上，曠日彌月，而久不決，則所謂困者，在我矣！是不可不察也。則今日之計宜於速戰而已。」[99]

95　〔明〕歸有光：〈備倭事略〉，《震川先生集》，卷3，頁60。

96　〔明〕歸有光：〈備倭事略〉，《震川先生集》，卷3，頁61。

97　〔明〕歸有光：〈備倭事略〉，《震川先生集》，卷3，頁61。

98　〔明〕歸有光：〈備倭事略〉，《震川先生集》，卷3，頁61。

99　〔明〕歸有光：〈論禦倭書〉，《震川先生集》，卷8，頁112。

　　由上述可見，有光的禦倭策略主要在攘外與安內並重、速戰速決，而尤重交戰前後的戰略籌劃，如：責成將領、訓練軍隊、講究戰備戰術、安撫百姓等。然而，此等禦倭主張與時人相較，是否有其特出之處？學者顧國華、許建中指出，由於有光的家鄉屢遭倭寇侵擾，眼見生靈塗炭，故認為禦倭重在交戰時人人效死，則倭不能犯；至於王世貞、宗臣雖與有光同樣主張「攘外必先安內」，但王世貞因父親王忬以禦倭失當遭嚴嵩冤殺，加之以自己曾在吏部供職而熟知朝廷之腐敗，故謂「憂不在南北，而在中土；機不在將帥，而在朝廷；失不在地利，而在人心」[100]，認為朝廷的態度才是最大的關鍵所在；而宗臣則因具有吏部任職和親身抗倭的雙重經歷，所以提出「先策華人，夷可不策而定」[101]的主張（「華人」指中國海盜與朝廷中飽私囊的衣冠之盜），自然比歸有光、王世貞的認識更為切實可信！[102]顧、許二學者，能從作者的經歷、動機加以論述比較，所言頗可參考；但顧氏、許氏卻未曾留意：有光也實際參與了抗倭戰事，對於朝廷主其事者只為中飽私囊的自私與無能，在詩、文之中亦多有指責，甚至直指其姓名（前文已述及），因此，有光對於禦倭的認識與主張並不亞於宗臣。可惜的是，有光僅為一在野文士，無法像宗臣一樣可以「請纓枕戈，不暇餐沐」[103]，將其具體的戰術實際運用在戰場上以擊退倭寇。

　　其實，無論有光之策是否真能有效禦倭，單就他以在野之身，仍願苦心籌設委實詳盡的禦倭策略，便可見出他民胞物與的仁厚胸懷；

100　〔明〕王世貞：《倭志》，見《皇明經世文編》，收入《四庫禁燬書叢刊》集部第27冊（北京市：北京出版社，2000年），卷332，頁151-152。

101　〔明〕宗臣：〈報子與〉，《宗子相集》，收入《景印文淵閣四庫全書》集部第1287冊（臺北市：臺灣商務印書館，1983年），卷15，頁209。

102　參顧國華、許建中：〈論宗臣禦倭散文的史料價值〉，《學術交流》第6期（2010年6月），頁171。

103　〔明〕宗臣：〈登平遠臺記〉，《宗子相集》，卷13，頁127。

而其海戰詩特出於時人的戰後反省與批評，更為其仗義執言的個性展現，以及經世致用的思想落實。有光幼讀古書時，即對富有節義的事蹟特別感慨流涕，〈與殷徐陸三子書〉曾云：「少時讀書，見古節義事，莫不慨然歎息，泣下沾襟。恨其異世，不得同時」[104]；他在〈史稱安隗素行何如〉中還認為「小人得志于天下，非盡小人之罪也，君子亦與有責焉耳矣」[105]，君子若未能發揮道德勇氣以伸張正義，就是助長小人一再地為非作惡、歪曲事實，因此，對於當局不明察有司們在抗倭戰中的怠忽職守，有光遂予以明白的揭發與無情的諷刺。有光治學，向以六經為本，〈家譜記〉嘗自云：「有光學聖人之道，通於《六經》之大指。雖居窮守約，不錄於有司，而竊觀天下之治亂，生民之利病，每有隱憂於心」[106]；又於〈送何氏二子序〉謂：「自周至於今二千年間，先王之教化不復見。賴孔氏之書存，學者世守以為家法，得以治心養性，講明為天下國家之具」[107]，認為六經不惟可修身，亦可為治國平天下之依憑，是以深通六經此一經世致用之學的有光，落實至日常生活中，遂特重當世利病，其從孫歸起先也說：「公豈求工於文而已哉？其學術則辯《易》圖之宗旨，究禹疇之法象，與夫作史之志，議禮之言，有以啟先儒所未發；其經濟則條水衡之事宜，悉太僕之掌故，以及用人之方，御倭之議，有以裨當世所宜行。聞貞孝之事，則奮袂攘臂，不欲令弱質俠骨受誣於豪強；修族姓之譜，則齋咨涕洟，必欲使遠祖近宗盡歸於敦睦」[108]，有光久試不第，長期生活於吳中，熟悉生民疾苦，舉凡現實生活中之水利、禦倭、賦

104　〔明〕歸有光：〈與殷徐陸三子書〉，《震川先生集》，卷7，頁98。

105　〔明〕歸有光：〈史稱安隗素行何如〉，《震川先生集·別集》，卷1，頁388。

106　〔明〕歸有光：〈家譜記〉，《震川先生集》，卷17，頁249。

107　〔明〕歸有光：〈送何氏二子序〉，《震川先生集》，卷9，頁123。

108　〔明〕歸有光：〈新刊震川先生文集序〉，收錄於《震川先生集》，頁9-10。

稅、家族與國運興衰關係等，皆有深入的觀察與建言，明代周世昌稱其文「議論奇特」[109]，實乃因有光之經世熱忱有以致之。他雖一生大部分時間為在野文士身分，卻能一本儒家的經世精神，關心民瘼，並從百姓的角度發聲，提出具體解決民生問題之道，著實令人感佩。

六　結語

從海戰詩史的發展言，南宋的文天祥首先開創了海戰書寫的主題，表現出以元軍為他者、真實描寫海戰場景、書寫戰敗結果與反省等內涵特徵；到了元代，由於時代背景的轉變，詩中書寫內容亦隨之產生極大的變化，改以倭寇為最主要的他者、較少海戰場景的描繪、多為戰勝的凱歌與抗倭英雄的形塑、對戰後的反省反而少有著墨；與元詩相較，明詩雖仍以倭寇為主要的他者，也多發為勝利的凱歌、少有戰後的反省，但由於武將多能作詩、文人談兵之風盛行，海戰詩作者泰半為抗倭武將（包括領兵文人），或兼與軍務擘畫之文人，因此書寫內容更趨多樣而細膩，除了繼承元詩對抗倭英雄的形塑外，還另有書寫戰士戰前的自信、明軍戰前的軟戰力分析、海戰過程的慘烈、明軍戰後的自得形狀等開拓性的內容。然而，明詩中這些豐富而多樣化的海戰書寫，卻仍聚焦於戰士的戰況、形象與心境，且多偏於告捷凱歌的書寫，因此，歸有光以其在野文士身分與民胞物與的儒者胸懷，從「旁觀」[110]的角度、側重「百姓」苦難的海戰書寫，就顯得獨樹一幟，格外引人注目。有光詩中雖亦有對海戰英雄的形塑，但他更

---

109 〔明〕周世昌：《重修崑山縣志》，冊1，卷6，頁316。

110 歸有光在詩中並未以倭患直接受害者的身分，記敘其不幸的遭遇，而是採取「旁觀」的角度，作客觀記敘，但仍心懷悲憤之情。參王英志：〈壯志殲賊寇　正氣薄雲天——明嘉靖抗倭詩一瞥〉，《文學遺產》第5期（1995年），頁8。

側重其關懷「百姓」的英雄特質書寫；此外，他還以更大的詩篇比例
抒發海戰結果中「百姓」遭受海盜燒掠、有司催科的悲歌，以及戰後
對官員怯懦無能的諷刺與對當局招撫倭寇政策不當的批評，凡此關注
「百姓」的書寫視角，大大突破了傳統海戰詩側重戰士的書寫視角，
對於我們觀察明代海戰詩學上具有極重要的參考與補充價值。同時，
因他曾身受倭寇迫害，且親自參加過崑山的守城之戰，所以他在多處
古文中對禦倭的戰略發表過不少具體而積極性的建議，並力主攘外與
安內並重，速戰速決為上，可作為其海戰詩之補充，亦可見出其關懷
「百姓」的用心。

再從歸有光思想情意的反映言，由於他的海戰詩書寫多方面地投
射出他內在的深層心理，遂成為我們探索他心靈世界的另一極佳取
徑。「海洋」，在戰士的書寫視角下，是一可以征服的對象；但在有光
百姓的書寫視角中，卻具有毀滅的意義，是一將百姓帶向死亡的黑暗
場域。他藉由歌詠任環具勇氣、謀略、意志力的戰士英雄形象與關愛
士卒、百姓的救贖英雄形象，在認同其英雄行為中投射了一己懷才不
遇、無力抗倭的遺憾與痛苦；他特重百姓悲歌的海戰結果書寫，反映
出詩人處處以生民為念的儒者存心；而其特出於時人的戰後反省與批
評時政，更是他以六經為本、經世致用思想之落實，錢謙益曾謂有
光：「其於詩，似無意求工，滔滔自運，要非流俗可及也」[111]，而其
所以能不同於「流俗」的主因，就在於他內在所蘊含之深刻的民族感
情與憂患意識。有光此等本著古仁人之心關懷民瘼的儒家精神與偉大
靈魂，在倭寇海盜為患正熾的明代亂世中，透過了他詩作的海戰書
寫，散發出無比耀眼的光芒。

---

111 〔清〕錢謙益：《列朝詩集小傳》丁集中冊（臺北市：世界書局，1961年），冊上，
頁559。

末世孤臣的海戰詩比較析論
——文天祥、張煌言

一　前言

　　本文旨在解析、比較南宋文天祥（1236-1283，字宋瑞、履善，吉州廬陵人）與南明的張煌言（1620-1664，字玄箸，號蒼水，浙江鄞縣人）書寫海戰的相關詩篇。二人同為深具愛國忠魂與民族氣節的末世「孤臣」[1]，而煌言更明白道出自己的行事乃以天祥為仿效對象：「功名富貴既付之浮雲，成敗利鈍亦聽之天命。寧為文文山，決不為許仲平（許衡，宋亡後仕元）」（〈答偽部院趙廷臣書〉，頁54）、「疊山遲死文山早，青史他年任是非」（〈入定關〉，自注：「在懸嶴七月十七丑時被執作也」，頁173），無論是忠心為國、堅抗韃敵，或是拒投異族、從容就義，輒以天祥為典；甚至，還自愧不如天祥：「文丞相開府南劍，乃廣羅英俊置之幕中。及潤江從亡，尚有杜架閣周旋患難間。至於國亡身殉，而王炎午、謝臯羽之徒，或操文以祭、或登臺而

1　天祥於詩中屢自稱「孤臣」，如：「玉勒雕鞍南上去，天高月冷泣孤臣」（〈愧故人〉，《指南錄》，收於《文文山全集》，臺北市：世界書局，1956年，頁314）、「孤臣腔血滿，死不愧廬陵」（〈元夕〉，《指南後錄》，頁349）；煌言亦然，如：「滕有孤臣依漢臘，海天何處答明禋」（〈冬懷八首〉其三，《張蒼水詩文集》，南投縣：臺灣省文獻委員會，1994年，頁132）、「一紀戎衣有寸塵，到來江漢只孤臣」（〈一紀〉，頁121）、「一旅尚堪扶共主，百年誰肯鑒孤臣」（〈即事有感〉，頁121）。本文所引文天祥、張煌言作品，皆分別出自上述二書，凡再徵引時，將直接以括號標注篇名、頁碼，不另作注。

哭，斯以見文山之知人、能得士矣。……余自愧不逮文山遠甚」（〈徐允巖詩集序〉，頁23-24），自認在知人得士方面遠不及天祥，其對天祥的欽慕之情由此可見。

天祥身處外有元兵威脅、內有權奸用事的艱苦環境，仍奉詔勤王、奮赴國難，被執四年後不屈而死；[2]煌言則始終護持魯王，矢志抗清，死而後已。[3]二人無論在報國意志的堅定，或是在面對死亡的沉著等方面，皆能相互契合，因此，論者屢將二人相提並論，如：「間嘗以公與文山並提而論：皆吹冷焰於灰燼之中，無尺地一民可據；止憑此一線未死之人，心以為鼓盪。然而形勢昭然者也，人心莫測者也；其昭然者不足以制，其莫測則亦從而轉矣。惟兩公之心，匪石不可轉；故百死之餘，愈見光彩」[4]、「公之才遠不及武侯，望亦遜於信國；而時之艱、境之奇，則更甚於武侯、信國」[5]，強調二人末世處境的艱困與堅

2　天祥於宋恭帝德祐元年（1275年，年四十）正月起兵勤王，德祐二年正月奉旨詣北營談判卻被扣留，同年二月從鎮江逃脫，泛海南歸南宋行朝；宋端宗景炎三年（1278年，趙昺祥興元年，年四十三）十二月於五坡嶺被元軍俘虜，服腦子自殺未遂，見元帥張弘範抗節不屈，張待以客禮；元世祖至元十九年（1282年，年四十七）十二月仍堅不降元，於大都從容就義。詳參〔宋〕文天祥，《宋少保右丞相兼樞密使信國公文山先生紀年錄》，頁449-465；以及修曉波，〈文天祥年譜〉，《文天祥評傳·附錄》（南京市：南京大學出版社，2002年），頁366-371。

3　煌言於明福王弘光元年（1645年，年二十六）加入浙東反清行列，翌年浙東失陷、護持魯監國至海上（舟山）建立抗清基地，明桂王永曆五年（1651年，年三十二）舟山失守、與張名振護魯王依附鄭成功，永曆八年（1654年，年三十五）三入長江，永曆十三年（1659年，年四十）聯鄭北征長江，清聖祖康熙三年（1664年，年四十五）六月解軍隱居南田、七月被執、九月於杭州從容就義。詳參〔清〕全祖望：〈鄞張忠烈公年譜〉，《張蒼水詩文集·附錄》，頁233-254；以及〔清〕趙之謙：〈張煌言年譜〉，《張蒼水詩文集·附錄》，頁261-293。

4　〔明〕黃宗羲：〈有明兵部左侍郎蒼水張公墓誌銘〉，《張蒼水詩文集·附錄》，頁216。

5　〔清〕沈冰壺：〈張公蒼水傳〉，《張蒼水詩文集·附錄》，頁211。

貞不移的報國心志；[6]又如：「玄箸為人，躍冶而明敏過人，故能就死從容，有文山氣象」[7]、「張忠烈公一生大節，與文信國並峙千古」[8]，肯定二位孤臣為國從容赴死的浩然正氣與過人大節。[9]

　　天祥與煌言，不僅同為愛國的末世孤臣，而且皆為文武兼備的傑出人才，在戰火漫天、兵馬倥傯之際，都還有為數可觀的詩作傳世，[10]其情志內涵與藝術表現實具比較研究的價值。可惜，學者們多聚焦在煌言節烈天祥的捨身取義之行，[11]即使有論及二人作品者，則或點到為止，未作深論，如黃宗羲言：「文山之《指南錄》，公之《北征紀》，雖與日月爭光可也」[12]，卻未進一步較論；或僅針對二人單一詩篇較論，如宋孔弘留意到煌言的〈放歌〉可以與〈正氣歌〉媲美，[13]卻未作更大

6　類似之論，尚有〔清〕沈光寧〈張蒼水集序〉：「公不幸而生明季，明季猶幸而生公，為之震動於晚也。跡公之行事，惟宋之文山曾足相似。」（《張蒼水詩文集・附錄》，頁306）

7　〔明〕黃宗羲：《思舊錄》，收錄於沈善洪主編：《黃宗羲全集》（杭州：浙江古籍出版社，1985年），冊一，頁387。

8　〔清〕費照：〈張蒼水集序〉，《張蒼水詩文集・附錄》，頁312。

9　類似之論，尚有闕名〈兵部左侍郎張公傳〉云：「明之亡也，死義者連鑣接袵，若播遷窮海而之死靡他稱一代碩果者，則有宋文丞相，而後推明之張司馬煌言云。……盧宜曰：蘇子卿之使漠北也十九年，公之處海上也亦十九年，而公所歷有倍難者，其一生一死固可勿論也。……然則天地之正氣固鬼神所呵護也，公誠文山之後一人而已，嘗考文山小字雲孫，而公降生之兆，適與文山同是又一奇也。」（《張蒼水詩文集・附錄》，頁197）。

10　文天祥有詩八百三十多首，參俞兆鵬、俞暉：《文天祥研究》（北京市：人民出版社，2008年），頁86；張煌言詩今存四百例熟多首（含《奇零草》、《采薇吟》、遺詩），參郭秋顯：《海外幾社三子研究》（高雄市：國立中山大學中文所博士論文，2007年），頁314。

11　例如：郭秋顯《海外幾社三子研究》，頁369-370、余安元〈詩史之風　忠烈之情——張煌言詩歌分析〉，《寧波職業技術學院學報》第10卷第4期（2006年8月），頁82。

12　〔明〕黃宗羲：〈有明兵部左侍郎蒼水張公墓誌銘〉，《張蒼水詩文集・附錄》，頁216。

13　宋孔弘：《張煌言詩「亂離書寫」義蘊之研究》（臺北市：國立臺灣師範大學國文學系碩士論文，2005年），頁88。

範圍的比較與探討。

更巧合的是，二人與海洋均有極深的緣分：天祥自四十歲（1276）
從鎮江元營逃脫起，便一路從海道輾轉鯨波、數瀕死境，意欲南歸海
上行朝以中興南宋，卻不幸目睹南宋亡於崖海之上；煌言則從二十七
歲（1646）起，就辭家護衛魯王行朝於浙閩海上，與張名振三度由海
攻入長江，又聯合鄭成功二度經海北征長江，海上征戰長達十九年。
海洋對他們而言，具有重要的意義，因此，二人詩篇中可見諸多關於
海洋的書寫，尤其以海戰的主題最引人注目，其中，天祥約有二十三
首，所寫海戰僅有一場，即其被元人俘虜後所目睹的亡國之戰──南
宋祥興二年（1279）二月六日的崖山（今廣東新會南崖門鎮）海戰，
而煌言則約有五十六首，所寫海戰事件極多，主要有：舟山之役、漳
州之役、三次由海入江、二次聯鄭北征等役；二人海戰書寫的特徵與
異同之處，頗值得比較、深究。同時，學者廖肇亨曾辨明文天祥為海
戰詩的開山始祖，[14]也注意到明代海戰詩主要集中於嘉靖的靖海抗倭
詩與明鄭的抵抗女真詩，[15]而煌言的海戰詩即屬於後者，因此，煌言
詩海戰書寫對天祥的繼承與開拓，以及在海戰詩學史上的定位亦是值
得探討的課題。因此，本文擬就天祥、煌言與海戰相關詩作，從敘
事、抒情與議論等方面，比較分析其書寫特徵的異同之處，並深探其
有異有同之因，盼能從共同特徵具體探知除了愛國行事外，天祥對煌
言的影響還及於文學創作；從相異特徵深入考察煌言詩海戰書寫對天
祥的開拓之處，從而為二位詩人的海戰書寫成果，在海戰詩學譜系中
尋一適切的定位。

---

14 參廖肇亨：〈浪裏挑燈看劍：中國海戰詩學之書寫特質與價值信念初探〉，收入復旦
　大學中國古代文學研究中心編：《中國文學研究》（北京市：中國文聯出版社，2008
　年）第11輯，頁285。

15 參廖肇亨：〈長島怪沫、忠義淵藪、碧水長流──明清海洋詩學中的世界秩序〉，《中
　國文哲研究集刊》第32期（2008年3月），頁52。

二 海戰敘事之比較

天祥目睹了崖山海戰的全過程，煌言則於海上征戰長達十九年，二人的海戰敘事所記錄的海戰過程與敘寫的海戰人物乃近於「詩史」實紀作者生活中親見親聞的寫法，與傳統「詠史詩」藉吟詠作者出生前的歷史以臧否當前政治的手法不同。[16]尤其煌言，身為海戰將領，一生重要出處皆以海洋為舞臺，因而詩中記敘海戰相關內容較天祥更形多樣而豐富，除了承繼天祥的戰士視角外，還多了百姓的視角，試析論如下：

（一）戰士視角下的海戰敘事——文天祥、張煌言

1 共同特徵之一——海戰過程的真實記錄

天祥乃自覺地以詩存史，其《集杜詩》〈自序〉有云：「昔人評杜詩為詩史，蓋其以詠歌之辭，寓紀載之實。而抑揚褒貶之意，燦然於其中，雖謂之史可也。予所集杜詩，自余顛沛以來，世變人事，概見於此矣。是非有意於為詩者也，後之良史，尚庶幾有考焉。」（頁397）意在藉杜詩以記己之顛沛遭遇與時事，以詩來「補史闕」[17]。因此，天祥詩中對崖山海戰的記事皆為實錄，並以兩種詩歌形式為之：其一為七古長篇形式，即〈二月六日，海上大戰，國事不濟，孤臣天祥，坐北舟中，向南慟哭，為之詩曰〉一詩，藉敘述式的詩題、多面向刻

---

16 參孫大軍：〈論杜牧的詠史詩及其懷舊傷時心態〉，《淮南師範學院學報》第1期（2008年），頁64；以及楊雲輝，〈論杜牧詠史詩的藝術特徵〉，《吉首大學學報》第1期（1999年），頁55。

17 張高評曾指出，「詩史」之說首見晚唐孟棨〈本事詩〉稱述杜甫詩，其後宋人學杜宗杜，詩話筆記常談「詩史」，其涵義有三：曰詩補史闕，曰褒貶資鑑，曰史筆森嚴，此取其第一義。詳參氏著：《會通化成與宋代詩學》（臺南市：成功大學出版組，2000年），頁160-166。

劃的詩句,對海戰過程作真實而詳細的記錄與敘述。先就詩題言,詩題多達二十八字,突破傳統概括命題的方式,而自「史」的角度依序敘述了海戰發生的時間(「二月六日」)、地點(「海上」)、規模(「大戰」)、結果(「國事不濟」)、己身處境(「孤臣天祥,坐北舟中,向南慟哭」),便於後人有時可察、有地可考,具史料價值;再就詩句言,全詩共計四十四句:

> 長平一坑四十萬,秦人歡欣趙人怨。大風揚沙水不流,為楚者樂為漢愁。兵家勝負常不一,紛紛干戈何時畢。必有天吏將明威,不嗜殺人能一之。我生之初尚無疚,我生之後遭陽九。厥角稽首併二州,正氣掃地山河羞。身為大臣義當死,城下師盟愧牛耳。間關歸國洗日光,白麻重宣不敢當。出師三年勞且苦,咫尺長安不得睹。非無虓虎士如林,一日不戈為人擒。樓船千艘下天角,兩雄相遭爭奮搏。古來何代無戰爭,未有鋒蝟交滄溟。遊兵日來復日往,相持一月為鷸蚌。南人志欲扶崑崙,北人氣欲黃河吞。一朝天昏風雨惡,炮火雷飛箭星落。誰雌誰雄頃刻分,流屍漂血洋水渾。昨朝南船滿厓海,今朝只有北船在。昨夜兩邊桴鼓鳴,今朝船船鼾睡聲。北兵去家八千里,椎牛釃酒人人喜。惟有孤臣兩淚垂,冥冥不敢向人啼。六龍杳靄知何處,大海茫茫隔煙霧。我欲借劍斬佞臣,黃金橫帶為何人。(《指南後錄》,頁349)

天祥以超過全詩三分之一的篇幅(「樓船千艘天下角……今朝船船鼾睡聲」,共16句)來詳述海戰過程,從戰士的視角,多面向地、客觀地陳述他所目睹的戰事,包括:交戰的雙方為南人(宋軍)與北人(元

軍），戰事的規模高達千艘樓船之數，[18]二月六日交戰前雙方相持的時間長達一個月，[19]交戰的地點在崖海，交戰的場面是天昏地暗、風雨交加、砲箭紛飛、桴鼓爭鳴，交戰的結果為勝負立判、宋軍大敗、屍血滿海。值得注意的是，該役雖以弓弩、火炮、石炮為主要武器，但作戰方式其實還有短兵接戰、快船戰等，[20]天祥卻僅攫取最令他觸目驚心的武器戰（「炮火雷飛箭星落」）來描寫，從聽覺上以「雷」喻炮火聲之震耳欲聾，從視覺上以「星」喻箭弩之繁密眾多，而未再提及其他作戰方式，恐因其目睹國家的滅亡之戰，卻身為囚虜而無法有所作為，是以內心痛苦難當，對於交戰場面不忍多作勾勒。同時，對照史書所載崖海戰役的交戰場面：「飛矢集如蝟，伏盾者不動。舟將接，鳴金撤障，弓弩火石交作，頃刻并破七舟，宋師大潰」[21]，內容並無二致，可知詩中所言「天角」、「厓海」、「樓船」、「砲火」、「箭」、「流屍漂血」、「煙霧」等與海戰相關景物，皆為天祥實見，透顯其欲以詩記錄國家劇變的用心。

---

18 〔明〕宋濂《元史・張弘範傳》：「辛酉，次崖山。宋軍千餘艘碇海中，建樓櫓其上，隱然堅壁也。」（臺北市：鼎文書局，1980年，卷156，頁3683）可見，天祥詩所言數量與史書所載一致。

19 〔明〕宋濂《元史・張弘範傳》：「（至元）十六年正月庚戌（2日），由潮陽港發舶入海，至甲子門，獲宋斥候將劉青、顧凱，乃知廣王所在。辛酉（13日），次崖山。宋軍千餘艘碇海中，建樓櫓其上，隱然堅壁也，弘範引舟師赴之。崖山東西對峙，其北水淺，舟膠，非潮來不可進，乃由山之東轉南入大洋，始得逼其舟，又出奇兵斷其汲路，燒其宮室。世傑有甥在弘範軍中，三使招之，世傑不從。甲戌，李恆自廣州至，授以戰艦二，使守北面。」（卷156，頁3683）可知，自正月二日起，張弘範已率元軍水師從潮陽入海，其舟師抵崖山時，發現宋軍水師頗有實力，遂先占領海口以阻宋之出路，並斷宋汲路，與宋軍對峙；至二月六日海戰爆發止，兩軍相持約一個月，天祥詩所言時間與史書所載一致。

20 〔元〕蘇天爵編：《國朝文類》，卷41《經世大典・政典總序・征伐・平宋・崖山拉傾》，收於元代史料叢刊編委會主編：《元人文集》（合肥市：黃山書社，2012年），上卷，頁1758。

21 〔明〕宋濂：《元史・張弘範傳》，卷156，頁3683。

　　其二為五言絕句形式，即《集杜詩》中〈祥興第三十三〉至〈祥興第三十五〉三首，乃天祥於戰事發生一年後，用事後敘述的方式，巧藉詩題編次、詩題結合小序、組詩型態對該役所作的補充記事。先就詩題編次言，此組詩以〈祥興〉為題，本有七首（第33-39首），前三首為海戰記事，後四首為戰後議論；「祥興」為宋末世皇帝帝昺的年號，從三十三編次至三十九，表示此連續性的七篇絕句，是一組自成脈絡的宋王朝滅亡史，這種將詩題編次的方式，頗具目錄效果，為中國敘事詩寫作上的一大特色與發展。[22]次就詩題結合小序言，由於五絕只有短短二十字，於敘事時受到篇幅的限制，天祥遂利用詩前小序來補強，此方式雖非天祥創舉，但在《集杜詩》（200首）中卻有普遍性的使用，超過一半數量的詩（105首）有序言，在記事、寫人時，產生極佳的補強效果，例如與本節相關的〈祥興〉三首：

　　　南遊炎海甸，沃野開天庭。真龍竟寂寞，乾坤水上萍。（〈祥興
　　　第三十三〉）六月，世傑自硇川北還，至厓山止焉。厓山乃海中之山，
　　　兩山相對，延袤中一衣帶水，山口如門。世傑以為形勝，安之。《集杜
　　　詩》，頁404）

　　　弧矢暗江海，百萬化為魚。帝子留遺恨，故園莽丘墟。（〈祥興
　　　第三十四〉）乙卯正月十三日，虜舟直造厓山，世傑不守山門，作一字
　　　陣以待之。虜入山門，作長蛇陣對之。二月六日，虜乘潮進攻，半日而
　　　破，死溺者數萬人，哀哉。《集杜詩》，頁404）

　　　朱厓雲日高，風浪無晨暮。冥冥翠龍駕，今復在何許。（〈祥興

---

22 參鄧曉霞：〈「耳想杜鵑心事苦，眼看胡馬淚痕多」──文天祥學杜詩〉，《中國韻文學刊》第20卷第4期（2006年12月），頁72。

第三十五〉世傑於戰敗後，乘霧雨晦冥。以數舟遁去。《集杜詩》，
頁405）

〈祥興〉，為一概括性詩題，讀者觀之雖可知為有關宋末祥興年間覆
亡的記事，但卻無法直接窺知事件的時代背景、發生緣由與過程；那
麼，在詩題下加上小序的好處，即為可具體補充戰前世傑選擇崖山安
頓行朝的原因（以為天險可守）、戰時雙方所擺出的陣勢（宋軍依張
世傑令作「一字陣」，而元軍則作「長蛇陣」以對）、兩軍交鋒的時間
（僅有「半日」）、死溺海上的情況（「帝子留遺恨」[23]、死溺海上者
「數萬人」），以及戰敗後世傑趁霧晦遁去的行止。[24]這些補充，使得
崖海戰役的始末有了更完整而清晰的呈現，是以《四庫全書總目提
要》稱《集杜詩》：「每篇之首，悉有標目次第，而題下敘次時事，於
國家淪喪之由，生平閱歷之境，及忠臣義士之周旋患難者，一一評志
其實，顛末粲然，不愧詩史之目」[25]，即能見出其在詩題與序言上的
敘事特色。

再就組詩型態言，這也是為克服絕句敘事限制所設計的藝術形式；
天祥以七首連篇記錄宋亡經過，較諸其他記宋末大事的組詩（如：〈京
城〉二首、〈陵寢〉二首）數量多出甚多，尤其，除第一首〈祥興第
三十三〉敘祥興元年六月事外，其餘六首都集中記錄祥興二年正月十

---

23 陸秀夫為免帝昺受辱於元人，先驅其妻子入海，再親負帝昺一同溺而死。詳參〔明〕
　　陳邦瞻：《宋史紀事本末》（臺北市：鼎文書局，1978年），卷108〈二王之立〉，頁
　　1182。

24 〔明〕宋濂《元史‧張弘範傳》亦載世傑遁逃之事：「世傑先遁，李恆追至大洋不
　　及。世傑走交趾，風壞舟，死海陵港。」（卷156，頁3683）

25 〔清〕紀昀：《四庫全書總目提要》（臺北市：臺灣商務印書館，1983年武英殿本），
　　卷164《集部‧別集類十七》，頁323。

三日至二月六日這不到一個月之間的事，其「敘事時間的速度」[26]較其他組詩來得緩慢，優點是可以「增強情節密度，形象展現變得質感飽滿，具有足夠的描寫深度和細緻精妙」[27]，因此，〈祥興〉組詩七首，可以很從容地分別具體描寫：戰前行朝浮駐崖海的寂寞無助（第三十三），戰時弧矢蔽海的激烈戰況與戰後皇帝、戰士死於海中的悲慘結果（第三十四），戰敗後世傑遁走的事實（第三十五），戰敗後天祥對整個戰役失敗原因的反省（第三十六至第三十九），有序而深刻地呈顯崖海戰役重要的情節發展與戰敗的前因後果。同時，此〈祥興〉組詩皆集杜甫詩句而成，詩中所言「海」、「天」、「水」、「江」、「魚」、「風」、「浪」，雖非天祥當下所見之實景，然而，這些運用杜詩的虛寫符號，卻更能概括而象徵性地傳達天祥對亡國時風雨如晦、矢暗大海、軍民漂血海上等回憶的悲痛與今日成為亡國囚虜的寂寞遺憾，也呈顯出異於客觀史料記載的文學特色。

　　至於煌言，同天祥一樣，亦自覺地以老杜為典範、以詩寫史，觀其《奇零草》〈序〉可知：「年來歎天步之未夷，慮河清之難俟。思借聲詩，以代年譜。……但少陵當天寶之亂，流離蜀道，不廢《風》《騷》，後世至名為詩史；陶靖節躬丁晉亂，解組歸來，著書必題義熙；宋室既亡，鄭所南尚以鐵匣投史瀆井中，至三百年而後出。夫亦其志可哀、其精誠可念也已！」（頁38-39），因此，他以詩記錄了一生所目睹或親歷的戰事，如：舟山之陷（永曆五年，1651）、漳州之役（永曆六年，1652）、三度由海入江（永曆八年，1654）、聯鄭北征（永曆十二～十三年，1658-1659）等。煌言雖未採天祥詩題編次、詩題結

---

26 敘事時間速度，在本質上是人對世界和歷史的感覺的折射，是一種「主觀時間」的展示。人作為敘事者的知識、視野、情感和哲學的投入，成了左右敘事時間速度的原動力。參楊義：《中國敘事學》（嘉義市：南華管理學院，1998），頁152、153。

27 楊義：《中國敘事學》，頁156。

合小序等方式記事，但仍承繼了天祥「敘述式的詩題」、「組詩型態」
來記錄史事，例如：

海戰名稱	詩題
漳州之役	我師圍漳郡，余過睨之，賦以志慨
首度由海入江	和定西侯張侯服留題金山原韻六首（組詩）
	同定西侯登金山，以上游師未至，遂左次崇明二首（組詩）
二度由海入江	舟次圖山、再入長江
三度由海入江	師次燕子磯
初次聯鄭北征	王師北發，草檄有感二首（組詩）
二次聯鄭北征	會師東甌漫成
	師次觀音門
	師次蕪湖，時余所遣前軍已受降
	師入太平府
	姑熟既下，和州、無為州及高淳、溧水、溧陽、建平、廬江、舒城、含山、巢縣諸邑相繼來歸
	驛書至，偏師已復池州府
	師入寧國，時徽郡來降，留都尚未克復

若將上述詩題依時間順序組合起來，即成一部南明時期東南地區抗清
海戰歷史的系統性紀錄。又，在詩體選擇上，天祥採七古、五絕以敘
海戰，煌言則與天祥有異有同：同樣以長篇的七古詳述戰爭過程，但
卻另採七律以便於特寫某種戰鬥場面。七古如：

> 自從錢塘怒濤竭，會稽之栖多鐵翩。甬東百戶古瀛洲，居然天
> 塹高碣石。青雀黃龍似列屏，蛟螭不敢波間鳴；虎韔爭如秦婦
> 女，魚旐半是漢公卿。五、六年間風雲變，帝子南迴開宮殿；

鱻來澤國仗樓船，烏鬼漁人都不賤。堂怡穴闕幾經秋，胡來飲
馬滄海流；共言滄海難飛越，況乃北馬非南舟！東風偏與胡兒
便，一夜輕帆落奔電；南軍鼓死將軍擒，從此兩軍罷水戰。孤
城聞警蚤登陴，萬騎壓城城欲夷；砲聲如雷矢如雨，城頭甲士
早瘡痍。雲梯百道凌霄起，四顧援師無螻蟻；裹瘡奮呼外宅
兒，誓死痛哭良家子。斯時弟子在行間，吳淞渡口凱歌還；誰
知勝敗無常勢，明朝聞已破巖關。又聞巷戰戈旋倒，闔城草草
塗肝腦；忠臣盡瘞伯夷山，義士悉到田橫島。亦有人自重圍
來，向余細說令人哀；椒塗玉葉填瞀井，甲第珠璫掩劫灰。而
今人民已非況城郭，髑髏跳號甯復肉。土花新蝕遺鏃黃，石苔
蚤繡缺斫綠。嗚呼！問誰橫驅鐵禍祸，翻令漢土剪龍荒？安得
一劍掃天狼，重酹椒漿慰國殤。（〈翁洲行〉，頁82）

這篇描述清人攻陷舟山海島戰役的詩作共四十八句，煌言同天祥一
樣，以超過全詩三分之一的篇幅（「東風偏與胡兒便……義士悉到田
橫島」，共20句）來詳述戰爭過程，同樣也有武器戰的作戰方式描
寫；然而，不同於天祥多面向地書寫時、地、規模、方式、結果，煌
言更集中在戰鬥方式與場面的勾勒：戰鬥方式除了武器戰外，還較天
祥多出了海上火毯戰，[28]以及海島孤城的騎兵戰、雲梯登城戰、巷間
戈戰等多元戰法；戰鬥場面則選取了軍死將擒、孤城聞警、萬騎壓
城、砲矢如雷雨、四顧無援、甲士裹瘡等慘烈而危急的畫面，極其逼
真而寫實。七律如：

---

28 煌言詩中以「奔電」喻火毯的快速與巨響，明將阮進本欲以火毯投擊清軍的樓船，
　孰料風向突轉，反焚阮進之舟，使得阮進顏面受創、投水被擒。參〔清〕全祖望：
　《鄭張忠烈公年譜》「順治八年（辛卯），公三十二歲」條，《張蒼水詩文集・附
　錄》，頁241。

朝宗百谷識君臣，江漢依然拱赤真。烽靖三湘先得蜀，瘴消五
嶺復通閩。水犀飛渡扶桑遠，爨象橫驅貴竹新。指顧樓蘭堪立
馬，肯令胡騎飲江津！（〈和定西侯張侯服留題金山原韻六
首〉其二，頁108）

江聲萬古似聞鼙，天際依然渡水犀。涿鹿亦曾經再戰，盧龍應
復待三犁。珊弓挽處驅玄武，鎖甲摜來失白題。兵氣至今猶未
洗，自慚無計慰雲霓！（〈再入長江〉，頁109）

橫江樓櫓自雄飛，霜伏雲麾盡國威。夾岸火輪排疊陣，中流鐵
鎖鬥重圍。戰餘落日鮫人窟，春到長風燕子磯。指點興亡倍感
慨，當年此地是王畿！（〈師次燕子磯〉，頁111）

前兩首直書由海入江戰役中「水犀」（海戰時穿犀皮戰甲的弓箭手）
飛渡的海上游擊戰畫面，第三首則以示現法生動地呈顯出明軍駕樓船
自海橫江而渡的雄威，以及突破清人夾岸火砲陣與水流層層鐵鎖等嚴
密防線的英勇。由於煌言能親上戰場，又征戰海上長達十九年，是以
對於海戰場面的描繪較天祥更為豐富多樣而生動逼真。

同樣地，煌言詩中與海戰相關的意象運用，亦與天祥一樣有實有
虛，其中「天塹」、「海」、「舟」、「水」、「城」、「砲聲」、「矢」、「甲
士」、「雲梯」、「援師」、「戈」、「吳淞渡口」、「髑髏跳號」、「水犀」、
「江津」、「江聲」等皆為實寫，有效地增添多元戰法的臨場感；而
「伯夷山」、「田橫島」則為虛寫，雖然作者使用虛意象的頻率不高，
但卻能令讀者於典故符碼的聯想中，更深切體會出煌言對於忠臣、義
士盡皆犧牲於舟山島戰的不捨，以及不忍直言的苦衷。

2　共同特徵之二——海戰人物的正、負面特寫

針對崖海戰役中宋軍的主要人物，天祥於《集杜詩》選擇了正、

負兩種形象的將領加以特寫。正面形象者，有蘇劉義、魯淵子、陸秀夫三人，詩云：

> 驊騮事天子，龍怒拔老湫。皷柮視青旻，烈風無時休。（〈蘇劉義第四十三〉，蘇，京湖老將，雖出呂氏，乃心專在王室。永嘉推戴，實建大功。後世傑用事，志鬱鬱不得展，其人剛躁不可近，然能服義，終始不失大節。厓山與其子俱得脫，亦不知所終。頁406）

> 子負經濟才，鬱陶抱長策。安得萬里風，南圖回羽翮。（〈魯淵子第四十四〉，魯淵子，元貶雷州，御舟南巡，復與政事。厓山之敗，曾欲赴水。為蘇父子所留。同得脫。其家竟沒虜。後還五羊。有人見其子雷郎者焉。哀哉。頁406-407）

> 文彩珊瑚鈎，淑氣含公鼎。炯炯一心中，天水相與永。（〈陸樞密秀夫第五十二〉字君實，文筆英妙。自維揚幕入朝，京師陷，永嘉推戴有力。及駐厓山，兼宰相，凡朝廷事，皆秀夫潤色綱紀之。厓山陷，與全家赴水死。哀哉。頁408-409）

皆以直敘三人於國家危急存亡之際能持志不失大節，來特寫其忠義與意志堅強的共同形象；同時，還以具體形象譬喻三人各具的特點：以「驊騮」、「龍怒」喻讚蘇劉義的戰功與勇氣，[29]以「羽翮」喻讚曾淵

---

29 蘇劉義雖以個性雖剛躁不可近，卻能心專王室，曾於鄂州、常州、澧州與元軍周旋，頗有戰功；更於崖海戰役中，憑「殿前都指揮使兼管民船義勇」的身分盡全力奮戰，敗戰當夜，劉義更帶著曾淵子，率十餘船奪港突圍而出，輾轉於新會繼續其抗元事業，可惜一個多月後為元軍所殺。（詳參〔明〕宋濂：《元史》，卷127〈列傳第十四〉，頁3109）

子堪為天子輔佐的經世才略，[30]以瑞寶「珊瑚鈎」喻讚陸秀夫的英妙文采。[31]至於特寫負面形象者，主要聚焦於張世傑的欠缺謀略與意志力，詩云：

> 南國卷雲水，黃金傾有無。蛟龍亦狼狽，反復乃須史。（〈張世傑第四十一〉世傑得士卒云，每言北方不可信，故無降志。閩之再造，實賴其力。然其人無遠志，擁重兵厚貲，惟務遠遁。卒以喪敗，哀哉。頁406）

> 長風駕高浪，偃蹇龍虎姿。蕭條猶在否，寒日出霧遲。（〈張世傑第四十二〉，頁406）

天祥藉「蛟龍」、「龍虎」譬喻世傑擁有重兵厚貲的政治姿態，但又直言其缺乏遠志、「惟務遠遁」[32]的致命喪，導致宋室敗亡；「狼狽」、「偃蹇」等形容，都含有深深的責難之意。修曉波認為：世傑雖軍事才能有限，但奉二王持續抗元的精神仍值得稱頌，天祥對世傑的評論「多少帶有一些成見在內」[33]；其實，世傑始終不降元的精神固然值

---

30 曾淵子為南宋行朝的參知政事，貶居雷州時，曾拒絕元軍的招降。參〔明〕宋濂：《元史》，卷155〈列傳第四十二〉，頁3664。

31 陸秀夫為簽書樞密院事兼宰相，凡朝廷事皆由其潤色綱紀；戰敗後，為免帝受敵辱，遂身穿朝衣，負帝昺投海殉國。參〔明〕陳邦瞻：《宋史紀事本末》，卷108〈二王之立〉，頁1176-1182。

32 崖海戰敗後，張世傑久等帝昺不見，遂乘霧暗雨晦，護衛楊太后突圍而出，本欲遁往交趾（占城），遭部下反對而只好再返南恩州（今廣東陽江）海上的螺島，五月某日，於海上遇颶風襲溺。參〔明〕陳邦瞻：《宋史紀事本末》，卷108〈二王之立〉，頁1182。

33 修曉波：《文天祥評傳》，頁220。

得肯定[34]，但掌握政權、身繫宋室存亡的他，面對元軍威脅時的一貫態度就只是逃避，未能善用重兵厚貲、乘勝追擊，邵武大捷、仙澳戰勝時如此，[35]崖海戰敗時亦然，因此，天祥對世傑的批評實屬中肯，並非成見。

然而，當天祥藉詩歌形式讚揚崖海敗戰中能為國持節，或投水而死、或突圍以繼續抗元的正面人物時，其實，除了表達其致哀之意外，也一定程度地投射了自己對宋室王朝的忠魂與殉國之志；當他刻意凸顯海戰中宋軍最高指揮官張世傑欠缺謀略與意志的負面形象時，或許，除了痛恨、惋惜朝廷所用非人外，其內心恐也在責備自己於五坡嶺的大意被俘（祥興元年，1278）以致無法挽救國家於存亡之際吧！

至於煌言，對海戰人物的特寫，也是正面人物多於負面人物。負面人物方面，天祥因目睹國亡而責難世傑的欠缺謀略與意志，而煌言則因矢志復明，遂格外強調鄭芝龍的降清失志、不能守節，詩云：

> 長鯨稽首稱波臣，玉皇香案皆羶羯；……嗟嗟長鯨爾何愚，如彼異類終屈節。神龍不臣臣貪狼，抉目塗腸坐自滅。（〈長鯨行〉，頁154）

詩中將鄭芝龍喻為長鯨，特寫其屈節降清、自取滅亡的愚昧；責難芝

---

34 張世傑墜海前曾云：「我為趙氏亦已至矣。一君亡，復立一君，今又亡，我未死者，庶幾敵兵退，別立趙氏以存祀耳。今若此，豈天意耶？」見〔明〕陳邦瞻：《宋史紀事本末》，卷108〈二王之立〉，頁1182。

35 天祥《集杜詩》詩序曾記錄此二次事件：「自三山登極，世傑遣兵戰邵武大捷，人心翕然。世傑不為守國計，即治海船，識者，於是知其陋矣。至冬聞警，既浮海南去，天下事是以不可復為，哀哉」（〈幸海道第三十〉，頁403），又：「御舟離三山，至惠州之甲子門駐焉。已而遷宮富場。丁丑冬，虜舟來，移次仙澳，與戰得利，尋望南去，止硐川」（〈景炎賓天第三十一〉，頁404）。

龍之餘，也反襯出煌言的報國大義與愛國忠魂。至於正面人物，有同
於天祥專寫能為國持志守節者，如：

> 一身真可繫危安，垂死威儀尚漢官；魂返黃壚應化碧，顏留青
> 史即還丹。（〈輓張鯢淵相國〉二首其一，頁77）
> 冰稜玉尺倚容臺，一片孤忠天地哀。……引年難遂懸車去，逐
> 日徒悲化杖回！（〈輓大宗伯吳巒徲先生〉二首其一，頁78）
> 黍離社稷無薪膽，草昧朝廷有節旄。自許孤忠遺海岸，人悲啟
> 事失山濤。（〈輓朱聞玄少宰〉二首其二，頁79）

不同於天祥的直敘方式，煌言多藉典故，含蓄而蘊意深厚地刻劃出舟
山城陷後重臣將領為國守節犧牲的形象，如：用萇弘死後鮮血化為碧
玉的典故，[36]來譬喻東閣大學士張肯堂（號鯢淵）於城陷後懸樑自縊的
至誠忠貞、精神不朽；[37]用夸父逐日渴死、不甘而化為鄧林之典，[38]
哀禮部尚書吳鍾巒（別字徲山）於舟山城破後自焚殉國的義烈；[39]用

---

36 《莊子》〈外物〉：「萇弘死于蜀，藏其血三年，化而為碧。」見〔清〕王先謙：《莊
子集解》（臺北市：世界書局，1983），頁176。

37 〔清〕全祖望〈明太傅吏部尚書文淵閣大學士華亭張公神道碑銘〉：「順治八年
（1651）辛卯九月，大兵破翁洲，太傅閣部留守華亭張公闔門死之。大兵入其家，
至所謂雪交亭下，見遺骸二十有七。有懸梁間者，亦有絕縊而墜者。其中珥貂束帶
佩玉者，則公也。廡下亦有冠服儼然者，則公之門下儀部吳江蘇君兆人也。有以兵
死者，則諸部將也。亦有浮尸水面者。大兵為之驚愕卻步，歎息遷延而退，命扃其
門。」見〔清〕全祖望撰、朱鑄禹校注：《全祖望集彙校集注‧鮚埼亭內集》（上海
市：上海古籍出版社，2000年），卷10，頁199。

38 《山海經》：「夸父與日逐走，入日。渴欲得飲，河渭不足，北飲大澤，未至，道渴
而死。棄其杖，化為鄧林。」見袁珂校注：《山海經校注》（成都市：巴蜀書社，
1993年），卷8〈海外北經〉，頁285。

39 〔清〕翁洲老民《海東逸史》：「鍾巒時在普陀，慷慨語人曰：『……吾從亡之臣，當
死行在』。遂復渡海入城，與大學士張肯堂訣曰：『吾以前途待公』。乃至文廟，積薪

勾踐臥薪嚐膽的堅忍為國，喻工部尚書朱永祐（號聞玄）於舟山城破被執後趺坐受刃、[40]棄屍海濱的堅毅與孤忠。又因煌言所書海戰事件有勝、有負，是以另有異於天祥而謳歌具戰功與勇氣的海戰英雄之什，如：

> 閩南自古龍蛇孽，犬羊闌入為窟宅。元公仗鉞起海東，劍躍蜿蜒弓霹靂。一戰築京觀，再戰解椎結；三戰合圍漳州城，萬竈星羅盡樹柵。(〈閩南行〉，頁89)
> 長鯨有子類龍種，起代靈鼉震列缺。……天狼天狼莫漫驕，海宇會有真龍出。(〈長鯨行〉，頁154)
> 龍鬭幾人開貝闕，鶴歸何處問芝田？(〈感懷兼悼延平王〉，頁184)

第一首具寫張名振於永曆六年（1654）圍攻漳州城的勇猛與事功；二、三首以「龍」來譬喻鄭成功在海戰中的領袖地位與英勇戰鬥形象。其實，在這類英雄的形塑中，以領兵海戰經驗豐富的作者己身形象最為鮮明，如：

> 似聞天地悔瘡痍，片羽居然十萬師。走檄故嫌阮瑀拙，射書正覺魯連遲。(〈王師北發，草檄有感二首〉其一，頁130)
> 甌越江聲動鼓鼙，霸圖南北似雞棲。……十年種、蠡成何事，敢向人前說會稽。(〈會師東甌漫成〉，頁140)

左廡下，藏所註易經於懷，抱孔子木主，舉火自焚。賦絕命詞曰：『只為同志催程急，故遺臨行火澣衣』。時年七十五。」(臺北市：臺灣銀行經濟研究室，1961年，《臺灣文獻叢刊》第99種，卷10〈吳鍾巒傳〉，頁61)

40 〔清〕翁洲老民：《海東逸史》，頁62-63。

樓船十萬石頭城，鍾阜依然拱舊京。弓劍秋藏雲五色，旌旗夜度月三更。……不信封侯皆上將，前茅獨讓棄繻生。（〈師次觀音門〉，頁141）

王業昔誰開采石，霸圖古亦起丹陽。百年禮樂還豐鎬，一路雲霓載酒漿。（〈師入太平府〉，頁141）

第一首藉善擬軍國書檄的阮瑀、策士魯連來烘托作者身為鄭魯聯軍監軍，於永曆十二年（1658）率十萬王師北上進驅長江的自得形象。第二首以下，則分別以越國文種、范蠡同心復國之典，比喻煌言、延平於永曆十三年（1659）二次聯合北伐的雄威與自信；以向漢武帝請纓報國、馳騁疆場的文士「終軍」[41]喻己雖為一介書生，卻能為義軍前驅，直搗觀音門，使「建業震動，（清人）將自守不暇」[42]的事功；以采石之戰敗金於太平（古丹陽郡，今之當塗）的虞允文，來譬喻己統領義師行軍迅捷、諸多名城歸降的功績。煌言多藉歷史人物形象來展現自我，生動而深刻地透顯出他對己身智謀、戰功的自得，以及「救水鞭潮勢自雄，此身原不畏蛟龍」[43]的領袖氣質與勇氣；海洋，對他而言，是可以揮灑其救國理想的生命舞臺。

由上述可知，煌言書寫海戰正面人物的形象與意義，在承繼天祥中另有開展：當他頌揚海戰中為國犧牲守節的重臣將領時，同於天祥，一方面表示哀悼之意，另一方面亦投射了一己的愛國忠魂與守節大義；當他謳歌海戰英雄如張名振、鄭成功，乃至於他自身的戰功與勇氣時，除了發抒戰勝的自得外，最大的用意應是想藉以鼓舞軍心、

---

41 參〔漢〕班固：《漢書》（臺北市：鼎文書局，1997），卷64下〈嚴朱吾丘主父徐嚴終王賈傳・終軍〉，頁2820。

42 〔明〕張煌言：〈北征得失紀略〉，頁2。

43 〔明〕張煌言：〈舟行阻風，口號二首〉其二，頁119。

展現對復明的信心與企盼，而此種自得與企盼，則是無法在海戰中有
所施展的天祥所不能望其項背的。

3 煌言異於天祥的書寫特徵
——戰前自信、軟實力分析與乞師，戰後自得與嚴陣以待

　　南明張煌言的海戰敘事，除了上述承繼開山始祖南宋文天祥書寫
的兩種特徵外，還沿襲了元明以來海戰詩發展出的書寫內涵，如：戰
前戰士的自信、戰前軟戰力的分析、戰勝後的自得等，可謂集前人書
寫之大成；更難能可貴的是，他另有一己開創的內涵書寫，如：戰前
乞師、戰後嚴陣以待。其中，書寫戰前戰士自信的詩，如：

> 期門取次出貔貅，首路軍聲胡騎愁。(〈王師北發，草檄有感二
> 首〉其二，頁130)
> 樓船出閩越，軍聲正及鋒。(〈述懷〉二首其一，頁131)

二首皆強調了鄭魯聯軍初次北征時王師出發前的壯盛軍威，充滿了滅
寇敗敵的自信。又如書寫戰前軟戰力的詩：

> 九中但說明三表，麾下寧忘試六奇！(〈王師北發，草檄有感
> 二首〉其一，頁130)
> 誰為揖客稱司馬，獨將遊兵是水犀。(〈會師東甌漫成〉，頁140)

上述詩句道出戰前明軍擁有的軟實力，有：似陳平為漢高祖謀畫的六
奇謀略，以及習於水中作戰的弓箭手。再如書寫明軍戰勝後自得的
詩，此部分為煌言海戰書寫著墨最多之處，其中，有寫克復瓊海、顯
現復明吉兆者：

珠崖仍復漢，玉壘亦宗周，從此投天隙，群雄好兆謀。（〈秋日傳蜀郡克復瓊海反正喜而有賦〉，頁8）

亦有言永曆八年（1654）由海入江之捷報、表現中興明室的強烈信心者：

漢壇左鉞授宗臣，飛翰傳來消息真。壁壘象橫開北極，艅艎流斷接南閩。雙懸日月旄幢耀，百戰河山帶礪新。從此天聲揚絕漠，還應吳會是臨津。（〈和定西侯張侯服留題金山原韻六首〉其一，頁108）
鐵甕潮函飛鷲嶺，牙檣影撼浴龍洲。畫江何代空鼉鼓，橫海今來駐虎旃。（〈同定西侯登金山，以上游師未至，遂左次崇明二首〉其一，頁109）
長江如練繞南垂，古樹平沙天塹奇。六代山川愁鎖鑰，十年父老見旄旗。陣寒虎落黃雲淨，帆映虹梁赤日移。夾岸壺漿相笑語，將毋徯後怨王師！（〈舟次圖山〉，頁107）

第一、二首言首度入江之捷，以明軍戰船之盛、天威之壯極寫煌言、名振督海船數百，抵鎮江，泊金山，奪清舟百餘隻，帶五百名軍士登金山寺，[44]直逼南京的戰功。第三首藉長江壯景與父老重見明旗的喜悅，寫二入長江，復上鎮江（圖山在鎮江，為江防重地）[45]的自得。另有寫永曆十三年聯鄭北征之凱歌：

---

44 參〔明〕楊英：《從征實錄》（臺北市：臺灣銀行經濟研究室，1958年《臺灣文獻叢刊》第32種），「永曆八年二月」條，頁48。

45 〔清〕計六奇《明季南略》：「四月初五日，海艘千數復上鎮江，焚小閘。至儀真，索鹽商金，弗與，遂焚六百艘而去，名振還師海島。」（北京市：中華書局，1984年，卷16，頁484）

> 樓船十萬石頭城，鍾阜依然拱舊京。……中原父老還扶杖，絕
> 塞河山自寢兵。(〈師次觀音門〉，頁141)
> 元戎小隊壓江關，面縛長鯨敢逆顏。……寄語壺漿休怨望，懸
> 軍端欲慰民艱。(〈師次蕪湖，時余所遣前軍已受降〉，頁141)
> 百年禮樂還豐鎬，一路雲霓載酒漿。此去神京原咫尺，龍蟠虎
> 踞待重光！(〈師入太平府〉，頁141)

三首皆以百姓迎師的意象，或扶杖相迎、或壺漿犒師，顯現出明軍中
興在望的志得意滿。煌言十九年抗清生涯中，最大的成就即為與鄭成
功聯手北征長江，王師以破竹之勢，或招降、或克復，凡得府四、州
三、縣二十四，[46]一路疾趨留都，實抗清復國大業未有之舉。

至於煌言詩新拓的書寫內容，如：戰前乞師、戰後嚴陣以待等，
若非擁有豐富海戰經驗者，誠難達致此一書寫內涵上的突破，詩云：

> 中原何地作依墻，惆悵徵師日出方。龍節臥持多斧客，魚書泣
> 捧豹衣郎。黃河北去浮青雀，滄海東回獻白狼。佇聽無衣萬里
> 客，繡弧應復挂扶桑。(〈送黃金吾馮侍御乞師日本〉，頁69)
> 鳩工嚴部勒，治屋亦猶兵，據水軒轅法，依山壁壘橫。短垣繚
> 卻月，中霤貫長庚，只此扶桑國，居然細柳營。(〈島居〉八首
> 其八，頁149)

前者言永曆元年（1647）魯督師張肯堂遣黃孝卿、馮京第向日本乞師
之事，可惜只得洪武錢數十萬以為軍需，而日本兵師幾經周折終未能

---

46 詳參〔明〕張煌言：〈北征得失紀略〉，頁3-4。

發；[47]後者則言永曆十三年鄭成功兵敗江寧入海後，煌言亡命英霍山、輾轉歷險二千餘里，始得歸浙江寧海，[48]屯駐天臺縣城，築塘捍潮，闢田贍軍，嚴陣以待的情形。[49]這些嶄新的內涵，使海戰詩的書寫面向更加新奇多元，極具開創性。

（二）百姓視角下的海戰敘事——張煌言

　　從海戰詩發展軌跡言，詩歌的海戰書寫濫觴於南宋文天祥，僅從戰士視角出發，敘事上表現出以元軍為他者、側重戰敗過程與結果的真實描寫、特寫海戰正負面將領等特徵；到了元代海戰詩，雖仍以戰士視角觀看，但敘事中的他者已改為日本海盜，且多戰勝後的自得與戰士英勇形象的特寫。明代武將或兼與軍務擘畫的文人所寫的海戰詩，大多仍承繼上述元詩書寫特質與戰士觀看視角，但新增了戰前戰士的自信、戰前軟戰力的分析等敘事內涵；因而布衣身分的歸有光所寫之海戰詩，能突破傳統視角，轉而自百姓角度出發，書寫關愛士卒百姓的英雄形象、慘遭倭寇燒掠的黎民苦痛、飽受有司催科的百姓悲歌，就顯得獨樹一幟，令人矚目。[50]到了南明，護衛魯王於浙閩沿海的抗清將領張煌言，憑其征戰海上長達十九年的豐富經歷，詩中海戰

---

47 乞師日本的過程與結果，詳參〔清〕全祖望為張煌言所作《年譜》「順治四年（丁亥）」條張壽鏞案語，見《張蒼水詩文集・附錄》，頁236-237。

48 參〔明〕張煌言：〈北征得失紀略〉，頁10-11。

49 〔明〕張煌言〈山頭重築海塘碑記〉：「近復鞠旅於縣城外島，聞之悵然曰：『國事固滄桑矣，而民事寧可緩乎！且山頭地勢污下，洪濤噴薄；無論阡陌巨浸，即廬舍亦盪漾波濤中。倘不急為修繕，民其不為魚乎』？乃出金五十為倡，鳩工經始；而義士馮某等為之釀金錢、聚土木，以虔其事。大抵富者輸財、貧者輸力，靡不奔走恐後。因就其故址，增以新防：凡埤者崇之、圮者累之、闊者修之、薄者豐之。自冬徂春，蓋三閱月而工始告竣。」（頁22）

50 有關元明海戰詩書寫特徵異同與原因的論述，詳參顏智英：〈論歸有光詩中的海戰書寫——兼述其古文中的禦寇思想〉，《成大中文學報》第43期（2013年12月），頁92-97。

敘事的內涵更為豐富，不僅承繼了天祥對海戰過程的實錄、海戰人物的特寫，也納入了元明以來海戰詩發展出的書寫特徵，戰士、百姓視角兼具，其戰士視角的書寫特徵已如前小節所述，本小節乃專就其百姓視角下的海戰敘事詳述如下：

煌言有詩云：「天方尊肅氣，民已苦兵聲」（〈秋懷〉三首其三，頁118），深深體會黎民因長年戰爭所遭受的痛苦，因此，其海戰詩不同於天祥之處，還在於除戰士視角外另新增如歸有光詩所採取的百姓視角。煌言天生任俠性格，又淹通經史、能自其中汲取儒者愛民的觀點，是以其海戰敘事，能為民眾發聲，書寫百姓因海戰而死傷枕藉、流離失所之痛苦，以及因海盜、軍官劫掠而衣食無著之不幸，並刻劃一己關愛士卒百姓的海戰領袖形象。海洋，在百姓的視角下，成為毀滅的象徵，是埋葬沿海黎民生之希望的地獄、墳場。

煌言抗清之戰，多以海外島嶼為基地，作戰範圍亦多在閩浙沿海一帶；「興，百姓苦；亡，百姓苦」（張養浩〈山坡羊・洛陽懷古〉），不論誰勝誰負，東南沿海居民無不因飽受兵燹之禍而死亡枕藉、或流離失所，煌言憑其一生飄零海上、轉戰海疆的豐富經驗，對此有深刻的觀察與記錄，詩云：

> 亦有人自重圍來，向余細說令人哀；椒塗玉葉填眢井，甲第珠璫掩劫灰。而今人民已非況城郭，髑髏跳號胹復肉。（〈翁洲行〉，頁82）
> 城頭刁斗寂不聞，惟聞死聲動箕箒。……此時龍戰血玄黃，功成誰念溝中瘠！（〈閩南行〉，頁90）

前者，詩人以示現法具體地呈顯永曆五年（1651）八月舟山城陷時，重臣將領的妻妾跳井殉節、宅第珍寶焚於戰火、百姓哀號而終成髑髏

等悲慘的死亡畫面。後者，則以反詰語氣，並以戰士「功成」與百姓成「溝中瘠」的強烈對比，表達對永曆六年（1652）四月張名振圍攻漳州城雖然成功，但城內卻因鄭成功圍城久久不下、七十餘萬百姓食盡而成溝中白骨的無奈與悲憤。[51]永曆十五年（1661），清廷更為了孤立鄭軍、切斷其物資供應而頒遷界令，[52]致使沿海人民顛沛流離、無家可歸，詩云：

> 去年新燕至，新巢在大廈；今年舊燕來，舊壘多敗瓦。燕語問主人，呢喃淚盈把。畫梁不可望，畫艦聊相傍；肅羽恨依棲，銜泥嘆飄蕩。自言昨辭秋社歸，比來春社添惡況；一片薶蕪兵燹紅，朱門那得還無恙。最憐尋常百姓家，荒煙總似烏衣巷。君不見晉室中葉亂五胡，煙火蕭條千里孤；春燕巢林木，空山啼鶗鴂。只今胡馬仍南牧，江村古樹竄鼪鼯；萬戶千門徒四壁，燕來亦隨檣上烏。海翁顧燕且太息，風簾雨幙胡為乎？（〈辛丑秋，虜遷閩浙沿海居民；壬寅春，余艤棹海濱，春燕來巢於舟，有感而作〉，頁13）

雖然廖肇亨指出此詩貌似藉飛燕來巢於舟，嘆戰事擾民之苦，其實這

51　〔清〕全祖望所作張煌言之《年譜》「順治九年（壬辰）」條張壽鏞案語：「是年，鄭成功圍漳，屬邑俱下；獨郡城以援至，不克。成功防鎮門山以水之，堤壞不浸。城中食盡，人相食，枕藉死亡者七十餘萬。時又遭派垛索餉之慘，夜敲瘦骨如龍瓦聲。千門萬戶莫不洞開，落落如游墟墓。饞鼠饑烏，白晝充斥。圍解，百姓存者數而指溝中白骨，非其父兄、即其子弟，歷數告人；然氣息僅相屬，言雖悲、不能下一淚也。時有一人素慷慨，率妻子閉戶，一慟而絕；鄰舍兒竊煮噉之，見腹中累累皆故紙，字畫隱然，鄰舍兒亦廢箸死。」（《張蒼水詩文集·附錄》，頁244）可知城內百姓因圍城過久、採辦軍需者的要索掠奪而嚴重缺糧，或以故紙為食，或人相食，實為人間煉獄，戰爭荼害黎民之劇，由此可見一斑。

52　詳顧誠：《南明史》（北京市：中國青年出版社，2003年），頁1059-1084。

只是作者為免燕巢於舟所預示的兵敗身死之兆引起兵士恐慌，而於戰前提出以安撫軍心的一種說法[53]；然而，無論詩人的作意為何，詩中藉飛燕口吻委婉道出胡馬南牧後，屋舍村里一片荒蕪蕭條的淒涼景象，仍反映了當時閩浙沿海百姓因兵燹之禍而不得安居、流離失所的現實。

　　除了戰爭所造成的死難與流離外，百姓的痛苦還包括了因海盜、軍官劫掠以致衣食無著的無助。煌言詩云：

> 乘舴艋、載艅艎，枹鉦撾鼓走風檣。滿船兒郎抹額黃，人言若輩真鷹揚，飢則攫人飽則颺。江村雞犬絕鳴吠，老稚吞聲泣道旁：罄我缾中粟，使我朝無糧；斷我機中苧，使我暮無裳。我亦遺民事耕織，當身不幸見滄桑。入海畏蛟龍，登山多虎狼；官軍信威武，何不恢城邑，願輸夏稅貢秋糧。（〈舴艋行〉，頁104-105）

詩人從百姓的角度發聲，以第一人稱直接道出海盜掠奪粟米衣裳等民生用品的鷹揚跋扈，以及百姓冀望官軍拯救的企盼。兵禍連年，社會失序，使海盜有可趁之機，甚至，連落難至南澳的魯王也難免於海盜的劫掠，詩云：

> 揮淚東南信，初聞群盜狂。扁舟哀望帝，匹馬類康王。流寇終何限，依斟倘不妨！只今謀稅駕，天地已滄桑。（〈聞監國魯王以盜警奔金門所〉，頁151）

永曆十年（1656）三月被鄭成功安排遷住南澳的魯王，三年後（1659）

---

53 參廖肇亨：〈浪裏挑燈看劍：中國海戰詩學之書寫特質與價值信念初探〉，頁294。

遭受海盜劫掠而倉皇逃金門，煌言聽聞此事件後憂心不已，並以蜀望帝化為杜鵑之悲鳴，比喻魯王遇盜之令詩人哀傷；又以宋康王得泥馬之助脫險，[54] 比喻魯王得以脫險逃至金門之僥倖。海盜之猖狂，由此可見一斑。更可恨的是，原本為百姓視為救星的官軍，竟也成為戕害民生的劊子手，詩云：

> 赤羽飛馳露布譁，銅陵西去斷胡笳。橫流錦纜空三楚，出峽霓旌接九華。歌吹已知來澤國，樵蘇莫遣向田家！前驅要識王師意，劍躍弓鳴亦漫誇。（〈驛書至，偏師已復池州府〉，頁142）

由詩人諄諄告誡士兵「樵蘇（日常生計）莫遣向田家」之語可知，明軍有剽掠擾民的情況，例如全祖望〈明戶部右侍郎都察院右僉都御史贈戶部尚書崇明沈公神道碑銘〉：「時諸軍無餉，競以剽掠為事，至於繫累男婦，索錢取贖，肆行淫縱。浙東之張國柱、陳梧為尤甚」[55]，又如全祖望〈明故權兵部尚書兼翰林院侍講學士鄞長公神道碑銘〉：「公（煌言）乃集義從於上虞之平岡。山寨之起也，因糧於民；民始以其為故國也，共餉之。而其後遂行抄掠，民苦之。其不以橫暴累民者，祗李公長祥東山寨、王公翊大蘭山寨，與公而三；履畝輸賦，餘無及焉」[56]，足見官軍抄掠百姓為常有之事，因此，紀律嚴整，與居民相安的軍隊，才能獲得百姓的尊敬，從而主動輸賦，提供軍需。

---

54 傳說宋徽宗第九子康王趙構於質金途中，有一匹馬載構飛渡黃河助其脫險後，立即化為泥塑之馬。詳參錢彩：《精忠岳傳演義》（臺北市：風雲時代出版社，1987年），頁210-216。

55 〔清〕全祖望撰，朱鑄禹校集注：《全祖望集彙校集注・鮚埼亭集外編》，卷4，頁803。

56 〔清〕全祖望撰，朱鑄禹校集注：《全祖望集彙校集注・鮚埼亭集內編》，卷9，頁181。

同時，也正因煌言能夠苦民所苦，詩中遂多處流露出己身這種關愛士卒百姓的英雄特質，詩云：

> 寄語壺漿休怨望，懸軍端欲慰民艱。（〈師次蕪湖，時余所遣前軍已受降〉，頁141）
> 舊關烽煙須早靖，新都版籍已全收。遺民莫道來蘇好，猶恐瘡痍未可瘳！（〈師入寧國，時徽郡來降，留都尚未克復〉，頁142）

卡蘿・皮爾森曾指出：英雄不僅忍受痛苦，也保持對生命的熱愛、勇氣及關愛他人的能力[57]，而煌言所率領的義軍由海入江、深入敵境，不僅能寬慰人民在異族統治下所受到的屈辱（「慰民艱」），還因其能體恤軍事行動讓百姓飽受民生凋敝之苦（「猶恐瘡痍未可瘳」），所至之處，皆能嚴軍士之禁，一如全祖望〈明故權兵部尚書兼翰林院侍講學士鄞長公神道碑銘〉所記錄煌言師次蕪湖時的情況：「初，公（煌言）之至蕪也，軍不滿千，船不滿百，但以大義感召人心。而公師所至，禁止抄掠，父老爭出持牛酒犒師，扶杖炷香，望見衣冠，涕泗交下，以為十五年來所未見」[58]。這種關愛百姓的特質，還可從其他資料得到印證，如煌言〈山頭重築海塘碑記〉：「十餘年來，義旌徧海外，戎服繁興。海濱遺黎朝秦暮楚，供億竭於兩國（明義師、清），民力用是益殫」（頁22），知其頗以生民為念；又如《東南紀事・張煌言傳》：「凡得府四、州三、縣二十四。時，煌言兵不滿萬、船不滿百，惟以先聲號召、大義感孚，騰書縉紳、馳檄守令，所過秋毫無

---

57 參卡蘿・皮爾森（Carol Pearson）著，徐慎恕、龔卓軍、朱侃如譯：《內在英雄》（*The Hero Within*，臺北市：立緒文化事業公司，2000年），頁145。

58 《張蒼水詩文集・附錄》，頁186。

犯」[59]，能隨時關懷黎民苦難，嚴令軍隊秋毫無犯，是以所至之處備受歡迎愛戴，堪稱關愛百姓的英雄領袖。

三　戰後抒情之比較

（一）戰敗之悲——文天祥、張煌言

天祥於《集杜詩》的序言，凡提及崖海戰役或戰役中犧牲之人，多在句末出現哀哉、嗚呼、嗚呼痛哉、豈非天哉、惜哉、等感嘆語，充滿悲憤與心痛，誠如劉定之所云：「小序之末多曰哀哉者，公所以傷其國之亡，憫其忠臣義士之同盡，慟其家族之殉國而處其身於死」[60]；此外，在其他相關詩作中，亦有不少表達敗戰後欲為死者復仇的義憤，以及對國事難為的悲痛。詩云：

> 流屍漂血洋水渾，昨朝南船滿崖海，今朝只有北船在。昨夜兩邊枑鼓鳴，今朝船船鼾睡聲。北兵去家八千里，椎牛釃酒人人喜。惟有孤臣兩淚垂，冥冥不敢向人啼。六龍杳靄知何處，大海茫茫隔煙霧。我欲借劍斬佞臣，黃金橫帶為何人。（〈二月六日，海上大戰，國事不濟，孤臣天祥，坐北舟中，向南慟哭，為之詩曰〉，《指南後錄》，頁350）
>
> 羯來南海上，人死亂如麻。腥浪拍心碎，颶風吹鬢華。一山還一水，無國又無家。男子千年志，吾生未有涯。（〈南海〉，《指南後錄》，頁350）

---

59 〔清〕邵廷采：《東南紀事》（臺北市：臺灣銀行經濟研究室，1961年《臺灣文獻叢刊》第35種），卷9〈張煌言傳〉，頁112。

60 〔明〕劉定之〈文信國集杜詩序〉，收入〔清〕紀昀等纂：《景印文淵閣四庫全書》（臺北市：臺灣商務印書館，1986年），冊1184，頁807。

淚如杜宇喉中血。(〈覽鏡見鬚鬢消落為之流涕〉,《指南後錄》,頁373)

吳兒進退尋常事,漢氏存亡頃刻中。諸老丹心付流水,孤臣血淚洒南風。(〈哭崖山〉,《吟嘯集》,頁384)

從今別卻江南日,化作啼鵑帶血歸。(〈金陵驛〉,《指南後錄》,頁355)

垓下雌雄羞故老,長安咫尺泣孤囚。(〈戰場〉,《吟嘯集》,頁384)

遙憐海上今塵土,前代風流不肯休。(〈遺興〉,《吟嘯集》,頁391)

親睹宋室頃刻覆亡海上、流屍漂血、人死如麻的事實,天祥不敢放聲大哭,只好以外在淚如雨下、內心浪拍心碎的形象寫出內在極力隱忍的悲傷與痛苦;即使是一年後再度經過崖山,仍不禁遙憐故國,淚灑南風。所謂「男兒有淚不輕彈,只是未到傷心處」,亡國後的天祥,屢屢帶「淚」寫出英雄失路、報國無門之悲;其中,又大量增加「血」字,使詩篇凝聚了作者滿腔的英雄遺恨,[61]因此,南宋遺民林景熙評論他後期詩歌曰:「誰欲扶之兩腕絕,英淚浪浪滿襟血」[62],對於天祥因國事難為而絕望痛苦的心情,頗能感同身受。除了對國事的絕望悲痛外,天祥內心還隱伏著一股義憤:「我欲借劍斬佞臣」,意欲斬除那些使得宋朝覆滅的元凶——南宋朝中擅權誤國的奸佞小人,形象化地展現其迥異於投敵派的、憂國憂民的偉大格局與情感。

當海戰過後,復國大業確定無望之際,詩中則每每表達了拒投異

---

61 參修曉波:《文天祥評傳》,頁292。

62 〔宋〕林景熙:〈讀文山集〉,劉振婭編:《霽山文集》,卷3,收於吳文治主編:《宋詩話全編》(南京市:鳳凰出版社,2006年),第10冊,頁10350。

族、為國殉道的堅定心志,並以意欲效魯連心、蘇武節、夷齊義,證明一己的愛國忠魂。詩云:

> 我今戴南冠,何異有北投。不能裂肝腦,直氣摩斗牛。(〈發高郵〉,《指南後錄》,頁360)
>
> 我生不辰逢百罹,求仁得仁尚何語。一死鴻毛或泰山,之輕之重安所處。……以身狥道不苟生,道在光明照千古。(〈言志〉,《指南後錄》,頁350)
>
> 悔不當年跳東海,空有魯連心獨在。(〈去年十月九日,余至燕城。今周星不報,為賦長句〉,《吟嘯集》,頁394)
>
> 可憐大流落,白髮魯連翁。每夜瞻南斗,連年坐北風。三生遭際處,一死笑談中。贏得千年在,丹心射碧空。(〈自歎〉,《吟嘯集》,頁394)
>
> 淚如杜宇喉中血,鬚似蘇郎節上旄。(〈覽鏡見鬚鬢消落為之流涕〉,《指南後錄》,頁373)
>
> 子卿羝羊節,少陵杜鵑心。(〈詠懷〉,《指南後錄》,頁376)
>
> 平生管鮑成何事,千古夷齊在一時。(〈睡起〉,《指南後錄》,頁355)
>
> 小雅盡廢兮,出車采薇矣。(〈和夷齊西山謌〉,《吟嘯集》,頁389)

《四庫全書總目提要》云:「天祥平生大節照耀今古,……觀《指南前後錄》,可見不獨忠義貫於一時,亦斯文間氣之發見也」[63],其實,不僅《指南前後錄》如此,天祥於四十歲奉詔勤王、奮赴國難以後的

---

63 〔清〕紀昀:《四庫全書總目提要》,頁322。

詩作皆然，尤其是上列作於崖山海戰、宋室滅亡之後的詩篇，更見不苟偅生、為國死節、視死如歸的忠義與勇氣，他以魯仲連蹈海的高義、蘇武牧羊北海的大節、夷齊采薇的堅持自喻，更豐滿而深刻地刻劃出自己絕不「北投」、願為國家「裂肝腦」的正氣與忠魂。

至於煌言，詩中也有許多戰敗悲情的書寫，由於與天祥同處易代之亂離時局，詩中遂同樣展現出上述欲為死者復仇的義憤、國事難為的悲痛，以及拒降異族的忠魂、為國殉道的堅志、視死如歸的勇氣等忠臣血淚的內涵書寫；唯一不同的是，當國事尚未完全絕望時，煌言還表現了暫隱待時、為復明而奮鬥的堅忍忠毅之情。詩云：

> 又聞巷戰戈旋倒，闔城草草塗肝腦；忠臣盡葬伯夷山，義士悉剄田橫島。亦有人自重圍來，向余細說令人哀；椒塗玉葉填眢井，甲第珠璫掩劫灰。而今人民已非況城郭，髑髏跳號甯復肉。土花新蝕遺鏃黃，石苔蠹繡缺斨綠。嗚呼！問誰橫驅鐵補襠，翻令漢土剪龍荒？安得一劍掃天狼，重酹椒漿慰國殤。（〈翁洲行〉，頁82）
>
> 田橫島上淒涼月，杜若洲前零落風。翹首靈光何處是，五雲應復捧南中？（〈舟山感舊四首〉其三，頁126）

煌言聞說舟山行朝被清人攻陷，而一己竟仍在吳淞阻止清水師入海、未及趕回救援，內心更是哀痛莫名，詩中以示現法逼真地勾勒出因巷戰而肝腦塗城的戰士、因不願投降而自剄的忠臣義士、因守節而屍填枯井的皇室貴族、因圍城戰爭而餓死成髑髏的可憐百姓的死亡場景，深切地表達了作者的悲痛。同時，也與天祥一樣，內心興發了意欲橫驅兵器、劍掃天狼，以慰死者的義憤；二人所欲復仇的對象雖然不同，但一心為國的忠貞卻無二致，而煌言改以自問自答的設問語氣，更達

致加強其深層憤慨的效果，引起讀者更大的注意。戰後六、七年（永曆十二年，1658），煌言重返舟山，眼前仍是一片城殿殘破、淒涼零落之景，遂藉「靈光」之典表達對魯王能延續明室正朔的期盼；[64]但「何處」二字卻又暗示了作者的憂心忡忡，心中充滿了國事難為的無奈之情。

然而，儘管國事難為，由於煌言不似天祥之身為俘虜，因此，舟山雖陷，他仍能在國事尚未完全絕望時，暫隱山海以待時機，為力存明祀而繼續奮鬥。詩云：

> 江山百戰渾非舊，留得磻溪把釣竿。（〈壬辰除夕，寓湄洲禪院〉，頁98）
> 久矣浮萍寄此身，倦遊何意轉風塵？即看蓬鬢難逢世，況到灰心懶應人。一旅尚堪扶共主，百年誰肯鑒孤臣？也拚海岸投簪去，自有桐江足釣緡。（〈即事有感〉，頁121）

前者作於舟山行朝覆滅後一年（1652），再加上父親過世的打擊，遂產生隱居山林之想；但由詩中運用姜太公於「磻溪」垂釣而遇見西伯並獲重用之典，[65]可知他的隱居只是暫時的，仍思待時以為存續明祀而繼續努力。後者作於永曆十年（1656）舟山再度為清人所陷之時，復因前一年煌言的最佳戰友張名振甫病逝，失落之際，詩人遂再度興

---

64 詩中「靈光」指漢景帝子魯恭王所建之靈光殿，為漢末變亂後唯一留存的建物，有存續漢室的意義。參〔漢〕王延壽，《魯靈光殿賦》，收入〔南朝梁〕蕭統撰、〔唐〕李善等註：《增補六臣註文選》（臺北市：華正書局，1981年），卷11，頁213。

65 〔漢〕司馬遷《史記》〈齊太公世家〉：「（太公望）以漁釣奸周西伯。」張守節《正義》引酈元云：「磻磎中有泉，謂之茲泉。泉水潭積自成淵渚，即太公釣處。」見（日）瀧川龜太郎：《史記會注考證》（臺北市：洪氏出版社，1982年），卷32，頁549。

起投簪海岸的隱居念頭;然而,國事尚未完全絕望,「一旅尚堪扶共
主」,只要還有一兵一卒,都必須為明祀奮鬥,煌言在詩末引嚴光於
劉秀中興漢室後才隱居桐廬富春江之典以自喻,[66]表達一己於明室中
興後才會隱居的孤忠。甚至,在聯鄭北征、功敗垂成後,煌言九死一
生、歷經千險才得以脫困,卻依舊不放棄對抗清復明的努力,詩云:

> 豈乏稻粱謀,卑棲因鎩羽。安得有蕨薇,療饑待明主!(〈苦
> 饑〉,頁146)
> 寒蘆瑟瑟秋張樂,宿火熒熒夜讀書。正憶普天方左衽,此身那
> 得混樵漁!(〈卜居〉,頁147)
> 傲骨甘鷗鷺,雄心怯虎狼。誅茅還闢土,海外有封疆。(〈島居
> 八首〉其二,頁148)
> 春來水逐桃花長,老去人憎柏葉先。猶幸此身仍健在,擬隨斗
> 柄獨回天。(〈庚子元旦駐師林門〉,頁150)
> 皇天倘識匡扶義,萬古臣靡獨我儕。(〈莫指〉,頁162)
> 利鈍寧能料,孤軍又北回。同仇計左矣,遺老思深哉!破斧湥
> 徒義,持籌參佐才。古來忠孝事,天地每相哀。(〈北回示將
> 吏〉,頁166)

聯鄭敗逃後,煌言歸軍浙江寧海,屯駐天臺緱城,島居海上。雖金盡
粟空,勁旅難召,[67]他卻憑著拯救普天免於左衽的責任感,療饑以待

---

66 參〔南朝宋〕范曄:《後漢書》(臺北市:鼎文書局,1977年),卷83〈逸民列傳第七
十三〉,頁2764。

67 〔明〕張煌言〈答曹雲霖監軍書〉:「獨是偽令遷徙沿海居民,百萬生靈盡入湯火
中,洶洶思動;惜無一勁旅為之號召,以致顛連莫告。我輩坐視其荼毒而不能救,
真愧殺也!弟栖遲沙關幾三月矣,金盡粟空,誰能為景升、仲謀者?只得仍圖北
返。兩番鼓棹,又以石尤留滯。今春風至矣,決計回浙,亦旦晚間事。弟非不知丘

明主，並以傲骨雄心戮力於闢田贍軍，期盼能如夏臣靡輔佐少康中興
夏朝般，揮戈北回中原，興復明室。

這份匡扶明室的努力，一直到他甲辰（康熙三年，1664）就執、
大勢已去之後才不得不畫上句號。此時的煌言，一如天祥，拒降異
族，「欲慷慨以自裁」（〈放歌〉，頁175）；同時，於詩中也藉蘇武、魯
連、夷齊之執節以明志，表達以身殉道、求仁得仁的決心，詩云：

> 蘇卿仗漢節，十九歲華遷。……人生七尺軀，百歲寧復延？所
> 貴一寸丹，可與金石堅。求仁而得仁，抑又何怨焉？（〈被執
> 歸故里〉，頁173-174）
>
> 生比鴻毛猶負國，死留碧血欲支天。忠貞自是孤臣事，敢望千
> 秋青史傳。（〈將入武陵（應作「林」）二首〉其一，頁174）
>
> 綸巾原當蘇卿節，葛帔猶然晉代衣。（〈甲辰九月感懷〉，頁176）
>
> 我似魯連還抗節，君為翟義竟捐軀！（〈追輓屠天生兵部〉，頁
> 70）
>
> 大隱從茲始，悠然見古心。……此中有佳趣，好作採薇吟。（〈入
> 山〉，頁167）
>
> 五千甲盾收餘燼，百二山河挽逝波。天夢到今疑未醒，沈吟轉
> 憶採薇歌。（〈追往八首〉其六，頁100）

由上列詩句可知，煌言亦承天祥以義不食周粟的夷齊、[68]仗節不屈匈

力單極，況二阮、一陳俱徘徊閩境，則弟聲勢更孤。然弟之區區，以為寧進寸、毋
退尺，寧玉碎、毋瓦全，其素志然也；但不知果能自存否？近有小詠云：『虹氣空擬
浮家去，雁足虛傳屬國還』；又云：『平原一旅真孤掌，可有天戈靈武間？』感慨係
之矣。」（頁34）

68 文天祥於宋亡後，有〈和夷齊西山謌〉之詩；而張煌言更將其於永曆十八年（康熙
三年，1664）甲辰六月解散部眾後，至九月七日杭州就義之間所作詩，集為《采薇
吟》，意取伯夷、叔齊義不食周粟，寧入西山采薇，以示不降之志節。

奴的蘇卿、抗節蹈海拒秦的魯連為喻，表達一己義不事異姓、拒絕敵
人誘降的堅定心志。[69]他同天祥一樣，認為死有重於泰山或輕於「鴻
毛」，不願苟且偷生而欲以死報國、留傳青史，故而亦發出「求仁得
仁」之語；而其「死留碧血欲支天」句，又與天祥「丹心射碧空」之
語境相似，凡此皆可見出煌言步趨、仿效天祥之跡。此外，煌言用典
還另有其開拓之處，詩云：

> 國亡家破欲何之？西子湖頭有我師：日月雙懸于氏墓，乾坤半
> 壁岳家祠。慙將赤手分三席，敢為丹心借一枝！他日素車東浙
> 路，怒濤豈必屬鴟夷！（〈將入武陵二首〉其二，頁174）
> 夢裏相逢西子湖，誰知夢醒卻模糊；高墳武穆連忠肅，添得新
> 墳一座無？（〈憶西湖〉，頁175）

南宋初期名將岳飛率東南軍民屢敗金人、使宋室得以穩立於江南，明
代中興大臣于謙則於北京城外指揮若定、力拒瓦剌入侵；煌言以這二
位捍衛國家、驅除韃虜的前賢自比報國抗敵的丹心赤忱，甚至在夢中
亦期盼能與之同葬於西湖。而當他身陷囹圄、無法再有作為時，又以
忠心為國卻遭詆毀、被迫自殺的伍子胥為喻，暗示自己的忠魂也將如
子胥一般，在錢塘江中掀起怒濤，[70]形象化地透顯了詩人抱節守志、
重義輕身的忠烈之情。

　　值得一提的是，當煌言被清人捕執後，更於詩中屢屢提及文山，

---

69 例如郎廷佐、趙廷臣等皆待以客禮，意欲招降煌言，煌言有〈復偽總督郎廷佐
　書〉、〈答偽部院趙廷臣書〉等，以嚴辭拒之。
70 〔唐〕杜光庭《錄異記》：「（伍子胥）臨終戒其子曰：『……以鮠魚皮裏吾屍，投於
　江中，吾當朝暮乘潮以觀吳之敗。』自是自海門山潮頭洶湧高數百尺，越錢唐，過
　漁浦，方漸低小，朝暮再來，其聲震怒，雷奔電激，聞百餘里，時有見子胥乘素車
　白馬在潮頭之中。」（臺北市：廣文書局，1989年，卷7，頁2）

透顯出意欲節烈文山從容就義之行、捨身成仁之志，寧死不屈，詩云：

> 何事孤臣竟息機，魯戈不復挽斜暉！到來晚節慙松柏，此去清
> 風笑蕨薇。雙鬢難容五岳住，一帆仍自十洲歸。疊山遲死、文
> 山早，青史他年任是非！（〈入定關〉，頁173）
> 吁嗟乎！滄海揚塵兮日月盲，神州陸沉兮陵谷崩！……予憫此
> 子遺兮，遂息機而寢兵。……予生則中華兮，死則大明；……
> 維彼文山兮，亦羈紲於燕京。……歌以言志兮，肯浮慕乎箕子
> 之貞，若以擬夫正氣，或無愧乎先生。（〈放歌〉，頁174-175）
> 文山不柴市，故里一黃冠。此意誰非屈，何人可自寬？（〈武
> 林獄中作三首〉其三，頁176）

無論是獄中作歌言志，甚至是成仁就義於市，煌言行事一以天祥為榜
樣，庶幾「無愧」於天祥。其實，二人在遭遇與行事上頗多巧合與類
似之處：天祥於五坡嶺兵敗被執後，有王炎午作〈生祭文丞相文〉[71]
以勸其速死全節，而煌言由寧波被押解至杭州時，有無名氏投詩船內，
以〈正氣歌〉勸其效文山捨身成仁，煌言視其為王炎午之後身；[72]崖
山海戰後，元帥張弘範置酒招降天祥，天祥以「國亡不能捄，為人
臣者死有餘罪」[73]應之，而煌言被執送寧波後，浙江提督張杰延之以
客禮、意欲招降之，煌言亦以「父死不能葬，國亡不能救，死有餘
罪」[74]對之。二人面對末世存亡時之進退抉擇，幾乎如出一轍，煌言

---

71 〔宋〕王炎午：〈生祭文丞相文〉，《文文山全集・附錄》，頁513-515。
72 〔清〕全祖望〈明故權兵部尚書兼翰林院學士鄞張公神道碑銘〉：「公之渡江也，得
　　無名氏詩於船中，有云：『此行莫作黃冠想，靜聽先生〈正氣歌〉。』公笑曰：『此
　　王炎午之後身也。』」（《張蒼水詩文集・附錄》，頁226）
73 〔元〕脫脫等：《宋史》（臺北市：鼎文書局，1994），卷418〈文天祥傳〉，頁12539。
74 〔明〕黃宗羲：〈有明兵部左侍郎蒼水張公墓誌銘〉，《張蒼水詩文集・附錄》，頁216。

儼如天祥之後身。黃宗羲更進一步指出,煌言之處境實又益難於天
祥:「文山鎮江遁後,馳驅不過三載;公丙戌航海、甲辰就執,三度
閩關,四入長江,兩遭覆沒,首尾十有九年。文山經營者,不過閩、
廣一隅;公提孤軍,虛喝中原而下之。是公之所處為益難矣」[75],從
抗敵時間更久、奮戰空間更廣來作較論,十分中肯。

　　總之,煌言戰敗抒情的書寫,雖較天祥多了隱居待時、為明祀奮
鬥的堅忍,但大體而言,二人的敗戰心志是極其相似的,都透顯出為
死者復仇之義憤、國事難為之憂心、拒降異族之忠貞、為國殉道之亢
節、視死如歸之從容等,凡此皆為二位詩人浩然正氣與愛國忠魂之體
現。同時,也因煌言受天祥愛國精神感召特深,與之遭遇相似、行事
風格雷同、心志氣度又極相契,無怪乎時人「無不以文山況之」[76]。

(二)戰勝之喜——張煌言

　　天祥書寫的唯一一次海戰,即為亡國之戰,充滿著戰敗的悲情;
而煌言的海戰經驗豐富,戰事又有勝、有負,抒情上也就有喜、有
悲,較天祥更為多樣。除了前一小節所述的悲情外,本小節將針對煌
言的戰勝之喜加以深論,主要情感內涵為:對未來克敵制勝的信念與
中興明室的希望,雖然這些喜悅都是短暫的,卻是在天祥海戰詩中無
法見到的珍貴內涵與情調。例如由海入江之役,煌言有詩云:

　　雙懸日月旌幢耀,百戰河山帶礪新。從此天聲揚絕漠,還應吳
　　會是臨津。
　　烽靖三湘先得蜀,瘴消五嶺復通閩。……指顧樓蘭堪立馬,肯

75 同前注,頁216-217。
76 〔清〕費照:〈張蒼水集序〉,《張蒼水詩文集‧附錄》,頁312。

令胡騎飲江津！（〈和定西侯張侯服留題金山原韻六首〉其一、
二，頁108）
橫江樓櫓自雄飛，霜伏雲麾盡國威。……戰餘落日鮫人窟，春
到長風燕子磯。（〈師次燕子磯〉，頁111）

煌言與張名振等三入長江之役，是由內地反清復明人士聯絡東西，會
師長江，恢復大江南北計畫之一。[77]前兩首，詩人透過明（「日月雙
懸」）室旗幟閃耀整個河山、大漢天聲遠揚大漠、義師一路由閩深入
長江內地收復三湘與蜀等的樂觀想像，展現出初入長江即突破清軍防
汛之地，登金山、直逼南京的勝利之喜，充滿激烈的報國情懷；惜上
游會合之師未至，以致功敗垂成。第三首，以象徵希望的春風來臨，
隱喻義師第三次入江，突破清軍嚴密防線而抵燕子磯、使南都震動的
勝利成功；同樣地，可惜煌言等的師徒單弱，中原豪傑無響應者，只
好乘流東下，聯營浙海。[78]雖然，入江之役無掠地占城之功，但卻「暴
露了清政府長江防務的脆弱」、「取得了入江作戰的經驗」、「對大江南
北復明勢力在心理上是一個不小的鼓舞」[79]，在戰略上仍具有相當大
的意義，也給予了詩人繼續戰鬥的信心。又如聯鄭北征之役，詩云：

中原父老還扶杖，絕塞河山自寢兵。不信封侯皆上將，前茅獨
讓棄繻生。（〈師次觀音門〉，頁141）
元戎小隊壓江關，面縛長鯨敢逆顏。……王師未必皆無戰，胡
馬相傳已不還。（〈師次蕪湖，時余所遣前軍已受降〉，頁141）

---

77 參顧誠：《南明史》，頁820-840。
78 煌言三次由海入長江的始末，詳參〔明〕黃宗羲：〈有明兵部左侍郎蒼水張公墓誌
銘〉，《張蒼水詩文集·附錄》，頁213。
79 顧誠：《南明史》，頁839-840。

百年禮樂還豐鎬，一路雲霓載酒漿。此去神京原咫尺，龍蟠虎踞待重光！（〈師入太平府〉，頁141）

干將一試已芒寒，赤縣神州次第安；……東來玉帛空胡虜，北望銅符盡漢官。（〈姑熟既下，和州、無為州及高淳、溧水、溧陽、建平、廬江、舒城、含山、巢縣諸邑相繼來歸〉，頁142）

千騎東方出上遊，天聲今喜到宣州。……舊關烽煙須早靖，新都版籍已全收。（〈師入寧國，時徽郡來降，留都尚未克復〉，頁142）

詩人以邊塞息兵、面縛長鯨、胡馬不還、神州次第安、新都版籍全收等克敵制勝的意象，以及對一己憑書生立功封侯、禮樂重振、神京重光等明室中興的企盼，傳達出聯合鄭成功北征、深入長江，使大江南北郡邑（四府、三州、二十四縣）紛紛歸附、寫下南明抗清史最輝煌一頁的狂喜；可惜，鄭成功軍隊未能克復留都南京，以致功虧一簣。[80] 勝利之喜，只如曇花一現，未能持久。

四　戰後議論之比較

有關戰敗原因的反省，二人於詩中都有提及，且多歸咎於將領之失籌；煌言另有對於恢復大計的議論，是其異於天祥之處。茲分別析論如下：

（一）戰敗原因的反省──文天祥、張煌言

天祥以為，崖海戰役失敗，導致宋室滅亡，罪魁禍首應為張世傑，次為腰纏黃金的南宋佞臣們。其詩（含詩序）云：

---

80 參〔明〕張煌言：〈北征得失紀略〉，頁1-4。

孤矢暗江海，百萬化為魚。帝子留遺恨，故園莽丘墟。(〈祥興第三十四〉乙卯正月十三日，虜舟直造厓山，世傑不守山門，作一字陣以待之。虜入山門，作長蛇陣對之。二月六日，虜乘潮進攻，半日而破，死溺者數萬人，哀哉。《集杜詩》，頁404)

六龍忽蹉跎，川廣不可泝。東風吹春水，乾坤莽回互。(〈祥興第三十六〉初，行朝有船千餘艘，內大船極多。張元帥大小船五百，而二百舟失道，久而不至。北人乍登舟，嘔暈執弓矢不支持，又水道生疎，舟工進退失據。使虜初至，行朝乘其未集擊之，蔑不勝矣。行朝依山作一字陣，繫縛不可復動，於是不可以攻人，而專受攻矣。先是，行朝以游舟數出得小捷，他船皆閩浙水手，其心莫不欲南向。若南船摧鋒直前，閩浙水手在北舟中必為變，則有盡殲之理。惜世傑不知合變，專守□法，嗚呼，豈非天哉。《集杜詩》，頁405)

六龍杳靄知何處，大海茫茫隔煙霧。我欲借劍斬佞臣，黃金橫帶為何人。(〈二月六日，海上大戰，國事不濟，孤臣天祥，坐北舟中，向南慟哭，為之詩曰〉，《指南後錄》，頁349-350)

上述前二首詩序中，具體而詳細地道出敗因在於主帥張世傑的決策錯誤，其誤有三：一是未能認清宋軍有戰艦與人員數量上的優勢而怯敵。其實，宋軍有「船千餘艘，內大船極多」、軍員「猶計二十萬」[81]，而元軍僅有「大小船五百，而二百舟失道」、兵力約三萬人，[82]數量的比例極為懸殊。二是未能掌握制敵先機。北人不習水性、不善海戰，甫登船易「嘔暈」、執弓不穩，再加以對水道不熟、李恆援軍未至，[83]宋

---

81 〔元〕佚名：《宋季三朝政要》，卷6，收入〔清〕紀昀等纂，《景印文淵閣四庫全書》，冊329，頁1033。

82 參〔明〕宋濂：《元史》，卷10〈世祖紀〉，頁199。

83 據《經世大典》，張弘範於宋祥興二年正月二日，「發潮陽港，徑往崖州。十四日，弘

軍應利用時間差、乘其未集而擊之。三是未能採取正確的戰術。世傑應守山門以取得入海口控制權，並利用元軍成分複雜、投降元之閩浙水手思變心理以採主動攻勢，而世傑竟恐軍有離心而將千艘船艦綁在一起、以「一字陣」排開而喪失機動性，以致無法攻人而「專受攻矣」。這番見解，陳世松、俞暉、王曾瑜等人皆予以肯定，[84]可謂一針見血之論。

　　崖海戰役是關係南宋存亡的關鍵戰，因此，上述第三首，天祥在敘述戰敗結果之後，以反省南宋滅亡的原因（「黃金橫帶為何人」）作結，用諷刺與譴責的口吻，簡潔有力地指出宋亡乃腰纏「黃金」的投敵派「佞臣」所致。這些佞臣的所作所為，俞兆鵬、俞暉、黃玉笙的論點可作為補充：他們在朝中擅政，「濫用權力，粉飾太平，堵塞言路，打擊正直有為人士」，「生活奢侈，追求享樂，不顧民生」[85]；當外敵入侵時，「賣國求榮，為虎作倀；甚而認賊作父，甘心為胡虜牛馬而恬不為恥」[86]。例如：賈似道於宋理宗德祐元年正月元軍至安慶時，帶兵到蕪湖、密向元軍求和，請輸歲幣二十萬兩、絹二十萬匹，稱臣；[87]又如呂文煥獻襄陽城投敵、右丞賈餘慶逢迎元人賣國等等，[88]更加對比出天祥誓死不屈的孤忠與赤忱，吾人也益發能理解何以詩中的反省之語充滿了譴責與諷刺。

範至崖山」，八日後，「二十二日，（李）恆會弘範於崖山。」（見〔元〕蘇天爵：《國朝文類》，卷41《經世大典・政典總序・征伐・平宋・崖山拉傾》，頁1757-1758）

84 參陳世松等：《宋元戰爭史》（四川省：四川省社會科學院，1988）；俞兆鵬、俞暉：《文天祥研究》，頁242；王曾瑜：〈南宋亡國的崖山海戰述評〉，《南開學報（哲學社會科學版）》第1期（2008年），頁87。

85 以上二條資料，見俞兆鵬、俞暉：《文天祥研究》，頁247。

86 黃玉笙：《文天祥評傳》（臺北市：黎明文化事業公司，1987），頁234。

87 詳參〔元〕脫脫等：《宋史》，卷474〈賈似道傳〉，頁13785。

88 分別參〔宋〕文天祥：〈紀事〉詩序、〈則堂〉詩序，《指南錄》，頁316、317。

至於煌言詩的戰後議論，也有對戰敗原因的反省，且亦歸咎於將領之失籌。首先，對於舟山島城陷落的反省，他認為乃肇因於張名振的恃險輕敵，詩云：

> 自從錢塘怒濤竭，會稽之栖多轍翮。甬東百戶古瀛洲，居然天塹高碣石。青雀黃龍似列屏，蛟螭不敢波間鳴；虎韔爭如秦婦女，魚旐半是漢公卿。五、六年間風雲變，帝子南迴開宮殿；繇來澤國仗樓船，烏鬼漁人都不賤。堂怡穴鬪幾經秋，胡來飲馬滄海流；共言滄海難飛越，況乃北馬非南舟！……斯時弟子在行間，吳淞渡口凱歌還；誰知勝敗無常勢，明朝聞已破巖關。（〈翁洲行〉，頁82）

永曆五年（1651）八月，當北師（清兵）將南下攻舟山島消息傳來時，促使定西侯張名振做出輕敵決策的因素有二：一是翁洲天塹的險要地形，連飛鳥都難以飛越；二是北人（清兵）長於騎射、不熟舟船；是以令他認為城可以守住，而與煌言「悉其銳師奉王，揚聲趨松江，以牽舟山之勢」，結果，清大軍竟在一夜之中即乘霧以輕帆渡海、悉抵城下，名振「聞變遽還，則不及矣」[89]。煌言並未如天祥以詩序形式或到了詩末才反省戰敗之因，而是在開篇十六句中以「居然」、「共言滄海」二句來暗示名振指揮的失算；同時，在篇腹又以吳淞之役雖奏凱歌，卻未達到牽制舟山之勢的預期效果，再度暗示了名振決策的不當。此番海島戰役，舟山島上明軍幾乎全部殉國，煌言的戰友和部下盡皆遇難，詩人痛定思痛，分析此役最大的敗因實乃名振恃險失備以致輕敵輕出，才不幸慘遭屠城。

---

89 以上二條資料，見〔清〕全祖望：〈張督師畫像記〉，《張蒼水詩文集‧附錄》，頁230。

其次，對於永曆十三年（1659）聯鄭北征長江失利的原因，煌言則以詩題〈師入寧國，時徽郡來降，留都尚未克復〉委婉地表達。本來煌言由海一路進擊長江極其順利，抵蕪城，傳檄諸郡邑，江之南北四府、三州、二十四縣相率來歸；就在寧國府受新都降、戡定皖省的計畫即將實現之際，卻傳來鄭成功兵敗留都南京的消息，深入長江的煌言頓時失去鄭軍的奧援，只好散眾逃亡，另尋起兵之機。對於鄭氏敗戰之因的反省，煌言雖未於詩中具體道出，其實他另以〈北征得失紀略〉一文詳作分析，云：

> 延平大軍圍石頭城者已半月，初不聞發一炮姑射城中，而鎮守潤州將帥亦未曾出兵取旁邑，如句容、丹陽實南畿咽喉地，尚未扼塞，故蘇、松援兵得長驅集石城。余聞之，即上書延平，大略謂頓兵堅城，師老易生他變，亟宜分遣諸將盡取畿輔諸城，若留都出兵他援，我可以邀擊殲之，否則不過自守虜耳。俟四面克復方以全力注之，彼直檻羊阱獸也。無何，石頭師挫，緣士卒釋戈而嬉，樵蘇四出，營壘為空；虜諜知，用輕騎襲破前營，延平倉卒移帳。質明，軍灶未就，虜傾城出戰；軍無鬥志，竟大敗。（頁4）

文中明確指出敗因為鄭成功指揮的不當：鄭氏不聽煌言「師老易生他變」、應速戰速決之勸，以致延誤攻擊時機；再加上軍事布署失當，過於輕敵而鬆懈軍紀，遂苦嘗敗績。

（二）恢復大計的提出──張煌言

煌言詩的戰後議論，除了對戰敗原因加以反省外，還有針對鄭成功兵敗南京後、擬東遷臺灣之議提出反駁與建言者，這是煌言對天祥

的開拓之處。由於天祥書寫的是亡國之戰、自己又身陷囹圄，自是無法再提任何復國建言；但煌言於聯鄭北征敗後逃亡成功，因而幸運地擁有了再起之機，因此，他不僅以婉轉方式點出北征失利在於鄭氏未能克復留都，同時還進一步地針對恢復中原、中興明室之計，對鄭成功留都敗戰後東渡臺灣的做法提出批評與建言，詩云：

> 中原方逐鹿，何暇問虹梁。欲攬南溟勝，聊隨北雁翔。鷁帆天外落，蝦島水中央。應笑清河客，輸君是望洋。
> 羽書經歲杳，猶說袞衣東。此莫非王土，胡為用遠攻。圍師原將略，墨守亦夷風。別有芻蕘見，迴戈定犬戎。（〈送羅子木往臺灣二首〉，頁161-162）

南京敗陣、退守廈門的鄭成功，於永曆十五年（1661）東渡臺灣、以為反清復明的根據地，煌言卻期期以為不可，「只恐幼安肥遯老」（〈得故人書至自臺灣二首〉其一，頁183），深恐時日一久，復明之心將消磨殆盡。他曾派羅子木至臺灣責成功，又遺書王忠孝、沈佺期、徐孚遠等「同勸延平，移師西指」[90]，以圖收復中原之業。上列二詩表達詩人反對進軍臺灣的立場，其理由有二，一從時間與兵力上考量，出兵臺灣將分散抗清力量，而無暇「逐鹿中原」；二就空間上的戰略言，不應一味墨守在遙遠的臺灣，而應善加把握清王朝內部已顯現「主少國疑」、「將驕兵懦」、「人怨天怒」、「畏海如虎」等弱點的良機，[91]再度張鄭聯兵、「迴戈」平定占據中原的清人異族。他還進一

---

90 連橫：《臺灣詩乘》，卷1，收入《臺灣文獻史料叢刊》（臺北市：臺灣大通書局，1987年）第8輯，頁9。

91 〔明〕張煌言〈上延平王書〉：「今順酋短折，胡雛繼立，所云『主少國疑』者，此其時矣；滿黨分權，離畔疊告，所云『將驕兵懦』者，又其時矣。且災異非常、徵

步指出墨守臺灣實無助於復明事業的具體理由，詩云：

> 箕子明夷後，還從徼外居；端然殊宋恪，終莫挽殷墟。青海浮
> 天闊，黃山裂地虛。豈應千載下，摹擬到扶餘。
> 聞說扶桑國，依稀弱水東；人皆傳燕語，地亦闢蠶叢。華路曾
> 無異，桃源恐不同。鯨波萬里外，倘是大王風？
> 田橫嘗避漢，徐福亦逃秦；試問三千女，何如五百人。槎歸應
> 有恨，劍在豈無嗔。慚愧荊蠻長，空文採藥身。
> 古曾稱白狄，今乃紀紅夷；蠻觸誰相鬪，雌雄未可知。鳩居粗
> 得計，蜃市轉生疑。獨惜炎洲路，春來斷子規。（〈感事四
> 首〉，頁160-161）

上列四詩分別從四個面向道出退居臺灣之無益：其一，從地理位置
看，臺灣偏處海外，太過遙遠，避居該處將如箕子般難以匡復宗室；
其二，從開化狀態看，臺灣仍屬荒僻未開之地，經濟價值不高；其
三，從夷夏觀點看，臺灣屬蠻夷之邦，不宜久居；其四，從軍事資源
看，為了臺灣荒島而與荷蘭蠻族交戰，實如無關大局的「蠻觸」之
鬪，徒然浪費時間、精力。從中可以看出詩人的憂心忡忡與痛惜之
意。其實，若就掌握反攻時機言，煌言所論不為無見；當時，與煌言
持相同立場的人不少，[92] 如盧若騰有詩云：「到處逢殺運，何時見息
兵。天意雖難測，人謀自匪輕。苟能圖匡復，豈必務遠征」[93]，明顯

科繁急；所云『人怨天怒』者，又其時矣。兼之虜勢已居強弩之末，畏海如虎；不
得已而遷徙沿海為堅壁清野之計，致萬姓棄田園、焚廬舍，宵啼露處，蠢蠢思動，
望我師何異饑渴！我若稍為激發，此並起亡秦之候也。」（頁30）

92 詳參陳寅恪：《柳如是別傳》（上海市：上海古籍出版社，1982年），下冊，頁1183。

93 〔明〕盧若騰：〈東都行〉，《留庵詩文集》（金門：金門縣文獻委員會，1970年），頁
12。

反對遠征臺灣，盧氏還曾致書煌言，表達其與煌言同樣的主張，煌言亦有書信回覆。[94]然而，鄭成功始終沒有接受煌言的建議，積極回師西向，而是選擇了先「平克臺灣，以為根本之地，安頓將領家眷，然後東征西討，無內顧之憂，並可生聚教訓」[95]。

由上可知，關於北征失利後的復明大計，煌言主張速戰，而成功則主張先「休兵養士」再徐圖之，二人各有其立場與考量，本就極難論斷其優劣勝敗；可是，徐和雍卻認為煌言反對出兵臺灣，是「不顧主客觀條件的變化，主張硬拚」，是「一種魯莽的想法」，而謂鄭成功收復臺灣、準備長期戰鬥，才是「正確的和必要的」[96]，這樣的評論似乎失之武斷。雖然鄭成功的做法有其眼光長遠而定謀謹慎的優點[97]，但是，煌言評估當時情勢，主張「因將士之思歸、乘士民之思亂，迴旗北指，百萬雄師可得、百十名城可收矣；又何必與紅夷較雌雄於海外哉」（〈上延平王書〉，頁30-31），就煌言過去的戰績看，這的確也是現實上有可能發生的情況；又認為出兵臺灣是「以中國師徒，委之波濤浩渺之中，拘之風土狉獉之地，真乃入於幽谷。其間感離、恨別、思歸、苦窮種種情懷，皆足以壓士氣而頓軍威；況欲其用命於矢石、改業於穛鋤，胡可得也！」（同前，頁30）則足見其能從士氣與

---

94 詳參〔明〕盧若騰：〈與張煌言書〉，頁84；以及張煌言，〈復盧牧舟大司馬若騰書〉，頁53。

95 〔明〕楊英：《從征實錄》，頁185。

96 徐和雍：〈關於張煌言的評價〉，《杭州大學學報》第13卷第4期（1983年12月），頁116。

97 實際上，鄭成功收復臺灣後，致力結合海上貿易的諸多閩南臺澎集團，已成功地經營出「略具規模」的「海洋臺灣」，能維繫明鄭政權的生存和發展。詳參張高評：〈海洋詩賦與海洋性格——明末清初之臺灣文學〉，《臺灣學研究》第5期（2008年6月），頁4。同時，鄭成功的收復臺灣行動，沉重打擊殖民者，因而維持了中國二百年的海上安全。參徐曉望：《媽祖的子民——閩臺海洋文化研究》（上海市：學林出版社，1999年），頁48。

軍威考量的苦心與洞見。總之,張鄭二人的復明戰略究竟孰是孰非儘管難以論斷,但是煌言積極進取、勇敢抗敵、屢挫屢起的戰鬥精神與報國忠魂,則是必須予以高度肯定與讚揚的。

五　結語

　　南宋文天祥與南明張煌言,同為深具愛國忠魂的末世孤臣,又皆為文武兼備、海戰書寫別具特色的傑出詩人;然而,論者多聚焦於煌言節烈文山從容就義之行,少有對二人作品作較論深究者。本文從天祥八百三十多首、煌言四百六十多首詩作一一揀選出與海戰相關詩篇各約二十三、五十六首加以比較、探析,分別從海戰敘事、抒情與議論三方面考察其書寫的異同與原因,並嘗試為二位詩人的海戰書寫成果,在海戰詩學譜系中尋找適切的定位。所得結論如下:

　　(一)相同處:二人因同處易代之亂世,又皆具高度愛國意識,且與海洋緣分特深,是以海戰詩書寫有諸多共同處。敘事方面,二人皆以詩史杜甫為典範,都有藉七古形式的敘述式詩題、近體形式的組詩型態,從戰士視角來實錄海戰過程、特寫海戰正負面將領,展現出自覺地以詩寫史的共同敘事特徵,而此實紀作者親見親聞的「詩史」寫法,有別於傳統「詠史詩」藉作者生前歷史以臧否時政的手法;其中,對海戰過程的實錄時,二人於天、海、浪、船、矢、島等海戰相關語彙的運用,除了實寫外,有時也是典故符號之運用,呈顯出異於客觀史料記載的文學特色;又同樣地特別傾注於戰敗犧牲、持節守志之海戰將領形象的勾勒,投射了二人內在同具的愛國高志與殉國大節。抒情方面,均有書寫戰敗之悲情:對國事難為的絕望痛苦,欲為死者復仇的義憤;又同樣藉魯連心、蘇武節、夷齊義之典,豐滿而深刻地刻劃一己拒投異族、為國殉道的忠貞與決心。議論方面,皆針對

戰敗原因加以反省，且都以譴責、諷刺的口吻歸咎於將領之失籌。由
這些共同特徵可知，天祥對煌言的影響不僅限於矢志救國的思想行事
而已，在海戰詩歌內涵與表現上，煌言踵武天祥之跡亦極明顯。

（二）相異處：二人海戰詩書寫雖有諸多共同特徵，但因個人學
養、遭際的不同，仍難免存在差異。敘事方面，由於天祥未曾親與海
戰，又長期「坐幽燕獄中無所為」（《集杜詩》〈自序〉，頁397），遂藉
集杜甫五言詩句、詩題編次的方式，對崖海戰事與人物作事後性的補
充敘述；而煌言身為抗清義軍領袖，終年奮戰海上，僅能以隨手記錄
方式書寫其當下的所見所感，尤好以七律形式勾勒戰鬥場面，其書寫
戰鬥的方式較天祥更為多元，戰爭的畫面更為逼真，敘事的內涵（較
天祥多了戰前自信、軟實力分析與乞師，戰後自得與嚴陣以待）與視
角（較天祥多了百姓視角）更為豐富，具體而完整地呈現出他為明室
艱苦奮戰的忠魂與儒者愛民憂民的襟懷。對於海戰人物的描寫，二人
亦各具特色：天祥刻意特寫宋軍最高指揮張世傑欠缺謀略的負面形
象，透顯出對朝廷用人失當的惋惜與痛恨，以及對一己大意被俘的遺
憾與自責；煌言則強調鄭芝龍的屈節降清，以反襯一己的愛國忠義，
至於正面人物，除了頌揚持節守志者與天祥一致外，他還另有謳歌海
戰英雄（張名振、鄭成功、張煌言本身）的戰功與勇氣者，盼能藉展
現對復明的信心與企盼，以鼓舞軍心士氣，其為國的用心可謂良苦。
抒情方面，由於天祥書寫的唯一一次海戰（崖海戰役）即為亡國之
戰，因此所抒之情充滿著戰敗的絕望情調；而煌言海戰經驗豐富，戰
事有勝、有負，抒情內涵遂有喜、有悲，較天祥更為多樣。值得一提
的是，在國事尚未完全絕望時，煌言還能暫隱山海以待時，展現出為
力存明祀而繼續奮鬥的毅力與忠貞，這也是他比天祥幸運之處；且在
被清人捕執後，更欲節烈天祥、從容就義，足以見出天祥對他的深遠
影響。議論方面，由於天祥身為北囚，目睹亡國敗戰，自然無法再提

任何復國建言，只能分析張世傑指揮失誤之處；煌言則不然，聯鄭北
征失敗後，逃亡成功，仍有再起之機，因此，除了擘析北征失利之因
外，還針對鄭氏東渡臺灣的做法提出具體的批評與建議。

（三）海戰詩學譜系的定位：天祥為海戰詩的開山始祖，表現出
側重戰敗過程與結果的真實描寫、特寫海戰正負面將領、抒發戰敗之
悲情、針對戰敗原因加以反省等自戰士視角出發的書寫特徵。煌言詩
的海戰書寫，不僅繼承了上述天祥的各項從戰士視角出發的書寫特
徵，也沿襲了元明詩以來發展出的新特徵，如從戰士視角觀看的戰前
戰士的自信、戰前軟戰力的分析、戰勝後戰士的自得等，以及從百姓
視角觀看的黎民因海戰而遭致的苦痛、關愛士卒百姓的將領形象等；
更有煌言一己新創的內容，如：戰前乞師、戰後嚴陣以待、未來克敵
致勝的信心、中興明室的希望、戰後恢復大計的提出等，可謂集前人
之大成而又自有其開拓。

總之，本文不僅從海戰書寫的視角體察出兩位詩人憂勤國事的孤
忠丹魂，洵為王廷相所稱「文事武備，兼而有之」、深具「實學」的
儒者；[98]也具體見出天祥作為一代忠臣、海戰書寫的開山始祖，在矢
志救國、從容就義等思想行事與以詩補史、實錄海戰等文學表現上，
對同為末世忠臣的煌言的深鉅影響；更深入探知由於長年率師奮戰海
上之故，煌言詩海戰書寫的內涵與手法，在繼承天祥中又自有其開
拓，且能一洗天祥海戰詩中淒苦鬱結的「亡國之音」[99]，而表現出富

98　〔明〕王廷相：〈策問三十五首〉之三十二，王孝魚點校，《王廷相集》（北京市：
　　中華書局，1989年），冊2，頁558。

99　〔明〕張煌言《奇零草》〈序〉：「余於丙戌（監國元年，1646）始浮海，經今十有
　　七年矣。其間憂國思家、悲窮憫亂，無時無事不足以繫動心脾。或提槊北伐，慷慨
　　長歌；或避虜南征，寂寥低唱。即當風雨飄搖、波濤震盪，愈能令孤臣戀主、遊子
　　懷親。豈曰亡國之音，庶幾哀世之意。」（頁38）又〔清〕全祖望《張尚書集》
　　〈序〉：「尚書詩、古文辭，皆自丁亥以後，才筆橫溢，藻采繽紛，大略出於華亭

於冒險犯難、驍勇善戰、堅毅拚搏等具征服特徵之海洋性格與文化型態，[100]因而在二人詩作悲憤、絕望、譴責、諷刺等共同基調上，還展露了另一種迥異於天祥詩的、充滿歡欣鼓舞與勝利自得的愉悅情調。「春濤擁艦儼宸居」[101]、「夫海，固今日忠義淵藪也，中多古嶠；逋臣處士，率抗節其間」[102]，大海，對習於鯨波生涯的煌言而言，雖有時與天祥一樣，是慘遭殺戮的戰場、希望毀滅的場域，但更多時候，是揮灑殺敵壯志的生命舞臺、實現報國理想的最佳所在。

一派。……嗚呼！古來亡國之大夫，其音必淒楚鬱結，以肖其身之所涉歷；蓋亦不自知其所以然者也。獨尚書之著述，噌吰博大、含鐘應呂，儼然承平廟堂巨手，一洗亡國之音。……豈天地間偉人，固不容以常例論耶？」（《張蒼水詩文集·附錄一》，頁303）

100 參朱雙一：《閩臺文學的文化親緣》（福州市：福建人民出版社，2003年），頁61；以及張高評：〈海洋詩賦與海洋性格——明末清初之臺灣文學〉，頁1-2、頁9。

101 〔明〕張煌言：〈元宵舟次步賓從韻得魚字〉，頁165。

102 〔明〕張煌言：〈羅子木詩集序〉，頁28。

論南宋文天祥與南明張煌言詩海戰「他者」的形象

一　前言

　　南宋文天祥與南明張煌言皆幼承嚴格家庭教育，長讀儒家聖賢之書[1]，再加上濃烈的俠義性格，因此，忠義報國、匡世濟民成為其主要的思想與志業；無獨有偶的是，這二位同樣身處末代亂世、文武兼備的戰士英雄，國家亦皆遭致外族他者由海道入侵，發為詩歌，遂亦都有不少關於海戰書寫的詩作[2]，其詩中對他者的觀看與形塑，可映照出詩人內在的情意思想，頗可探討、比較。近世對天祥、煌言研究的切入角度，多從二人的詩文作概括性、歷時性的考察，以宏觀的視角觀看其愛國意識，而學者廖肇亨則能從「海戰」的角度作主題式的探討，

1　文天祥〈謝丞相〉自稱：「幼蒙家庭之訓，……長讀聖賢之書」（《文文山全集》，臺北市：世界書局，1956年，頁164），又〈題蘇武忠節圖〉云：「生平愛覽忠臣傳」（《指南錄‧補遺》，頁347），〈英德道中〉云：「少年狂不醒，夜夜夢伊吾」（《指南後錄》，頁351）。張煌言〈奇零草‧序〉：「余自舞象，輒好為詩歌。先大夫慮廢經史，每以為戒」（《張蒼水詩文集》，南投：臺灣省文獻委員會，1994，頁38），闕名〈兵部左侍郎張公傳〉：「六歲就塾，書上口，即成誦。十二，喪母。父判河東醝、署解州篆，為壯繆故里；煌言謁詞下，撰文祭告，以忠義自矢。……父庭訓甚嚴」（《張蒼水詩文集‧附錄一》，頁198）。本文所引文天祥、張煌言作品，皆分別出自上述二書，凡再徵引時，將直接以括號標注篇名、頁碼，不另作注。

2　據筆者統計，天祥、煌言與海戰相關詩作各約二十三、五十六首。

並指出文天祥為海戰詩的開山始祖[3]，也注意到明代海戰詩主要集中於嘉靖的靖海抗倭詩與明鄭的抵抗女真詩[4]，可惜，對於文、張二詩人形塑他者的情形未有專文研究。

南宋文天祥自四十歲（1276）起，即輾轉海上鯨波，一意南歸行朝以圖戮力宋室，卻不幸被元軍他者俘虜，竟親眼目睹南宋亡於崖海戰役；南明張煌言則從二十七歲（1646）起抵抗清人他者，辭家護衛魯王行朝於浙閩海上，三度由海入江、二度聯鄭（成功）經海北征，海上征戰長達十九年。二人詩中對於戰爭他者（蒙古族的元人、女真族的清人）的形象有豐富而生動的勾勒，也投射了詩人複雜的情志，本文即試圖對文、張二人詩作形塑他者之異同與原因加以比較探析，期能透視並具體描繪出二人對家國的情感意識；並對二人形塑他者的特徵略作評論。

二 文天祥詩海戰他者的形象
——臣屬的蠻夷、凶狠的猛獸

天祥身處南宋末年，蒙古族的元軍為其詩中海戰的他者。天祥純就他者本身所具的質性言其形象，主要有兩種，第一種是視他者為臣屬於中國的蠻夷，展現擁護中原華夏的民族意識與優越感。詩如：

> 單騎堂堂詣虜營，古今禍福了如陳。（〈紀事六首〉其三，《指
> 南錄》，頁315）

3　參廖肇亨：〈浪裏挑燈看劍：中國海戰詩學之書寫特質與價值信念初探〉，收入復旦大學中國古代文學研究中心編：《中國文學研究》（北京市：中國文聯出版社，2008年）第11輯，頁285。

4　參廖肇亨：〈長島怪沫、忠義淵藪、碧水長流——明清海洋詩學中的世界秩序〉，《中國文哲研究集刊》第32期（2008年3月），頁52。

自分身為虀粉碎，**虜**中方作丈夫看。(〈紀事〉,《指南錄》,頁315)

誰遣附庸祈請使，要教**索虜**識忠臣。(〈使北八首〉其六,《指南錄》,頁315)

落得稱呼浪子劉，樽前百媚佞**旃裘**。(〈留遠亭二首〉其二,《指南錄》,頁320)

千金犯險脫**旃裘**，誰料南冠反見讎。(〈出真州〉,《指南錄》,頁330)

海雲渺渺楚天頭，滿路**胡塵**不自由。(〈至揚州〉,《指南錄》,頁333)

胡騎虎出沒，山魈鬼嘯呼。(〈卜神〉,《指南錄》,頁339)

胡羯犯彤宮，犬戎去御牀。(〈壬午〉,《指南後錄》,頁381)

「華夷之辨」、「夷夏之防」的觀念始於春秋，所謂：「內諸夏而外夷狄」[5]、「相桓公、霸諸侯，一匡天下，民到于今受其賜。微管仲，吾其被髮左衽矣」[6]、「中國有禮儀之大，故稱夏；有服章之美，謂之華」[7]，從族類地域、文化習俗、道德禮儀來辨明華夏為正統。陳友冰還指出，中國古代史上有三個時期特別強調華夷之辨，一次是春秋戰國時期，第二次是在宋元之際，第三次是在明清之交，都是在漢族政權受到周邊少數族政權威脅或被其取代前後，才會表現得特別強烈[8]。身處宋元之際的文天祥，對於北宋以來飽受遼、西夏、金、蒙古等少

---

5 〔清〕阮元校刻：《十三經注疏·公羊傳·成公十五年》(北京市：中華書局，2009年)，頁4988。

6 〔清〕阮元校刻：《十三經注疏·論語·憲問》，頁5457。

7 〔清〕阮元校刻：《十三經注疏·左傳·定公十年》，頁4664。

8 參陳友冰：〈古典愛國主義的現代詮釋〉，《安徽史學》2004年第1期，頁108。

數民族夾擊的情況，自是格外憤恨，亦持「尊夏攘夷」[9]之觀點。因此，其於上述詩中不僅以「胡」、「胡羯」、「犬戎」等前朝對蠻夷的稱呼來指稱元人，甚至還以指稱奴隸、僕人的「虜」字來強調元人（蒙古族）本應是臣屬於中國的蠻夷。

更進一步地，天祥還在「虜」之前加上「索」（指髮辮）字，或用「旃裘」（北方游牧民族用獸毛製成的衣服）來借指元人。其實，早在《左傳‧襄公十四年》中即已明白指出華、夷在文化、服飾等方面有著極顯著的區別：「諸侯會於向，戎子駒支曰：『我諸戎飲食衣服，不與華同，贄幣不通，言語不達』」[10]，《淮南子》〈墜形訓〉亦云：「東方，川谷之所在，日月之所出。其人兌形小頭，隆鼻大口，鳶肩企行，竅通於目，筋氣屬焉，蒼色主肝，長大早知而不壽；其地宜麥，多虎豹。南方陽氣之所積，暑熱居之。其人脩形兌上，大口決眦，竅通於耳，血脈屬焉，赤色主心，早壯而夭；其地宜稻，多兕象。西方高土，川谷出焉，日月入焉。其人面末僂，修頸卬行，竅通於鼻，皮革屬焉，白色主肺，勇敢不仁；其地宜黍，多旄犀。北方幽晦不明，天之所閉也，寒冰之所積也，蟄蟲之所伏也，其人翕形短頸，大肩下尻，竅通於陰，骨幹屬焉，黑色主腎。其人蠢愚，禽獸而壽；其地宜菽，多犬馬。中央四達，風氣之所通，雨露之所會也。其人大面短頤，美鬚惡肥，竅通於口，膚肉屬焉，黃色主胃，慧聖而好治；其地宜禾，多牛羊及六畜」[11]，可知，天祥此處具體標幟出蒙古族在服飾方面迥異於華夏特徵的用意，無非是想藉以凸顯蒙古族的非正統性，表達詩人內心對他者入侵中原的輕視與鄙夷。這種華夏民族的優越感，又可從他以胡塵滿路、胡騎出沒無常的意象，凸顯他者的

9　〔宋〕文天祥：〈己未上皇帝書〉，頁61。

10　〔清〕阮元校刻：《十三經注疏‧左傳‧襄公十四年》，頁4246。

11　何寧：《淮南子集釋‧墜形訓》（北京市：中華書局，1998年），頁353-354。

髒污感與無所不在看出，也透顯出詩人從元營脫逃後、一路亡命躲避元人追兵的驚險與不自由。

由於天祥堅持這種華夷之辨、夷夏之防、漢胡不兩立的觀點，因此，詩中多以「漢」來代稱本朝，詩如：

> 何人肯為將軍地，北府老兵思漢宮。（〈踏路難〉，《指南錄》，頁324）
>
> 天假漢兒燈一炬，旁人只道是官行。（〈出巷難〉，《指南錄》，頁325）
>
> 漢家山東二百州，青是烽煙白人骨。（〈胡笳曲·十八拍〉，《指南後錄》，頁372）
>
> 漢賊已成千古恨，楚囚不覺二年過。（〈自述二首〉其一，《指南後錄》，頁374）
>
> 吳兒進退尋常事，漢氏存亡頃刻中。（〈哭崖山〉，《吟嘯集》，頁384）

《指南錄》、《指南後錄》中的詩，都作於天祥出使元營、德祐皇帝乞降元人之後，詩人遂以「漢宮」、「漢兒」、「漢家」、「漢氏」等詞表達對宋室本朝的思念之情，又以「漢賊」嚴正地表明視戰爭他者為外族、漢胡不兩立的鮮明立場。

其次，天祥詩中還將他者視為凶狠的猛獸，表達對異族入侵中原、暴虐不仁的痛恨不齒與強烈的威脅感。將異族禽獸化，在古籍中是很普遍的比喻方式，唐太宗即曾言：「吐蕃言語不通，衣服異制，朕常以禽獸畜之」[12]，陸游亦言：「虜，禽獸也」[13]，皆為例證；而要

---

12 〔元〕脫脫等：《宋史》（臺北市：鼎文書局，1970），卷492〈吐蕃傳〉，頁14153。

強調異族的凶狠殘暴，則多會以「豺」、「狼」、「虎」等猛獸來比類。天祥詩亦沿襲此一傳統，如：

> 三宮九廟事方危，狼子心腸未可知。（〈紀事六首〉其一，《指南錄》，頁315）
>
> 狼心那顧舐銅盤，舌在縱橫擊可汗。（〈紀事〉，《指南錄》，頁315）
>
> 不拚一死報封疆，忍使湖山牧虎狼。（〈紀事四首〉其一，《指南錄》，頁316）
>
> 若使兩遭豺虎手，而今玉也有誰埋。（〈至高沙〉，《指南錄》，頁338）
>
> 雄狐假虎之林皋，河水腥風接海濤。（〈如皋〉，《指南錄》，頁340）
>
> 豺狼尚畏忠臣在，相戒勿令丞相知。（〈紀事六首〉其四，《指南錄》，頁315）
>
> 夜靜啣枚莫輕語，草間惟恐有鴟鴞。（〈出真州〉，《指南錄》，頁331）

「豺」、「狼」、「虎」、「鴟鴞」都是生性凶殘的肉食類猛獸，以之喻元人的殘暴無道、心狠手辣，三宮九廟與大好湖山一旦落入其手，將難免於腥風血雨的噩運。然而，這些被天祥視為動物等級、凶猛殘暴的元人，天祥並不害怕：「豺狼尚畏忠臣在」，認為一己浩然充沛的忠魂正氣，能令其退避三舍、心生恐懼，展現出威武不能屈的戰士勇氣。值得注意的是，天祥既然把他者視為動物，那麼，對於投敵者，亦同

---

13 〔宋〕陸游：〈上殿札子三〉，曾棗莊、劉琳主編：《全宋文》（上海市：上海辭書出版社，合肥市：安徽教育出版社，2006年），卷4925，頁208。

樣以猛獸看待之，如：「梟獍何堪共勸酬，衣冠塗炭可勝羞」[14]，乃以吞食父母的「梟獍」鳥來比喻投降元人、忘恩負義的呂文煥叔姪，將之貶為動物品級，根本不願視之為人，由此顯見天祥對二人的輕視與痛恨。

三　張煌言詩海戰他者的形象
——臣屬的蠻夷、凶狠的猛獸、偷盜的小醜、貪殘的災星

元朝，由於倭寇開始侵擾東南沿海，因此元詩的他者已由元軍改為日本海盜；至於明代，則有所謂的「南倭北虜」，嘉靖時期的禦倭戰爭詩仍以日本海盜為他者，而煌言所處的南明時期，戰爭的他者已變為「北虜」——女真族的清人。面對海戰的他者，煌言除了在〈和定西侯張侯服留題金山原韻六首〉其六一詩中直接稱其為「女真」[15]外，大部分詩篇多與天祥一樣，從他者本屬文化落後與凶猛殘暴的質性著眼，而以蠻族或猛獸之名稱之。首先，稱清人為臣屬蠻夷之詩如：

> 何時功成歸去來，重與尊前說破虜！（〈寄紀石青年丈〉，頁115）
> 只今胡馬復南牧，江村古木竄魑魅。（〈辛丑秋，虜遍閩浙沿海居民；壬寅春，余艤棹海濱，春燕來巢於舟，有感而作〉，頁166）

---

14 〔宋〕文天祥：〈紀事四首〉其三，《指南錄》，頁316。該詩有小序云：「正月二十日，至北營，適與文煥同坐，予不與語。……予謂汝叔姪皆降北，不族滅汝，是本朝之失刑也。」可知詩所紀之事為天祥詈罵呂文煥叔姪為亂賊之對話。
15 原詩句為：「飛椎十載誤逋臣，喋血憑誰破女真！」（頁108）

長驅胡騎幾曾經，草木江南半帶腥。（〈追往八首〉其三，頁99）

黃埃胡騎獵桑乾，長狄笳聲九塞寒。（〈和于湛之海上原韻六首〉其一，頁109）

金狄豈愁王氣盡，銅焦誰說死聲多？（〈追往八首〉其六，頁100）

但使胡塵終隔斷，餘生猶足老衣冠。（〈壺江即事二首〉其二，頁123）

只今漲海胡塵裏，莫作當時天塹看！（〈舟山感舊四首〉其四，頁126）

一自將臺星殞後，胡塵天地尚黃昏！（〈弔肅虜侯黃虎癡〉，頁81）

雉壇曾記探陰符，共挽天戈指羯胡。（〈追輓屠天生兵部〉，頁70）

南渡尚留龍種在，東遷祇避犬戎來。（〈追往八首〉其一，頁99）

自古匈奴屬外臣，降王毳殿敢稱真？（〈和定西侯張侯服留題金山原韻六首〉其四，頁108）

別有蔑菟見，迴戈定犬戎！（〈送羅子木往臺灣二首〉其二，頁162）

申、酉兩都之變[16]，對張煌言而言是一大衝擊，他對於昔日邊陲的屬國入侵中原深感痛心，是以屢在詩、文中強調華夷之辨、夷夏之防，如：「華夷兩字書生辨，節義千秋史氏知」（〈輓華吉甫明經〉，頁72），「建酉本我屬夷，屢生反側，為乘多難，竊據中原。衣冠變為犬羊，江山淪於戎狄。凡有血氣，未有不拊心切齒於奴酉者也」（〈海師

---

16 明思宗崇禎十七年甲申（1644）三月，流寇李自成攻入北京，思宗自縊殉國。五月，福王朱由崧即位南京，年號弘光。翌年乙酉五月，清人破南京，福王被俘遇害。

恢復鎮江一路檄〉，頁18），「英雄之士，明華夷之辨，莫不以被髮為辱，雪恥為懷；所恨力不從心，是以待時而動」（〈與偽鎮張維善書〉，頁26），「忠孝已難兩全，華夷豈堪雜處？區區此志，百折彌堅」（〈復偽提督田雄、偽鎮張杰、偽道王爾祿書〉，頁14）。也正因如此，煌言在上引詩題或詩句中，不僅以「胡」、「羯胡」、「狄」、「犬戎」、「匈奴」等前朝對蠻夷的稱呼來指稱清人，也同天祥般還以指稱奴隸、僕人的「虜」字來強調清人（女真族）本應是臣屬於中國的蠻夷。他也繼承了天祥以胡塵蔽日的意象，來凸顯他者的髒污感與無所不在，道出中原遭受外族入侵、漫天髒污的無奈與痛恨，甚至更頻繁地使用「胡塵」以強調入侵者的穢濁之甚。煌言又另以「胡馬南牧」的新意象，隱喻清人原居地在北方的事實與其南侵的不當；而對於霸占中原長達十餘年的異族清人，煌言心心念念的則是「迴戈定犬戎」，將之逐回北方。

值得注意的是，天祥僅從服飾（「索虜」、「旃裘」）上表達元人乃非我族類的觀點，煌言則在服飾（「旃裘」[17]）外，還從居住、飲食、語言、文字等更多元的文化面向來辨明女真族不同於華夏民族，如：

> 毳殿春寒乳酪香，近臣得賜新嘗。老璫不解駝酥味，猶道天廚舊蔗漿。（〈建夷宮詞十首〉其二，頁75）
>
> 不知鸚鵡能胡語，偷向金龍誦佛名。（〈建夷宮詞十首〉其五，頁75）
>
> 六曹章奏委如雲，持敕新書翻譯聞。笑殺鍾王空妙筆，而今鳥跡是同文。（〈建夷宮詞十首〉其九，頁75）

---

17 張煌言〈舟次琅琦，謁錢希聲相國殯宮〉：「懸擬櫬車歸兆日，同天應已靖旃裘。」（頁103）

就居住言,「毳」為毳帳,指北方游牧民族所住的氈帳;就飲食言,「乳酪」是從動物乳汁中煉製的食品、「駝酥」為駱駝乳釀製的酒,二者皆北地的主要食物;就語言論,宮殿中充滿胡語,是以學人語的鸚鵡亦滿口胡言;就文字論,眾多奏摺中已不復見中國美妙的書體,取而代之的是鳥跡般的、未開化蠻族寫的滿文。宮廷的住、食、言、文,充斥著清人的文化,華夏元素幾乎不見,凡此皆隱含作者視清人為「異類」[18]的貶義。又,詩題「建夷宮詞」,「建」指女真人發源地「建州衛」(滿州),煌言加一「夷」字,則明顯表示其「華夷」之辨的立場與身為漢族的優越感。

也由於秉持此種華夷之辨的立場,煌言同天祥一樣,屢以「漢家」、「漢室」稱呼本朝,如:「祇惜漢家懸異數,每將白馬誓王侯」(〈南國〉,頁162)、「漢家天仗蕭仙班,一擲金椎不復還」(〈三月十九,有感甲申之變三首〉其三,頁158)、「漢家磐石重天宗,奕葉金枝並翦桐」(〈悲憤二首〉其二,頁184)、「珠崖仍復漢,玉壘亦宗周」(〈秋日傳蜀郡克復、瓊海反正,喜而有賦〉,頁160)、「滿思匡漢室,虛擬乞秦庭」(〈贈陳文生侍御返命閩嶠〉,頁145)等;另外,他還以「漢」字為基礎,發展出更豐富的華夏次意象,如:

> 此時屬縣望漢官,君獨躬耕吟梁父。(〈寄紀石青年丈〉,頁115)
> 瓜步月明刁斗寂,行人猶指漢官儀。(〈同定西侯登金山,以上游師未至,遂左次崇明二首〉其二,頁109)
> 正朔應非堯甲子,孤軍猶是漢威儀。(〈甲辰元旦〉,頁188)
> 一身真可繫危安,垂死威儀尚漢官。(〈張鯢淵相公〉,頁77)
> 戴漢節旄空自脫,沼吳薪膽向誰謀!(〈步韻和曹雲霖「浯島秋懷」二首〉,頁153)

---

18 張煌言〈長鯨行〉:「嗟嗟長鯨爾何愚,如彼異類終屈節。」(頁154)

漢幟年來半壁標，何期賢令賦同袍。(〈答古虞偽令〉，頁73)

漢壇左鉞授宗臣，飛翰傳來消息真。(〈和定西侯張侯服留題金山原韻六首〉其一，頁108)

尊前草論浮雲態，回首風烟滿漢關。(〈山中初度，用子木韻〉，頁168)

漢臘誰留十五年，琴亡島嶼尚蒼然。(〈寄宿石塘庵，與居人道定西侯往事〉，頁144)

漢臘總來殊越俗，屠蘇那得破愁顏！(〈辛丑除夕，行營沙關〉，頁165)

試將班管論王命，漢鼎於今火德多。(〈哀閩〉，頁109)

末路行藏關漢鼎，中朝興廢仗吳鈎。(〈見友人「詠懷」詩有感，遂依韻和之二首〉其二，頁156)

南荒烟嶂百蠻天，別有山川紀漢年。(〈傳聞閩島近事〉，頁184)

空將漢法頒司隸，獨少周原紀職方。(〈有所思二首〉其一，頁187)

其中，屬縣渴望「漢官」、孤軍仍具「漢威儀」、「漢節」旄脫等將領意象，透顯煌言期許自己為身繫國家安危存亡的明代官吏；「漢幟」標搖、「漢壇」授鉞宗臣、風烟滿「漢關」等戰爭意象，則標誌著南明諸臣矢志驅除韃虜的努力；至於「漢臘」俗存、「漢鼎」戰火多、「漢年」別紀、「漢法」頒布等國家意象，可見出詩人對明室的深情關注，以及對明祀仍能存續的希冀。煌言還屢將「漢」與「胡」對舉，如：

不數年間殺運回，漢人復熾胡人滅。(〈閩南行〉，頁90)

九邊鎖鑰斷胡烽，……防秋豈復漢家封！(〈冬懷八首〉其二，頁132)

越絕衣冠已入**胡**，⋯⋯似我鬚眉還戴**漢**。（〈寄金二如兼訊朱建
武〉，頁133）

東尖玉帛空**胡虜**，北望銅符盡**漢**官。（〈姑孰既下，和州、無為
州及高淳、溧水、溧陽、建平、廬江、舒城、含山、巢縣諸邑
相繼來歸〉，頁142）

胡天應誤雁，**漢**地孰亡羝？（〈甌行志慨三首〉其三，頁185）

秦吉了，生為**漢**禽死**漢**鳥。⋯⋯我自名禽不可辱，莫待燕婉生
胡雛！（〈秦吉了〉，頁81）

以「漢人」對「胡人」、「漢封」對「胡烽」、「漢官」對「胡虜」、「漢
地」對「胡天」、「漢鳥」對「胡雛」，在強烈的對比中凸顯出詩人對
明朝的眷戀與對清人的仇恨。有時，煌言在詩中不稱「漢」，而以
「夏」來代稱明朝，這也是對天祥詩的開拓之處，如：

乾坤分正閏，夷**夏**辨春秋。（〈鬧元宵排律十四韻〉，頁138）

獨喜亡秦三戶在，翻憐興**夏**一成難。（〈舟山感舊四首〉其四，
頁126）

力竭臣靡難復**夏**，聲哀望帝痛思君。（〈次韻酬林荔堂〉，頁154-
155）

亢宗空有子，函**夏**已無君。左衽興亡決，南冠生死分。（〈聞家
難有慟四首〉其二，頁183）

敢望臣靡興**夏**祀，祇憑帝鑒答商孫。（〈復趙督臺二首〉其二，
頁188）

由「興夏」難、「復夏」難、望興「夏祀」等書寫內涵，可知煌言念
茲在茲的是復興明朝，延續明祀。又由「夷」與「夏」對舉、「函
夏」與「左衽」對舉，可知煌言強烈的夷夏之防。

　　其次，煌言亦稱清人為猛獸。他同天祥一樣，依傳統用狼、豺、虎等凶殘的猛獸來比喻他者，表達對異族入侵中原、暴虐不仁的痛恨不齒與強烈的威脅感。詩如：

> 性僻故貪鷗鷺侶，地偏猶逼**虎狼**墟。（〈卜居〉，頁147）
> **狼**氛自從當日舞，龍髯能得幾人攀。（〈追往八首〉其一，頁99）
> 那識**狼**心最不仁，組繫長鯨離溟渤。（〈長鯨行〉，頁154）
> 大澤魚龍聊混跡，中原**豺虎**正端居。（〈贈傅惕庵二首〉其二，頁120）
> 況復避**豺虎**，誰能解征衫！（〈擬答內人獄中有寄〉，頁139）
> **猰貐**滿中原，赤靈社已屋。（〈虜庭以余倡義既久，屢復名城，遂逮及族屬；旦開告密之門，波及親朋，榜掠備至，聞之泫然〉，頁189）

詩中同樣以豺、狼、虎比喻殘虐不仁的清人，由於其端居中原，張牙舞爪，因此，人們避之惟恐不及，而戰事也難以平息。但是，煌言與天祥不同的是，他還用食人獸「猰貐」[19]來喻指清人，更強烈地譴責了清人廣開「告密之門」、「榜掠」中原的惡行，表達了詩人對滿清統治者使生靈塗炭的血淚控訴。

　　除了上述文、張二人皆有的他者形象外，煌言還有另從我方受害者角度觀看所發展出的「偷盜的小醜」、「貪殘的災星」等他者形象的書寫，揆其原因，應是作者有鑑於自甲申國難以來，大明江山在清軍蹂躪下，處處「一片藜蕪兵燹紅」、「萬戶千門空四壁」（〈辛丑秋，虜

---

19 《爾雅》〈釋獸〉：「猰貐，類貙，虎爪、食人、迅走。」見〔清〕郝懿行：《爾雅義疏》（臺北市：臺灣中華書局，1965年《四部備要據家刻足本校刊》），卷下之六，頁7。

遷閩浙沿海居民;壬寅春,余艤棹海濱,春燕來巢於舟,有感而
作〉,頁166)、百姓顛沛流離,有感而發之作。首先,以偷盜的「小
醜」喻指竊取中原、橫行霸道的清人,詩如:

> 彈丸小醜尚陸梁,登陴不畏河魚疾。(〈閩南行〉,頁89)
> 跳梁寧復昔睚眦,涸轍應憐舊饕餮。(〈長鯨行〉,頁154)

煌言〈祭海神文〉亦有:「近者醜虜肆行,憑踞都邑」(頁13)之句,
「醜」有難看、邪惡或應自知可恥之意,而加上一個「小」字,則更
強調作者對他者的輕視與不屑。宋人陸游即有以「小醜」稱呼北方金
人的詩句,如:「黃頭汝小醜」(〈長歌行〉)、「天地固將容小醜」(〈書
憤〉)。明人更喜以「跳梁小醜」描繪橫行中國沿海的海盜,如歸有
光:「小醜猖狂捍禦勞,跳梁時復似猿猱」[20],認為跳梁海上的小醜
(倭寇)十分猖狂難禦,令人氣憤且不屑;而煌言詩中所言肆志橫行
的「陸梁」或「跳梁」(跳躍)小醜,則喻指霸占明朝國都(南京)
的清人,對於其「憑踞都邑」、「陸梁登陴」的偷盜行徑,充滿著蔑
視、唾棄與憤怒。

　　煌言又以代表災星的「天狼」喻指清人為貪殘的災星,表達戰爭
他者對生民帶來無限苦難的沉痛與哀傷之感,詩如:

> 天狼忽從西北來,旄為蚩尤鞭為彗。……天狼跋疐還叱咤,僉
> 謂鯨鯢本遺孽。(〈長鯨行〉,頁154)
> 昨夜貪狼焰越軍,早嗟玉折與蘭焚。(〈輓董若思明經〉,頁72)
> 星沉漢壘貪狼耀,風競胡營戰馬哀。(〈輓王完勳侍御〉,頁80)

20　〔明〕歸有光:〈頌任公四首〉其二,《震川先生集‧別集》(臺北市:臺灣商務印書
　　館,1965年),卷10,頁523。

> 貪狼夜指絮雲高，鸞鵜痕腥淬寶刀。（〈和于湛之海上韻六首〉
> 其二，頁109）
> 神龍不臣臣貪狼，抉自塗腸坐自滅。（〈長鯨行〉，頁154）
> 頻年長狄掃黃圖，此日狼星斂角無？（〈偽庭小汗夭亡，復以六
> 歲餘孽僭號擅位〉，頁158）

天狼星是大犬星座的主星，為太陽之外最明亮的恆星，通常在一月的
晚上八至九點，能清晰看見。古人視天狼星為不祥之星，認為它出現
或星光由青白轉紅色時，將會發生盜賊、災難或疾病，是一種貪殘及
侵略者的象徵，因此詩人也常稱之為「貪狼」。煌言以「天狼」（或
「貪狼」）喻清人，以天狼忽現、天狼肆虐、臣服天狼、天狼斂角等
一系列意象，分別呈顯清人入侵中國的不祥、清人屠殺明人的跋扈血
腥、鄭芝龍降清的不智、清人幼帝即位的敗亡之象，意象含蓄、鮮明
而生動，詩人的情意則是在悲嘆中隱藏著一絲對他者自取覆滅的希望。

　　此外，煌言更以劍掃天狼的壯志發抒意欲消滅清廷仇敵、重復大
明社稷的深深企盼。詩如：

> 安得一劍掃天狼，重酹椒漿慰國殤。（〈翁洲行〉，頁82）
> 一劍橫磨近十霜，端然搔首看天狼。（〈書懷〉，頁86）
> 解道安危關出處，可能無意掃天狼？（〈答紀石青年丈二首〉
> 其一，頁118）
> 天狼天狼莫漫驕，海宇會有真龍出。（〈長鯨行〉，頁154）

身經百戰的張煌言，無視於己身安危，一心期盼的，無非是想驅使橫
磨劍以掃滅他者。詩人由己身的起心動念、而至端看天狼、再至決意
一掃天狼等系列的形象書寫，傳達內在無懼死亡、慷慨激昂的報國鬥

志；同時，他還對驕傲的仇敵清人喊話：切莫太過目中無人，即將有足以消滅清廷的「真龍」（即鄭成功）出現！由此也可見出，煌言對於鄭成功是寄予厚望的。

尤可注意的是，天祥與煌言對於他者入侵本朝、使國家蒙難的悲傷與沉痛，都使用了「銅駝」的意象來表現。天祥詩如：

> 眼看銅駝燕雀羞，東風花柳自皇州。（〈求客〉，《指南錄》，頁314）
>
> 銅駝隨雨落，鐵騎向風嘶。曉起呼詹尹，何時脫蒺藜。（〈聞雞〉，《指南錄》，頁319）
>
> 秋風禾黍空南北，見說銅駝會笑人。（〈行宮〉，《指南後錄》，頁357）
>
> 蒲萄肥汗馬，荊棘冷銅駝。（〈江行有感〉，《指南後錄》，頁359）
>
> 江左遘陽運，銅駝化飛灰。二十四橋月，楚囚今日來。（〈望揚州〉，《指南後錄》，頁360）
>
> 東流不盡銅駝恨，四海悠悠總一波。（〈自歎〉，《指南後錄》，頁373）
>
> 金馬勝遊成舊雨，銅駝遺恨付西風。（〈為或人賦〉，《指南後錄》，頁380）
>
> 慘淡銅駝泣，威垂朱鳥翔。（〈壬午〉，《指南後錄》，頁381）

銅駝，是銅製的駱駝，古代置於宮門外，自從晉朝索靖預知天下將亂、指著洛陽宮門外的銅駝嘆說：「會見汝在荊棘中耳」[21]之後，「銅駝」便經常與「荊棘」相伴出現，用以指涉國土淪陷的情況。天祥以

21　〔唐〕房玄齡等：《晉書》（臺北市：中華書局，1965年），卷60〈索靖傳〉，頁10。

「銅駝羞」之心覺意象、「銅駝落」與「銅駝化飛灰」之視覺意象、「銅駝冷」之觸覺意象，以及「銅駝笑人」、「銅駝恨」、「銅駝泣」之擬人手法，多方地呈顯出詩人心中對於外族入寇、國事已非的遺憾與憤恨；他還結合周遭淒冷景致如：雨、秋風、禾黍、荊棘等，更增添了喪家失國的惆悵與感傷。相形之下，煌言詩中的銅駝意象，就不如天祥的豐富，這應與二人遭遇不同有極大關聯：天祥被俘四年、報國壯志難酬，因而亡國的悲痛感持續較久；而煌言則能馳騁海上十九年，一直心懷復國希望，因此亡國的哀傷僅集中於舟山行朝覆滅後與詩人被執就義時。煌言詩如：

> 鍾阜銅駝泣從臣，孝陵弓劍自藏真。（〈和定西侯張侯服留題金山原韻六首〉其三，頁108）
> 桂樹千秋懷故國，銅駝臥處泣中原。（〈屯懸嶴，猿啼有感〉，頁177）
> 橐駝九陌換銅駝，指顧中原鮮堅壁。（〈閩南行〉，頁90）
> 金雁俄從別殿識，銅駝幾向故宮看！（〈和于湛之海上韻六首〉其一，頁109）

僅有前二首銅駝悲泣的意象是繼承天祥詩的書寫，表達美好故國被破壞、奪取的不堪與哀傷。至於第三首以銅駝被橐駝置換表達國都被外族竊占之悲憤、第四首以遙望故宮銅駝表中興明朝之期盼，都是異於天祥的意象書寫。可見，煌言詩中的銅駝意象雖不如天祥豐富多樣，但在情志的內蘊展現上，卻能從國土淪陷的哀戚中超脫而出，以一種積極奮發的樂觀心態面對國難，化悲憤為力量，心中仍存中興漢室的希望，自有其創新與發展。

四 結語

本文針對文天祥、張煌言二位末世英雄詩作中有關戰爭他者（分別為蒙古族的元人、女真族的清人）的形象書寫（分別約28、62首），加以比較探析，期能透視並具體描繪出二人對家國的情感意識等心靈圖景，並對二人形塑他者的特徵略作評論。初步獲得下列觀點：

（一）二人皆從他者所屬種族文化落後的特質而視之為臣屬的蠻族。此乃肇因於二人同處漢政權受到周邊少數族政權威脅或取代之際，以致於華夷之辨、夷夏之防特別強烈；王勁松曾指出：「一個作家或集團若把異國現實看成是絕對落後，則必然於主觀上帶有一種先天的憎惡之情且會呈現出意識形態的象徵模式」[22]，因此，當天祥、煌言在將戰爭他者視為理應臣屬於華夏的蠻族之形塑過程中，對他者形象便加入了華夏民族的優越感與個人主觀的愛國情感。雖然約翰·雷克斯在《種族與族類》中認為人類的體質差異與行為差異或心理差異並無關聯，主張「種族」不能用來論證不平等待遇的正當性[23]，薩義德在談到知識分子公共領域的角色時也指出：「要有效介入那個領域必須仰賴知識分子對於正義與公平堅定不移的信念，能容許國家之間及個人之間的歧義，而不委諸隱藏的等級制度、偏好、評價」[24]，反對文學表達時因隱藏的等級制度或偏見而有失公正性；但是，由於

---

22 王勁松：〈侵華文學中的「他者」和日本女作家的戰爭觀──以林芙美子《運命之旅》為例〉，《重慶大學學報》第14卷第4期（2008年），頁131。

23 約翰·雷克斯《種族與族類》：「所謂人類的各個種族只是統計學上可區分的群體……根據某些顯著的指標……將人類分為不同類型是可能的。……這樣的體質差異與行為差異或心理差異並無關聯……」，認為「種族」不能用來論證不平等待遇的正當性。（顧駿譯，臺北市：桂冠圖書公司，1991年，頁26）

24 愛德華·W·薩義德撰，單德興譯，陸建德校：《知識分子論》（北京市：生活·讀書·新知三聯書店，2002年），頁80。

天祥、煌言所處的大時代背景極為特別，再加二人濃烈的俠義性格，是以民族危機感特別嚴重，在高度的愛國意識驅使下如此主觀地形塑他者，應是可以諒解的。

（二）二人皆從他者所屬種族凶殘暴虐的行為而視之為凶殘的猛獸。若拿南宋初年詩人陸游來比較，其詩筆下他者的禽獸形象極其豐富多樣[25]，有：勢窮狂吠的「獢子」[26]（即瘋狗），任人宰割烹煮、力量微不足道的「犬豕」或「犬羊」[27]，卑微下賤、無足為慮的「鼠輩」或「螞蟻」[28]，為害人類、應被誅戮的「蛇豕」或「蛇龍」[29]，占據中國的「九尾妖狐」[30]，貪得無厭、凶狠殘暴的「豺狼」、「虎狼」、「豺虎」等，可謂有弱、有強，有單薄不足懼者、亦有暴虐具威脅性者；而天祥、煌言詩筆下他者的禽獸形象卻僅有對暴虐具威脅性（如：豺、狼、虎）這一類動物之形象書寫，此乃由於二位詩人皆身處異族取代國家政權的非常時刻，書寫的重點自然與陸游不同。但是，儘管天祥與煌言面對的是如此凶狠殘暴、深具威脅的他者，卻皆仍予以強烈的譴責與蔑視，並認為正應豺虎滿中原，更不應輕易解除征衫，而須拚死報封疆，展現出末世忠臣的無懼勇氣與報國丹心。

---

25 以下有關陸游對他者動物形象的闡述，詳參黃奕珍：〈試論陸游筆下的「異族」形象〉，鄭毓瑜主編：《文學典範的建立與轉化》（臺北市：臺灣學生書局，2011年），頁267-272。

26 陸游〈醉歌〉：「小胡逋誅六十載，猗猗獢子勢已窮」。見〔宋〕陸游撰，錢仲聯校注：《劍南詩稿校注》，上海市：上海古籍出版社，1985年），頁1134。

27 陸游〈出塞四首借用秦少游韻〉之一：「犬豕何足轟」，頁3527；陸游〈送辛幼安殿撰造朝〉：「中原麟鳳爭自奮，殘虜犬羊何足嚇」，頁3314。

28 陸游〈出塞曲〉：「襪魄胡兒作窮鼠」，頁858；陸游〈碧海行〉：「幽州蟙坏一炬盡，安用咸陽三月焚」，頁994。

29 陸游〈投梁參政〉：「頗聞匈奴亂，天意殄蛇豕」，頁135；陸游〈寒夜歌〉：「誰施赤手驅蛇龍？誰恢天網致鳳麟」，頁2233。

30 陸游〈綿州錄參廳觀姜楚公畫鷹少陵為作詩者〉：「妖狐九尾穴中國，共置不問如越秦」，頁279。

　　（三）煌言還另從我方受害者角度，將他者視為偷盜的小醜、貪殘的災星。此乃因為煌言還較天祥多經歷了異族統治十餘年的苦痛歲月，長期目睹在清人的搒掠荼毒下，宗國百姓與家人朋友的生命、財產、勞力等飽受壓榨與威脅的悲慘與無奈：「宗國既飄搖，家門遂顛覆；感此多難心，欲泣不成哭。……獟貐滿中原，赤靈社已屋。所悲諸父行，班白攖三木。女兒與所天，株連遭拳梏；幸或作流人，否恐登鬼籙。稚子竟何辜？十載尚淹獄。仳離有寡妻，墨幪兼緇幗。國亡家亦亡，我固甘湛族；邇聞告密風，舊游復被錄」（〈虜庭以余倡義既久，屢復名城，遂逮及族屬；且開告密之門，波及親朋，搒掠備至，聞之泫然〉，頁188-189），清人此等剝削中原的行徑，無異於偷盜的小醜，而其為廣大中原生靈所帶來的苦難，更等同於不祥的天狼災星。這兩種他者形象書寫，具體透顯了煌言悲天憫人的仁者存心與憂國憂民的領袖格局，也是對天祥詩他者形象書寫的一大開拓。

參考文獻

一 傳統文獻（依時代順序）

〔漢〕毛　亨注、鄭玄箋　〔唐〕孔穎達疏　《毛詩正義》　收入
　　　《重刊宋本十三經注疏附校勘記》　臺北市　藝文印書館
　　　1960年

〔漢〕劉　向　《說苑》　收入《四部叢刊・正編》第17冊　臺北市
　　　臺灣商務印書館　1979年

〔漢〕班　固　《漢書》　臺北市　鼎文書局　1997年

〔南朝宋〕范　曄　《後漢書》　臺北市　鼎文書局　1977年

〔南朝宋〕劉義慶撰　〔梁〕劉孝標注、楊勇校箋　《世說新語校
　　　箋》　臺北市　正文書局　1992年

〔唐〕房玄齡等　《晉書》　臺北市　中華書局　1965年

〔後晉〕劉　昫等　《舊唐書》　臺北市　鼎文書局　1985年

〔宋〕陸　游等撰　曾棗莊、劉琳主編　《全宋文》　上海市　上海
　　　辭書出版社　合肥市　安徽教育出版社　2006年

〔宋〕蘇　軾撰　〔清〕王文誥輯注　孔凡禮點校　《蘇軾詩集》
　　　北京市　中華書局　1999年

〔宋〕陸　游撰　錢仲聯校注　《劍南詩稿校注》　上海市　上海古
　　　籍出版社　1985年

〔宋〕文天祥　《文文山全集》　臺北市　世界書局　1956年

〔宋〕林景熙　《霽山文集》　收於吳文治主編　《宋詩話全編》
　　　第10冊　南京市　鳳凰出版社　2006年

〔元〕脫　脫等　《宋史》　臺北市　鼎文書局　1994年

〔元〕蘇天爵編　《國朝文類》　收於元代史料叢刊編委會主編
　　　《元人文集》　合肥市　黃山書社　2012年

〔元〕許有壬　《至正集》　收入《四庫全書珍本》八集　第163冊
　　　臺北市　臺灣商務印書館　1977年

〔元〕納　新　《金臺集》　收入《四庫全書珍本》十一集　第173
　　　冊　臺北市　臺灣商務印書館　1977年

〔元〕吳　澄　《吳文正集》　收入《四庫全書珍本》二集　第326
　　　冊　臺北市　臺灣商務印書館　1977年

〔元〕張　憲　《玉笥集》　收入《叢書集成初編》初集　第2265冊
　　　北京市　中華書局　1985年

〔明〕宋　濂　《元史》　臺北市　鼎文書局　1997年

〔明〕唐順之　《荊川先生文集》　收入《四部叢刊正編》第76冊
　　　臺北市　臺灣商務印書館　1979年

〔明〕俞大猷撰　廖淵泉、張吉昌整理點校　《正氣堂全集》　福州
　　　市　福建人民出版社　2007年

〔明〕徐　渭　《徐渭集》　北京市　中華書局　1999年

〔明〕周世昌　《重修崑山縣志》　臺北市　成文出版公司　1983年

〔明〕胡宗憲　《籌海圖編》　收入《四庫全書珍本》五集　第93冊
　　　臺北市　臺灣商務印書館　1977年

〔明〕王世貞　《弇州山人四部稿》　臺北市　偉文圖書出版社
　　　1976年

〔明〕王世貞　《弇州山人續稿》　臺北市　文海書局　1970年

〔明〕王世貞　《倭志》　見《皇明經世文編》　收入《四庫禁燬書
　　　叢刊》集部第27冊　北京市　北京出版社　2000年

〔明〕焦　竑　《國朝獻徵錄》　臺南市　莊嚴文化出版社　1996年

〔明〕孫　岱　《歸震川先生年譜》　北京市　北京圖書館出版社
　　　1999年

〔明〕孫承恩　《文簡集》　收入《四庫全書珍本》二集　第368冊
　　　臺北市　臺灣商務印書館　1977年

〔明〕佘　翔　《薜荔園詩集》　收入《四庫全書珍本》八集　第
　　　206冊　臺北市　臺灣商務印書館　1977年

〔明〕宗　臣　《宗子相集》　收入《景印文淵閣四庫全書》集部第
　　　1287冊　臺北市　臺灣商務印書館　1983年

〔明〕王廷相著　王孝魚點校　《王廷相集》　北京市　中華書局
　　　1989年

〔明〕黃宗羲　《思舊錄》　收於沈善洪主編　《黃宗羲全集》　第
　　　1冊　杭州市　浙江古籍出版社　1985年

〔明〕陳邦瞻　《宋史紀事本末》　臺北市　鼎文書局　1978年

〔明〕歸有光　《震川先生集》　臺北市　臺灣商務印書館　1965年

〔明〕張煌言　《張蒼水詩文集》　南投縣　臺灣省文獻委員會
　　　1994年

〔明〕談　遷撰　張宗祥校點　《國榷》　北京市　中華書局　1958年

〔明〕郭　棐撰　黃國聲、鄧貴忠點校　《粵大記》　廣州市　中山
　　　大學出版社　1998年

〔明〕應檟修、劉堯誨重修　《蒼梧總督軍門志》　臺北市　臺灣學
　　　生書局　1969年

〔明〕《李朝世祖實錄》　東京都　學習院東洋文化研究所　1957年
　　　（昭和三十二年）

〔明〕盧若騰撰　李怡來編　《留庵詩文集》　金門縣　金門縣文獻
　　　委員會　1969年

〔明〕盧若騰　《島噫詩》　《臺灣文獻叢刊》　第245種　臺北市
　　　臺灣銀行　1977年

〔明〕徐孚遠　《釣璜堂存稿》　國家圖書館藏1926姚光懷舊慶刊本年

〔明〕夏完淳　《夏內史集》　北京市　中華書局　1985年

〔明〕陳子龍著　施蜇存、馬祖熙標校　《陳子龍詩集》　上海市
　　　上海古籍出版社　2008年

〔明〕楊　英　《從征實錄》　《臺灣文獻叢刊》第32種　臺北市
　　　臺灣銀行　1958年

〔明〕陳子龍、徐孚遠等選輯　《皇明經世文編》　「中國哲學書電
　　　子化計劃」電子資料庫

〔明〕《明實錄》　「中國哲學書電子化計劃」電子資料庫

〔清〕清聖祖　《全唐詩》　臺北市　文史哲出版社　1987年

〔清〕沈季友　《檇李詩繫》　收入《四庫全書珍本》七集　第398
　　　冊　臺北市　臺灣商務印書館　1977年

〔清〕錢謙益　《列朝詩集小傳》　臺北市　世界書局　1961年

〔清〕張廷玉等撰　《明史》　臺北市　鼎文書局　1994年

〔清〕朱彝尊編　《明詩綜》　臺北市　世界書局　1962年

〔清〕江日昇　《臺灣外記》　《臺灣文獻叢刊》第60種　臺北市
　　　臺灣銀行　1977年

〔清〕谷應泰　《明史紀事本末》　臺北市　臺灣商務印書館　1965年

〔清〕全祖望　《鄞張忠烈公年譜》　收於《張蒼水詩文集·附錄》
　　　南投縣　臺灣省文獻委員會　1994年

〔清〕全祖望撰、朱鑄禹校注　《全祖望集彙校集注》　上海市　上
　　　海古籍出版社　2000年

〔清〕翁洲老民　《海東逸史》　收於《臺灣文獻叢刊》第99種　臺
　　　北市　臺灣銀行經濟研究室　1961年

〔清〕計六奇 《明季南略》 北京市 中華書局 1984年

〔清〕邵廷采 《東南紀事》 收於《臺灣文獻叢刊》第35種 臺北市 臺灣銀行經濟研究室 1961年

〔清〕紀　昀 《四庫全書總目提要》 臺北市 臺灣商務印書館 1983年

〔清〕郝懿行 《爾雅義疏》 臺北市 臺灣中華書局 《四部備要據家刻足本校刊》 1965年

二　近人論著（依作者姓氏筆劃順序）

王冬芳、季明明 《女真——滿族建國研究》 北京市 學苑出版社 2009年

王勁松 〈侵華文學中的「他者」和日本女作家的戰爭觀——以林芙美子《運命之旅》為例〉 《重慶大學學報》第14卷第4期 2008年 頁130-134

王英志 〈壯志殲賊寇　正氣薄雲天——明嘉靖抗倭詩一瞥〉 《文學遺產》 1995年第5期 頁7-15

王曾瑜 〈南宋亡國的崖山海戰述評〉 《南開學報（哲學社會科學版）》第1期 2008年 頁80-87

朱雙一 《閩臺文學的文化親緣》 福州市 福建人民出版社 2003年

余安元 〈詩史之風，忠烈之情——張煌言詩歌分析〉 《寧波職業技術學院學報》第10卷第4期 2006年8月 頁79-82

吳晗輯 《朝鮮李朝實錄中的中國史料》 北京市 中華書局 1980年

呂新昌 《歸震川評傳》 臺北市 臺灣商務印書館 1979年

俞兆鵬、俞　暉 《文天祥研究》 北京市 人民出版社 2008年

范中義、全晰綱 《明代倭寇史略》 北京市 中華書局 2004年

修曉波　《文天祥評傳》　南京市　南京大學出版社　2002年

孫大軍　〈論杜牧的詠史詩及其懷舊傷時心態〉　《淮南師範學院學報》第1期　2008年　頁64-66

徐和雍　〈關於張煌言的評價〉　《杭州大學學報》第13卷第4期　1983年12月　頁109-116

徐曉望　《媽祖的子民——閩臺海洋文化研究》　上海市　學林出版社　1999年

張仁善　〈近代中國的海權與主權〉　《文史雜誌》第4期　199　頁2-4

張菼編　《鄭成功紀事編年》　《臺灣文獻叢刊》第79種　臺北市　臺灣銀行　1977年

張哲俊　《中國古代文學中的日本形象研究》　北京市　北京大學出版社　2004年

張高評　〈海洋詩賦與海洋性格——明末清初之臺灣文學〉　《臺灣學研究》第5期　2008年6月　頁1-15

張高評　《會通化成與宋代詩學》　臺南市　成功大學出版組　2000年

張慧瓊　〈論唐順之的邊防詩〉　《商丘職業技術學院學報》第6期　2011年12月　頁46-48

連　橫　《臺灣詩乘》　收於《臺灣文獻史料叢刊》第8輯　臺北市　臺灣大通書局　1987年

郭秋顯　《海外幾社三子研究》　高雄市　國立中山大學中文所博論　2007年

陳友冰　〈古典愛國主義的現代詮釋〉　《安徽史學》2004年第1期　頁103-109

陳世松等　《宋元戰爭史》　四川市　四川省社會科學院　1988年

陳寅恪　《柳如是別傳》　上海市　上海古籍出版社　1982年

陳滿銘　〈談詞章的兩種作法──泛寫與具寫〉　《章法學新裁》　臺北市　萬樓圖書公司　2001年

馮玉榮　〈晚明幾社文人論兵探析〉　《軍事歷史研究》第2期　2004年　頁155-160

黃玉笙　《文天祥評傳》　臺北市　黎明文化事業公司　1987年

黃奕珍　〈試論陸游筆下的「異族」形象〉　鄭毓瑜主編　《文學典範的建立與轉化》　臺北市　臺灣學生書局　2011年　頁261-296

楊　義　《中國敘事學》　嘉義縣　南華管理學院　1998年

楊伯峻　《春秋左傳注》　臺北市　洪葉文化事業有限公司　1993年

楊雲輝　〈論杜牧詠史詩的藝術特徵〉　《吉首大學學報》第1期　1999年　頁55-59

廖肇亨　〈長島怪沫、忠義淵藪、碧水長流──明清海洋詩學中的世界秩序〉　《中國文哲研究集刊》第32期　2008年3月　頁41-71

廖肇亨　〈浪裏挑燈看劍：中國海戰詩學之書寫特質與價值信念初探〉　收入復旦大學中國古代文學研究中心編　《中國文學研究》　北京市　中國文聯出版社　第11輯　2008年　頁285-314

廖肇亨　〈詩法即其兵法：明代中後期武將詩學義蘊探詮〉　《明代研究》第16期　2011年6月　頁29-56

臺灣中研院歷史語言研究所編校　《明實錄校勘記》　臺北市　中研院歷史語言研究所　2005年

趙建民、劉予葦主編　《日本通史》　上海市　復旦大學出版社　1989年

趙　園　〈談兵〉　《制度・言論・心態──《明清之際士大夫研究》續編》　北京市　北京大學出版社　2006年　頁79-161

劉石吉等編　《旅遊文學與地景書寫》　高雄市　國立中山大學人文研究中心　2013年

劉亦實　〈山西的抗倭英雄——任環〉　《文史月刊》第10期　2004年　頁24-26

樊樹志　〈「倭寇」新論——以「嘉靖大倭寇」為中心〉　《復旦學報（社會科學版）》第1期　2000年　頁37-46

蔣鵬舉　〈明代邊防詩的特色簡論〉　《聊城大學學報·社會科學版》第6期　2008年　頁98-101

鄭樑生　《明代中日關係研究》　臺北市　文史哲出版社　1985年

盧建一　〈從東南水師看明清時期海權意識的發展〉　《福建師範大學學報》第1期　2003年　頁107-113

戴華萱　《崑山歸有光研究——明代地方型文人的初步考察》　臺北市　國立臺灣師大碩士論文　2000年

顏智英　〈明代抗倭海戰詩敘事析論〉　《海洋文化學刊》第21期　2016年12月　頁39-86

顏智英　〈論歸有光詩中的海戰書寫——兼述其古文中的禦寇思想〉　《成大中文學報》第43期　2013年12月　頁87-126

魏中林　〈鴉片戰爭詩歌藝術風貌的整體性嬗變〉　收錄於《清代詩學與中國文化》　成都市　巴蜀書社　2000年

瀧川龜太郎　《史記會注考證》　臺北市　洪氏出版社　1982年

顧　誠　《南明史》　北京市　中國青年出版社　2003年

顧國華、許建中　〈論宗臣禦倭散文的史料價值〉　《學術交流》第6期　2010年6月　頁168-172

龔道明　《歸有光研究》　臺北市　國立臺灣大學碩士論文　1980年

叔本華著、石沖白譯　《作為意志和表象的世界》　北京市　商務印書館　1982年

約翰・雷克斯（John Rex） 顧駿譯 《種族與族類》（*Race and ethnicity*） 臺北市 桂冠圖書公司 1991年

卡蘿・皮爾森著 徐慎恕、龔卓軍、朱侃如譯 《內在英雄》 臺北市 立緒文化事業公司 2000年

坎伯著 朱侃如譯 《千面英雄》 臺北市 立緒文化公司 1997年

村上直次郎日譯 程大學中譯 《巴達維亞城日記》 臺中市 臺灣省文獻委員會 1990年

藤家礼之助撰 張俊彥、卞立強譯 《日中交流二千年》 北京市 北京大學出版社 1982年

愛德華・W・薩義德撰（Edward W. Said） 單德興譯、陸建德校 《知識分子論》（*Representations of the intellectual*） 北京市 生活・讀書・新知三聯書店 2002年

Eric Bentley, *The Cult of the Superman: A Study of the Idea of Heroism Gluoucester*, Mass.: Peter Smith,1969

Robert A. Segal, "Introduction," in his *In Quest of the Hero*, New Jersey: Princeton Up, 1990

Thomas Carlyle, On Heroes, *Hero-worship and the Heroic in History*, Boston: Ginn, 1901

後記

今日世界，國與國之間的關係劍拔弩張，戰爭如箭在弦上，一觸即發。而海洋，依然是強權們爭霸的重要舞臺。然而，無論戰場在陸地或海洋，「興，百姓苦；亡，百姓苦。」只要有戰爭，皆免不了有所犧牲。尤其是海洋戰爭，雷飛星落，魚龍沸海，過程激烈而結果往往令人不忍卒睹：海舟翻覆，進退無路，流屍漂血，與洋水相渾……。

今日雖是AI專寵的世界，戰爭武器與戰爭形式也進化得非古人所能想像，但是，人類在戰爭的威脅下所承受的壓力與痛苦，是今昔一致的。因此，文天祥「兵家勝負常不一，紛紛干戈何時畢？必有天吏將明威，不嗜殺人能一之」的反戰思維，應是千古以來受過戰爭蹂躪者的共同心聲吧！

當然，有時戰爭難以避免；但戰爭的殘酷，卻是領導人必須深刻警惕的——非萬不得已，不可輕啟戰事。這是我在研究宋詩海洋諸多主題中，對於「海洋戰爭」主題特別著墨的主因，也期盼這七篇相關的研究成果，可以讓我們在這些戰事書寫中對戰爭的議題有所思考與反省，也進而讓我們對世界的和平促進可以多一些責任與想法。

值得一提的是，這七篇系列之作，特別感謝科技部數位人文整合型專題研究計畫的補助。這是民國一〇四～一〇五年（2015-2016）的兩年期計畫，與國立臺灣海洋大學同仁黃麗生教授、吳智雄教授、楊正顯研究員所共同執行的「明代海洋經理與敘事之數位人文研究」計畫。我負責的子計畫名稱即為「海戰詩」，分年分別針對明代詩歌中對抗倭寇、女真等海戰「他者」的書寫進行研究。儘管這些文字是

多年前所寫，今日讀來仍感到熱血澎湃，或許因烏俄戰爭仍未停息，或許是對未來國際情勢發展的憂心，……。無論如何，「不嗜殺人能一之」，是我整理這些論文後的最深感觸，也祈願世人皆能秉持「仁」心待人處世，為世界帶來永遠的和平。

顏智英

二〇二三年六月三十日

出處一覽

導論──視角下的古典海戰詩發展譜系

〈從「視角」看明詩海戰書寫的發展〉,「武備論述與戰爭書寫:以元明清為中心學術研討會」,臺北市:中央研究院中國文哲研究所主辦會議論文,2017年11月30日。

海戰詩學的發展──南宋至南明

一　〈中國海戰詩學發展探論──南宋至南明的考察〉,《南海學刊》(海南省社會科學院)第2卷第1期(2016年3月),頁11-17。

二　〈明代抗倭海戰詩敘事析論〉,《海洋文化學刊》,第21期(2016年12月),頁39-86。

三　〈明代抗女真陸戰詩敘事析論〉,《章法論叢‧第十二輯》(臺北市:萬卷樓圖書公司,2018年),頁153-170。

四　〈南明抗清海戰詩敘事探論〉,陳支平主編,《海絲之路:祖先的足跡與文明的和鳴》(廈門市:廈門大學出版社,2019年),第三輯,頁173-189。

海戰詩家的書寫──歸有光、文天祥、張煌言

五　〈論歸有光詩中的海戰書寫──兼述其古文中的禦寇思想〉,《成大中文學報》第43期(2013月12月),頁87-126。

六　〈末世孤臣的海戰詩比較析論──文天祥、張煌言〉,《海洋文化學刊》第18期(2015年6月),頁65-111。

七 〈論南宋文天祥與南明張煌言詩海戰「他者」的形象〉，《章法論叢‧第十輯》（臺北市：萬卷樓圖書公司，2016年），頁103-125。

文學研究叢書・古典詩學叢刊 0804029

古典海戰詩學研究

作　　者　顏智英
責任編輯　林以邠

發 行 人　林慶彰
總 經 理　梁錦興
總 編 輯　張晏瑞
編 輯 所　萬卷樓圖書股份有限公司
　　　　　臺北市羅斯福路二段 41 號 6 樓之 3
　　　　　電話 (02)23216565
　　　　　傳真 (02)23218698

發　　行　萬卷樓圖書股份有限公司
　　　　　臺北市羅斯福路二段 41 號 6 樓之 3
　　　　　電話 (02)23216565
　　　　　傳真 (02)23218698
　　　　　電郵 SERVICE@WANJUAN.COM.TW
香港經銷　香港聯合書刊物流有限公司
　　　　　電話 (852)21502100
　　　　　傳真 (852)23560735

ISBN 978-986-478-854-5

2023 年 8 月初版一刷
定價：新臺幣 380 元

如何購買本書：

1. 劃撥購書，請透過以下郵政劃撥帳號：
　帳號：15624015
　戶名：萬卷樓圖書股份有限公司

2. 轉帳購書，請透過以下帳戶
　合作金庫銀行 古亭分行
　戶名：萬卷樓圖書股份有限公司
　帳號：0877717092596

3. 網路購書，請透過萬卷樓網站
　網址 WWW.WANJUAN.COM.TW

大量購書，請直接聯繫我們，將有專人為
您服務。客服：(02)23216565 分機 610

如有缺頁、破損或裝訂錯誤，請寄回更換

國家圖書館出版品預行編目資料

古典海戰詩學研究/顏智英著. -- 初版. -- 臺北
市：萬卷樓圖書股份有限公司, 2023.08
　面；　公分. -- (文學研究叢書. 古典詩學叢
刊 ; 804029)
ISBN 978-986-478-854-5(平裝)

1.CST: 中國詩 2.CST: 詩評 3.CST: 詩學

821.88　　　　　　　　　　　112009307